KB002636

밥만 먹고 레벨업

박민규 게임 판타지 장편소설

WISHBOOKS GAME FANTASY STORY

15

박민규 게임 판타지 장편소설

초판 1쇄 찍은 날 | 2021년 1월 06일
초판 1쇄 펴낸 날 | 2021년 1월 13일

지은이 | 박민규
펴낸이 | 권태완 우천제

기획 | 위시북스
편집책임 | 한준만
편집 | 위시북스

펴낸곳 | ㈜케이더블유북스
등록번호 | 제25100-2015-43호
등록일자 | 2015. 5. 4
KFN | 제2-67호

주소 | 서울시 구로구 디지털로31길 38-9, 401호
전화 | 070-8892-7937 팩스 | 02-866-4627
E-mail | fantasy@kwbooks.co.kr

ISBN 979-11-293-7208-6 04810
　　　979-11-293-4001-6(set)

박민규 게임 판타지 장편소설

WISHBOOKS GAME FANTASY STORY

밥만 먹고 레벨업

15

Wish Books

CONTENTS

1장
식신의 영지

아스간 대륙 유저들의 거대 공격 기지 베르드크 탈환! 그리고 4천 명에 가까운 카이온 대륙 유저들의 전멸!

4천 명이라는 숫자는 '전쟁'이라는 큰 판을 보았을 때 적은 숫자일지도 몰랐지만, 그들 중 상당수가 중국 내에서 1만 위권 랭킹에 속해 있다는 것이 카이온 대륙 유저들에게 가장 큰 타격으로 다가왔다.

심지어 더 놀라운 것은 카라미스의 병사들 800여 명을 졸지에 빼앗겨 버렸다는 거다.

[현재 카이온 대륙과 아스간 대륙은 적대하고 있고, 저 역시 카이온 대륙의 유저이지만 민혁 유저의 기발한 발상 하나만큼은 인정해야 할 것 같네요.]

[세상에, 카라미스의 병사들을 자신의 편으로 끌어들이다니. 누가 생각이나 했겠습니까.]

[갓식신에 의해 이번 전쟁의 판도가 바뀌어 버렸습니다.]

베르드크 공격 기지는 카라미스의 병사들과 공성 무기만이 뛰어난 것이 아니었다. 성벽 Lv 자체가 남달랐다.

성벽 Lv은 성 자체가 가진 내구도, 즉 물리 방어력과 마법 방어력에 따라서 달라지는데, 이 베르드크는 이제까지 등장한 요새 중에서 가장 높은 내구도를 가지고 있었다. 성벽 Lv이 자그마치 7Lv에 이르렀으니, 어지간한 유저들의 광역 공격이나 단역 공격이 수십 번 이상을 가해져야 무너질 것이다.

그리고 이번 카라미스 탈환전에 의해서 민혁은 대한민국에서 영웅이 되었다.

[크~ 갓식신님, 손 한번 잡아보면 소원이 없겠다.]

[갓식신님, 너무 잘생기지 않았음? 진짜 비율도 캐쩜.]

[전 갓식신님도 좋은데, 제 소원은 콩이의 몰캉몰캉한 뱃살을 만져보는 겁니다!]

[캬~ 콩이 인정~]

단 하룻밤 사이에 민혁의 팬카페 회원의 수가 55만에서 90만으로 뛰어올랐을 정도다. 대한민국 내에서 민혁을 찬양하는 글들이 쉴 새 없이 이어지고 있었다.

그리고 민혁은 길드원들과 함께 앉아 있었다.

이제 그는 돌아가야 했다. 순수한 영웅의 시련에.

"아직 모습을 드러내지 않은 이들이 있는 게 분명해, 특히나 다추안. 그자가 있어."

정보꾼 아벨에 의해서 다추안에 대한 정보가 입수되었다. 그는 극의(極意)를 깨우친 NPC였으며, 호일천의 스승이었다. 그런 그가 호일천이 로그아웃 당했음에도 불구하고 숨을 죽이고 있었다.

그랬기 때문에 민혁은 강해져야만 했다.

'내가 진짜 극의를 깨우친 자와 맞닥뜨린다면……'

패배는 기정사실이 된다.

일시적으로 극의를 끌어올릴 수 있기는 하지만, 말 그대로 일시적일 뿐이었다. 일시적인 힘과 영구적인 힘은 그 근본 자체가 다르다. 실제로 극의를 끌어올릴 수 있는 시간은 고작해야 40초 내외 정도. 그 40초가 지난다면 민혁은 분명 패배할 것이다. 그전에 깨우쳐야만 한다. 극의(極意)를.

그가 순수한 영웅의 시련으로 움직였다.

한편, 아틀라스에 있던 로크! 그는 어딘가로 빠르게 걸음하고 있었다.

로크는 큰머리를 가지고 다소 험상궂게 생긴 이미지였지만 그 누구보다도 반려동물을 사랑하는 이였다. 집에도 벌써 세 마리의 강아지를 키우고 있었다.

그런 그는 민혁이 아틀라스의 영지 입구 근처에 '사랑이, 행복이, 소망이'의 집을 만들어줬다는 것에 달리는 거였다.

'어떤 종일까? 푸들? 포메라니안? 헉! 서, 설마 웰시코기?'

로크는 기대감을 가졌다. 강아지들은 전부 천사다. 말 안 듣는 강아지는 세상에 없다! 단지, 주인이 훈련을 잘못시켰을 뿐! 허스키나 혹은 도베르만 같은 사냥개들도 좋아하는 로크였다. 어떠한 개의 종류이든지, 배를 만져주리라.

그렇게 달려가던 로크가 멈칫했다.

"……?"

[♥사랑이, 행복이, 소망이♥]

알록달록 무지개처럼 칠해져 있는 개집!

로크가 놀란 부분은 다른 부분이었다. 이렇게 커다란 개집이 있을 수 있던가? 자신의 키보다도 더 커다랬다.

'오? 혹시 아테네에만 존재하는 특별한 종?'

하지만 그에 로크의 기대감은 더욱더 커졌다. 특별한 종! 놈의 보드라운 털을 쓰다듬을 생각에 기분이 좋아진다.

그리고 개집의 문도 있었는데 닫혀 있었다.

펫용 간식을 꺼낸 로크가 평소 자신의 강아지들에게 내던 목소리를 냈다.

"우쭈쭈~ 우리 사랑이, 행복이, 소망이 간식 먹을까용~"

끼이익-

문이 열리는 것을 보며, 로크는 골든 리트리버 같은 녀석이 나타날 거라 생각했다. 그 착하고 순덩순덩한 녀석들!

그런데…….

"크르르르르!"

"크르르르으으으!"

"크아아아아아!"

로크는 순간 고개를 갸웃했다.

세 개의 머리가 달려 있는 지옥 개들, 날카로운 이빨은 족히 손가락 세 개를 합친 것만큼 커다랬고 뾰족했다. 심지어 뚝뚝 흐르는 침은 어떠한가. 침이 땅에 떨어질 때마다 바닥이 부식되었다.

치이이이익-

녀석들은 로크가 들고 있는 간식을 향해 달려들었다.

"으, 으아아아아악!"

로크가 비명을 질렀다. 하지만 켈베로스들은 간식 말고는 관심도 없었다. 그저 로크의 냄새를 킁킁대며 맡아댔다.

"킁킁"

"크르으으(주인 냄새가 난다. 주인 놈 친구인가 보다.)"

"크르으으으으!(주인의 친구 놈아, 우릴 산책 시켜라, 안 그러면 네놈의 육신을 갈가리 찢어 지옥불에 던져주마!!)"

로크는 이해할 수가 없었다.

'민혁이 이놈은 대체 뭘 하고 다니길래, 이런 몬스터를…… 심지어 이 녀석들 이름이 사랑이, 행복이, 소망이라고?'

그런 의문을 짓고 있을 때, 갑자기 정체 모를 창이 떠올랐다.

[히든 퀘스트: 사랑이, 소망이, 행복이 산책시키기]

등급: A

제한: 사랑이, 소망이, 행복이 주인의 지인들

보상: 화속성 저항력 40 상승, 경험치 50,000,000

실패 시 페널티: 사랑이, 소망이, 행복이가 당신을 죽일지도 모름

설명: 사랑이, 소망이, 행복이는 지금 무척 심심하다. 그들을 하루에 한 번 2주일 동안 30분씩 산책시켜라!

로크는 이해할 수가 없었다. 산책만 시키는데, 화속성 저항력 상승에 경험치 5천만? 뭐 이런 말도 안 되는 경우가 있는가?

"크르르르르······."

하지만 행복이, 사랑이, 소망이의 얼굴을 보자 곧 이해가 되었다.

"저, 저기 애들아······ 저, 저하고 사, 산책 좀 가주실래요?"

"크르르르르!!"

"크르으으으!!"

"크와아아아아알!"

"그, 모, 목줄 해야 하는······."

"크르으으으으으으!!"

로크는 말없이 목줄도 하지 않은 채, 사랑이 소망이 행복이와 산책을 시작했다.

그리고 사랑이, 소망이, 행복이는 겁먹은 로크를 조금 달래줘야겠다고 생각했다.

강아지들 사이에서는 아주 흔한 인사법이 존재한다. 사람의 악수와 같은!! 그것은 바로 엉덩이 냄새를 맡는 것이었다.

"킁킁킁킁!(음, 이 남자의 엉덩이 스멜~)"

"킁킁킁킁킁킁!(근데 이 인간 놈, 엉덩이 냄새가 다른 강아지들보다 심하다!)"

"킁킁킁킁킁-(오늘 바나나 먹었나 보군, 킁킁킁-)"

하지만 로크는 친근한 그들의 베풂에 공포심 가득한 목소리로 울상을 지었다.

"……애, 애들아 나 잡아먹지 마…… 나 별로 맛없어……."

민혁이 순수한 영웅의 시련으로 돌아온 지 현실로 1주일이라는 시간이 지났다. 그리고 민혁은 총 14단계의 관문을 넘어서 15단계의 관문에 도달해 있었다.

그동안 민혁은 레벨업을 20이나 해냈다. 어느덧 레벨 500을 넘어서게 된 것이다. 하지만 먹자교 길드원들의 상당수가 이미 레벨 500을 넘는다는 점을 감안하면 결코 빠른 속도는 아니었다. 실제로 메이웨이의 레벨은 580을 넘어서기도 했다. 빵셔틀 메이웨이가 민혁보다도 레벨이 높은 것이다.

그러나 민혁의 강함은 '레벨'에서 비롯되는 게 아니었다. 무수히도 많은 명약을 섭취, 식신의 특별한 능력, 반신 스킬인 엘레의 검술, 그리고 뛰어난 아티팩트 등이다.

실제로 이 순수한 영웅의 시련에서 민혁은 스텟을 이만큼이나 얻어냈다. 힘 60, 체력 70, 민첩 20, 지혜 10, 지력 5! 30레벨을 올렸을 때에서나 얻을 수 있는 스텟 개수들!

거기에 더해져, 방금 14단계를 통과하면서 마지막으로 알라칸의 소드 마스터리가 MAX에 도달했다.

(알라칸의 소드 마스터리)
패시브 스킬
레벨: MAX
효과:
- 검 기본 공격력 22% 상승, 검 기본 공격 속도 22% 상승
- 적을 베어낼 시 기본 공격력 20% 상승, 적을 찌를 시 기본 공격력 20% 상승
- 검술에 관련된 스킬 공격력 15% 상승
- 검에 대한 물리 대미지 및 스킬 대미지 25% 감소

'내가 봐도 엄청나다.'

정말 말이 안 되는 수치였다.

검을 주무기로 사용하는 민혁의 공격력과 속도가 22%씩 상승, 검술에 관련된 스킬 공격력 15% 상승, 검에 대한 물리 대미지 및 스킬 대미지 25% 감소. 엄청나다는 말이 절로 나온다.

심지어 만약 적이 공격을 가했을 때, 높은 방어력을 가진 군주의 갑옷에 충돌했을 때, 적의 대미지는 급감하여 민혁에게

큰 피해를 입히기 힘들다는 거다.

알라칸이 말했다.

"이제 열다섯 번째 시련을 도전하면 되네, 그리고 그 후에는 순수한 영웅의 시련이 닫히게 될 거야."

"닫힌다고요?"

민혁은 의아한 표정을 지었다.

그에 알라칸이 고개를 주억였다.

"순수한 영웅의 시련은 25단계까지 존재하지만, 아직 자네는 도전할 수 없네."

"아……."

민혁은 그 말뜻을 이해할 수 있었다. 시스템적으로 운영진들이 막아놓은 거였다.

그러고 보면 엘레도 반쪽짜리 극의(極意)를 배울 수 있다고 하였다. 그리고 그녀의 극의(極意)를 배움으로써 완전한 형태의 극의가 되는 것.

"열다섯 번째, 지금 자네가 할 수 있는 이 시련은 나도 무엇인지는 알 수 없네."

"네?"

민혁은 고개를 갸웃했다. 알라칸은 이제까지 계속 자신의 곁을 함께하며 어떠한 시련이 있는지에 대해 알려줬다. 하지만 알라칸조차도 모르는 시련이라고 한다.

"마지막 시험은 시련자에게 가장 어울리는 시련이 발동하지."

"아, 그렇군요."

민혁은 고개를 끄덕였다. 시련자의 직업, 혹은 스텟, 다양한 것에 영향을 끼치어 시련이 진행되는 것 같았다.

곧이어 알라칸이 말했다.

"건투를 비네, 또한 그곳에 가면 이곳이 아닌, 그곳에서 얻을 수 있는 보상도 있을 거네."

그와 함께 민혁이 빛이 되었다.

민혁은 새하얀 빛에 눈을 감으며 생각했다.

'그곳에서 얻을 수 있는 보상이라…….'

수백 년 전 아스간 대륙에 존재했던 마을인 알베로 영지는 역사 속으로 사라졌다.

알베로 영지는 요리사들의 영지와 같다. 세상에서 가장 뛰어난 요리사들이 모여 있었으며, 식신의 은총을 받아 이곳에서의 요리들은 더욱더 특별한 힘을 품곤 했다.

그런데, 수백 년 전 사라졌던 알베로 영지가 다시 나타났다. 정확히는 민혁이 과거로 돌아왔다는 말이 맞을 터.

그리고 지금 한숨을 뱉어내는 남성이 있었다. 그는 바로 식신을 섬기던 루카로라는 자였다.

알베로 영지가 아직 사라지지 않은 기점으로 2년 전 영원한 안식에 빠진 식신. 그리고 평소에 식신을 시기하고 질투했던 무리!

그 무리는 식신에 대한 안 좋은 소문을 무성히 퍼뜨리고 다녔으며, 이는 수십 년이란 시간 동안 계속되어 왔다. 그 때문에 식신의 위상은 추락하였다. 하지만 유일하게 여전히 식신을 존경하는 자. 그것이 바로 루카로였다.

　루카로가 식신을 존경하는 이유는 하나였다. 그는 전쟁터의 고아였었다. 거지꼴로 구걸을 하고 다니면, 사람들이 발길질하며 냄새난다고 욕을 하게 마련이었다.

　그러던 어느 날 아주 멋진 남성이 다가왔다.

　'배고픈 것이냐?'
　'예, 아주 배가 고픕니다. 며칠 동안 한 끼도 먹지 못했습니다!'

　사내는 부드럽게 웃음 지었다. 그리고 그 자리에서 빵 한 조각과 우유를 건넸다.

　'우유는 전설의 양 케르도의 우유를 직접 추출한 것이다. 이 빵은 하나밖에 남지 않았지만 너에게 주마.'

　그렇게 사내는 마지막 남은 빵과 우유를 건네고는 배에서 천둥소리를 냈다.
　꼬르르르르륵-
　단숨에 빵을 베여 물려던 어린아이였던 루카로!! 그는 사내의 배고픔에 대해 알았다. 자신에게 빵을 나눠주고 뱃속에서 천둥이 치는 사내에게, 빵 한 조각을 반으로 나눠서 건네주었다.

'고맙구나.'

그리고 서로가 함께 맛있게 빵 반쪽을 나눠 먹었고 우유도 벌컥벌컥 마셨다.

'그때 그 우유 맛, 빵의 맛을 잊지 못한다……'

눈시울을 붉히는 루카로.

그는 갑자기 빵과 우유를 마시고 몸에서 힘이 솟는 걸 느꼈었다. 다른 영지를 찾아 걷는데, 배고프지 아니했다. 목마르지 아니했다. 그것이 빵과 우유 덕분임을 깨닫고 이 요리사의 영지에 도달할 수 있었다.

그리고 이곳에서 보았다. 자신에게 빵을 건네주었던 사내. 그 사내의 동상이 이곳에 있었다. 사람들은 그를 '식신'이라고 불렀다.

루카로는 그와 헤어지기 전 물었다.

'어째서 당신은 거지인 저에게 이런 자비를 베푸는 건가요?'

'배고픔은 네 잘못이 아니니까. 난 너도, 나도, 다른 누구도 모두가 배고프지 않았으면 한다.'

그는 훌륭한 자였다. 하지만 그가 영원한 안식에 빠져든 후, 갖은 소문들이 돌기 시작했다.

식신은 다른 영지의 농작물을 빼앗아 배를 채우며, 아녀자들과 어린아이들을 노예로 부린다. 그는 사악한 인물이다 등.

하지만 루카로는 알고 있었다. 그는 이 세상을 위해 누구보다 헌신해 왔음을.

'보고 싶습니다. 식신님.'

그렇게 눈시울을 붉히며 루카로는 빵을 만드는 중이었다. 그의 빵집은 한없이 초라하고 손님 한 명 드나들지 않는다.

그리고 루카로의 가게는 투명 유리로 되어 있어, 빵을 만드는 제조 과정을 볼 수 있다.

바로 그때, 고개를 돌리던 루카로. 그는 투명 벽에 얼굴을 붙이고 침을 뚝뚝 흘리는 사내와 눈이 마주쳤다.

"으, 으아아아악!"

비명을 지른 루카로가 사내의 얼굴을 보았다. 사내의 눈은 오로지 빵에 향해 있었다. 극도의 배고픔을 느끼는 것 같았다. 행색 역시 초라하기 그지없다.

'뭐, 뭐지?'

하지만 당혹한 루카로는 과거를 떠올렸다.

그는 그에게 손짓했다. 그가 바람처럼 가게로 들어왔다. 그리고 루카로는 예전 식신이 그랬던 것처럼 빵과 우유를 건넸다.

그는 정말이지 잘생긴 청년이었다. 키도 훤칠하니 컸다. 그가 세상 가장 행복한 미소로 빵을 먹는다.

"허허허, 천천히 드시게."

"와, 빵이 진짜 맛있어요."

"고맙네."

"그런데, 전 돈이 없는데……."

"괜찮다네. 나는 세상에 배고픈 사람이 없었으면 좋겠거든. 돈이야 없으면 어떠한가? 하하!"

너털웃음을 짓는 루카로. 그를 바라보던 청년. 그 청년이 잠시 무언가에 머리를 맞은 듯 루카로를 보았다. 그리고 부드럽게 웃음 지었다.

"정말 좋은 가치관을 가지고 계시네요. 어르신의 이름을 여쭈어도 될까요?"

"내 이름은 루카로. 이 빵집의 주인일세."

그에 소개에 청년이 빙긋 웃으며 말했다.

"저는 민혁. 방랑자입니다."

열다섯 번째 시련. 민혁은 알베로 영지로 워프되어 나타나면서 알림을 들을 수 있었다.

[모든 방어구의 장착이 해제되며 알베로 영지 안에서는 보유하고 있던 방어구를 착용할 수 없습니다.]

[누더기 같은 천 옷이 지급됩니다.]

[보유하고 있는 골드를 일체 사용할 수 없습니다.]

[인벤토리 안의 그 어떠한 것도 사용할 수 없습니다.]

[당신의 직업이 '식신'임을 시스템이 허락하지 않는 이상 밝힐 수 없습니다.]

민혁은 이 알베로 영지가 과거 식신을 섬겼던 곳이라는 사실을 알 수 있었다.

그리고 민혁은 곳곳을 돌며 알베로 영지에 대해 조사하기 시작했다. 아니, 정확하게 말한다면.

꼬르르르르륵!

배고픔에 허덕이며 돌아다녔다.

알베로 영지는 민혁에게 있어서 거의 지상 낙원과도 같은 곳이었다. 길게 늘어선 상점들! 그 상점들 대부분은 음식을 판매하고 있었으며, 또한 요리사들의 영지인 만큼이나 요리 실력은 가히 일품인 듯 보였다.

하지만 가장 큰 문제점이 있었다.

민혁의 경우 현재 보유하고 있는 골드를 전혀 사용할 수 없다는 점. 그리고 인벤토리에 있는 것도 사용할 수 없다는 점이었다. 이 무슨 말도 안 되는 경우란 말인가!

배고픔에 허덕이던 민혁은 배도 채울 겸, 자신이 이곳에서 완수해야만 하는 일에 대해서 알아내기로 하였다. 그들로부터 퀘스트를 받는다면 무언가 연결된 고리를 찾을 수 있을지도 모른다고 판단한 것이다.

그에 따라 민혁은 한 식당에 들어갔다. 그곳은 웅장한 크기의 레스토랑으로 '파라다이스 레스토랑'이라고 적혀져 있었다.

"배가 너무 고파 그런데, 음식을 베풀어주실 수 없을까요? 설거지든, 청소든 그 어떠한 잡일이라도 하겠습니다!!"

민혁은 누더기 같은 천 옷을 입고 있었지만, 최대한 예의 바르게 고개를 숙여 보이며 뭐든 하겠다는 강력한 의지를 보였다.

민혁은 몰랐지만, 이 레스토랑은 알베로 영지에서 최고의 요리사들이 모여 있는 식당 중 하나였다. 그리고 이곳의 주방장인 바르사는 자그마치 장인의 요리 솜씨에 올라 있는 인물이었다. 그러한 주방장 바르사가 바깥으로 나왔다.

그는 민혁을 위아래로 훑어보더니 자신의 코를 부여잡았다.

"아이구, 냄새. 더럽구나. 우리 파라다이스 레스토랑에 이런 거지 같은 놈이 찾아오다니, 썩 꺼지거라. 일을 시킬 생각도 없을뿐더러, 설령 네놈이 돈이 있다고 한들, 너에게는 음식을 팔지 않을 것이다."

민혁은 그 말에 의아해질 수밖에 없었다. 호화스러운 레스토랑! 그러한 레스토랑에서 손님을 가려서 받겠다는 거다.

"제가 돈이 있어도 팔지 않겠다니 이유가 뭐죠?"

"네 거지꼴을 보거라, 우리 파라다이스 레스토랑의 음식들은 너 같은 자가 맛볼 수 있는 요리가 아니다."

"요리라는 게 사람에 따라서 먹을 수 있다는 말인가요?"

"당연하지! 너 같은 놈은 시장에서 파는 싸구려 재료로 만든 음식이 어울리는구나!"

주방장이 말하고자 하는 바는 좋은 옷과 많은 돈을 가진 자만이 이곳 레스토랑에서 음식을 먹을 수 있다는 거였다.

민혁에겐 참으로 황당한 소리가 아닐 수 없었다. 사람이 음식을 가릴 순 있으나, 음식이 사람을 가려선 안 된다. 한데, 이 알베로 영지의 주방장 중 한 명이 하는 소리가 참으로 건방지고 오만한 소리였다.

민혁은 곧 이 레스토랑을 빠져나왔다.

화가 났지만 참은 이유가 분명히 존재하였다. 이것은 어쩌면 자신이 해야 할 시련의 일부분일지도 몰랐다. 여기에서 만약 행패를 부리고 한다면 그 실마리를 찾을 수 없을지도 몰랐다.

민혁은 계속해서 식당들을 돌아다녔다. 한데, 대부분의 식당 주방장들이 바르사와 비슷한 마인드를 가지고 있었다.

민혁은 이해할 수 없었다.

'어째서지? 이곳은 과거 식신을 섬겼던 영지…… 그런데, 어째서?'

민혁이 아는 식신 또한 세상 사람들이 배고파하지 않았으면 하는 사람이었다. 한데, 그를 섬기고 그의 정신을 이은 자들은 전혀 그러한 마인드가 아니었다. 아니, 오히려 일반 식당보다 더했다.

'이건 마치…….'

식당 프리미엄이 붙은 느낌이었다. 식신이라는 이름 아래에, 자신들은 식신을 섬겼던 사람들이기에, 뛰어난 진미를 만들어 낼 수 있고 돈과 권력을 거머쥔 자들만이 음식을 먹을 수 있다는 느낌.

'여긴 식신의 영지가 아니야.'

바로 그때, 그는 향긋한 빵 냄새를 맡을 수 있었다. 정말이지 고소하고 맛있는 냄새가 나서 자신도 모르게 이끌렸다. 그리고 허름한 빵집 하나를 발견할 수 있었다.

민혁은 그곳에서 빵을 굽는 한 사내를 볼 수 있었다. 그는 상념에 잠겨 구워지는 빵을 기다리고 있었는데, 빵을 만드는 이는 왼손이 없는 사내였다.

'마, 맛있겠다……'

곧이어 빵이 구워지고 사내가 빵을 꺼내자 향긋한 빵 냄새가 더욱더 진동했다.

민혁의 입에서 침이 뚝뚝 떨어질 때, 사내와 민혁의 눈이 마주쳤고 사내가 비명을 질렀다. 그러다가 가슴을 추스른 사내가 인자한 미소를 짓더니 손을 휘휘 휘저었다.

민혁은 바람처럼 안으로 들어갔고 그가 내미는 빵을 허겁지겁 먹어치웠다.

'이, 이렇게 맛있는 빵은 처음이야!!'

그는 감탄하고 또 감탄했다. 그러다 문득 깨달았다. 자신은 돈이 없다는 사실을, 그에 그 사실을 말하자 사내가 너털웃음을 흘리며 말했다.

"괜찮다네. 나는 세상에 배고픈 사람이 없었으면 좋겠거든. 돈이야 없으면 어떠한가? 하하!"

그 말에 민혁은 직감적으로 알 수 있었다. 이 사람이 무언가 힌트를 가진 사람임이 분명하다.

또한, 그를 보자 절로 미소가 돌았다. 세상에 배고픈 사람이 없었으면 하는 것! 그것은 민혁과 같은 가치관을 품고 있었다. 이 낡고 손님이 전혀 없는 빵집의 주인이 가진 그 생각은 억만금을 주어도 살 수 없는 그런 가치관이었다.

한데, 민혁은 작은 의문이 생겼다.

'어째서지? 어째서…….'

이 빵집엔 손님이 없는 것인가?

민혁은 알베로 영지 곳곳을 돌아다니며 이곳에 약 80여 개가 넘는 식당과 빵집, 음식 상점이 존재한다는 걸 알았다. 그리고 민혁이 아테네 게임을 해오면서 가장 맛있게 먹은 빵이 바로 이 사내가 만들어준 빵이었다.

그런데, 어째서 이 맛있는 빵집에 손님이 없는 걸까? 비싸서? 아니, 비싸지도 아니했다. 그 누구도 가벼운 주머니로 사 먹을 수 있을 만큼 맛도, 가성비도 훌륭한 빵집이었다.

괜스레 보이는 그의 왼쪽 손!

'무슨 사연이 있는 게 분명해.'

민혁은 이곳에 잠시 머물기로 결정하고 자신을 소개했다.

"이곳에서 잡일을 도와드리겠습니다! 빵값은 해야죠!"

"허, 허허?"

그리고 루카로는 그 말이 이렇게 들렸다.

'일을 도와주면서 눌러살 겁니다. 하핫!'

하지만 루카로는 인자하게 웃어주었다.

알베로 영지의 영주성. 그곳의 영주 안톤은 '새로운 식신'이라 불리고 있었다.

안톤은 요리사이며 백작의 작위를 가진 사내였다. 그러한 안톤은 자신의 식칼을 이리저리 둘러보며 보좌관으로부터 보고를 받고 있었다.

"루카로. 그자 또한 지원하였습니다."

"그래?"

그 말에 안톤은 고개를 끄덕였다.

"미식 드래곤의 만찬에 지원했다라. 전대 식신을 섬기는 마지막 후예."

안톤의 입에서 '풉' 하는 웃음소리가 흘러나올 수밖에 없었다.

전대 식신은 죽었다. 육체도, 그가 가졌던 찬란한 영광도, 그의 후손들도 모두. 하지만 혼자서 그의 긍지를 이으려는 자가 한 명 존재하였다. 그의 이름은 루카로. 작은 빵집을 운영하고 있는 사내다.

안톤은 식신이 죽은 후에, 이곳에서 새로운 식신이 되었다. 그는 항상 식신에게 뒤처져 왔다. 요리사 중 최고라 불리는 자였으나 식신을 넘어서진 못했다. 하지만 그의 죽음 이후, 그 식신의 이름을 안톤이 얻었다. 그는 눈치 빠르게 이곳 영지로 와, 식신에 대한 안 좋은 소문을 퍼뜨렸으며 요리사들에게 돈이 무엇인지 알려주었다. 돈의 욕심과 사리사욕에 빠져 버린 요리사들은 수십 년이 흐르면서 급격하게 탐욕적으로 변화해 왔다.

"그는 요리 재료를 살 마땅한 돈도 없지, 심지어 그의 왼손은 부러져 제대로 된 제빵 일도 할 수 없으니, 그는 예선에서 탈락할 거야."

미식 드래곤의 만찬은 매우 중요하다.

미식 드래곤은 수십 년에 한 번씩 이곳 영지로 찾아온다. 그리고 이곳에서 가장 뛰어난 요리사가 만들어낸 요리를 먹고 돌아간다.

이제까지 미식 드래곤을 만족시킨 건 과거의 식신뿐이었다. 하나, 이젠 그 요리를 만들 자가 바로 안톤인 자신일 터. 그리고 루카로는 예선도 통과하지 못할 터였다.

"큭!"

그가 실소를 머금었다.

안톤. 그의 본래의 직업. 황혼의 요리사였다.

민혁은 며칠간 루카로와 함께해 오면서 빵집에서 일을 마다하지 않았다.

그리고 민혁은 한 가지 사실을 알 수 있었다. 영지의 모든 이들이 루카로를 끔찍이 싫어한다. 그의 가게 앞을 지나가면서 욕을 하거나, 침을 뱉는 이들이 부지기수. 심지어 '썩 이곳에서 꺼져라!'라고 욕을 하는 이들도 다반사였다.

이유는? 아직 정확하게 알지 못한다. 정확한 이야기를 루카로가 회피했기 때문이다. 그리고 루카로는 오늘도 혼신의 힘을 다해 빵을 만들고 있었다. 그가 말하기를, 미식 드래곤의 만찬에 출전하기 위한 준비 중이라고 하였다.

'미식 드래곤이라······.'

이 영지에선 수십 년에 한 번씩 미식 드래곤을 만찬에 초대해 준다고 한다.

미식 드래곤은 일반적인 드래곤들도 건드리지 못할 만큼 강한 존재라고 한다. 그러한 미식 드래곤에게 만찬을 만들어주는 것. 그를 통해 그들은 '평화'를 얻는다. 만약 미식 드래곤을 만족시키지 못한다면, 미식 드래곤은 이 영지를 파괴할 거라고 하였다.

식신 알렌조차도 막지 못했던 미식 드래곤의 강력함!

'혹시······?'

민혁은 앞으로의 미래에 이 영지가 존재하지 않음을 안다. 그 때문에 혹시, 이 영지가 미식 드래곤에 의해 파괴되진 않았을까 추측한다.

그러던 때, 루카로가 얕은 신음을 흘렀다.

"아, 안 돼······ 이래선 예선조차 통과할 수 없어······."

요리라는 건 애석하게도 실제로 재료의 차이를 많이 받는다. 반면, 가난한 루카로가 활용할 수 있는 재료는 가장 값이 싼 것들밖에 없다.

"민감한 산양의 우유······! 그것만 있었어도······!"

"민감한 산양의 우유요?"

"그래, 민감한 산양."

루카로는 민혁을 보면서 씁쓸한 웃음을 지었다.

루카로는 민혁을 많이 좋아하게 되었다. 민혁은 돈도 없고 가난한 사내였지만 자신의 왼손이 되어주고 있었다. 아침에 일어나면 그는 가게 앞을 청소 중이었고 심지어 가게 내부도 번쩍번쩍 광이 나게 청소했다. 그리고 밖에 나가서 '루카로의 환상의 빵을 사세요!'라고 외치며 홍보할 때마다 사람들의 욕설을 들어도 멋쩍게 웃곤 했다.

그런 민혁이 루카로는 마음에 들었다.

"민감한 산양은 실제 산양보다 훨씬 더 커다랗지, 또한 민감한 산양의 성격은 워낙 까다롭고, 몸은 어찌나 민감한지, 어지간한 자들이 손을 대면 뒷발로 차버린다네. 그런 민감한 산양에게서 우유를 추출한 자는 이 영지에서도 단 세 명뿐. 과거 식신 알렌 님과 현재의 영주 안톤, 그리고 바로 나였지."

"오……."

민혁은 작은 감탄을 하였다.

과거의 식신과 현재의 영주만이 추출할 수 있는 산양의 우유를 추출한 또 다른 사람 중 한 명인 루카로.

"하지만 산양의 젖은 양손으로 부드럽게 짜야 하는데 지금의 나는 더 이상……."

그는 자신의 왼손을 내려다보며 탄식을 흘렸다. 더 이상 산양의 젖을 짤 수 없는 몸이 되어버린 것.

"그 산양의 우유는 일반 우유와는 다른 맛을 내지, 또한 빵이 상하지 않게 도와주는 역할도 하는 놀라운 힘을 가졌어, 그 산양의 젖만 얻어서 빵을 만든다면 예선을 통과할 수 있을 것 같건만……."

하지만 불가능이다. 루카로는 영주 안톤이 자신을 위해 우유를 짜줄 리 없다는 걸 알았다. 아니, 예선에서 떨어뜨리기 위해 안간힘만 안 써도 다행이리라.

민혁은 생각에 빠졌다.

'이 세 사람은 공통점이 존재해.'

뛰어난 요리? 물론 그것도 있다. 하지만 다른 공통점도 있다.

루카로는 손재주가 뛰어난 사내였다. 하나의 손으로도 빵 반죽을 하는 모습은 가히 일품이다. 그리고 식신 역시 높은 손재주 스탯을 가지고 있었을 터. 영주 안톤도 제2의 식신이라 불리는 요리사라니, 당연했다.

그렇다는 건?

"제가 민감한 산양의 우유를 추출해 오겠습니다."

자신도 할 수 있을지도 모른다는 사실이었다.

민혁의 말을 들은 루카로는 인자한 미소를 지어 보였다.

자신은 이 영지에서 외톨이가 되었다. 과거의 식신님을 섬긴다는 이유 하나만으로였다. 그러니 자신을 찾아온 방랑자가 자신을 위해서 해준 말이 참으로 값질 수밖에 없었다.

그렇지만 민감한 산양은 이 영지에서도 전설과 같은 존재. 그의 신선한 우유를 뽑아낸 자는 식신을 잇는다는 말이 있다.

'그 때문에 내 손도……'

안톤이 앗아갔다. 전대 식신을 섬기는 사람이 민감한 산양의 우유를 추출할 수 있다는 사실이 알려지지 않게 하기 위해.

"말은 고맙네만……."

"아니요. 꼭 산양의 우유를 가져오겠습니다!"

루카로는 민혁의 눈을 바라봤다. 맑고 총명하게 빛나고 있었다. 자신이 뭐 하나를 시키면 한 번에 알아듣고, 오히려 다른 것도 해내던 청년이다. 물론 이 빵집 내에서였지만 참으로 똑똑한 청년이었다.

'나도 제자를 받을 수만 있다면…….'

이 청년을 제자로 받고 싶다. 하지만 망가져 버린 왼손을 가진 자신은 그 누구도 받아들일 수 없는 비루한 운명.

허허 웃다가 루카로가 고개를 끄덕였다.

"그럼 부탁 한번 합세."

민감한 산양의 우유 추출은 영지의 그 누구라도 도전할 수 있었다. 대신에, 민감한 산양에게 호되게 혼나는 것을 감안해야만 한다.

민혁에게 퀘스트 창이 떠올랐다.

[퀘스트: 민감한 산양의 우유 추출]

등급: SS

제한: 루카로와의 친밀도를 쌓은 자

보상: 민감한 산양의 우유, 루카로와의 친밀도 최고치

설명: 알베로 영지에는 세상에서 가장 맛이 좋은 우유를 품은 민감한 산양이 존재한다. 하지만 그를 통해 우유를 추출할 수 있는 이는 단 세 사람밖에 없었다. 당신이 네 번째 사람이 되어보자.

민혁은 곧바로 루카로에게 위치를 전해 듣고 걸음을 옮기기 시작하였다.

그런 민혁의 등 뒤에서 루카로의 작은 목소리가 들려왔다.

"고맙네."

그러면서 루카로는 생각했다. 이번 미식 드래곤의 만찬은 포기해야 할 것 같다고.

민혁에 대한 고마움은 무척 컸다. 그렇지만 민감한 산양의 젖을 짜는 것은 별개의 문제였다. 민감한 산양의 젖을 짜는 일은 장인급에 오른 요리사들도 모두 실패하지 아니했는가? 그나마 루카로의 경우 놀라운 손재주의 힘을 가졌기 때문에 성공할 수 있었다.

루카로. 그의 손재주 스텟을 유저처럼 표기한다면 약 2천 정도였다.

파라다이스 레스토랑. 알베로 영지에서 삼대 식당 중 하나라고 불리는 레스토랑이다. 그 전통은 수백 년 전부터 이어져 왔으며 메인 주방장인 바르사는 알베로 영지에서도 몇 안 되는 장인의 경지에 올라 있는 요리사로, 장인의 경지에 올라선 지 오래된 것이 아니었다.

그는 '장인'의 요리사에서 그치지 않고 이번 미식 드래곤의 만찬의 요리 준비를 위해, 걸음을 옮기고 있었다.

'민감한 산양. 그 녀석의 젖을 추출만 한다면……!'

안톤 님의 후예가 될 수 있다. 안톤의 후예가 된다는 것은 곧 요리사들의 최정점에 선다는 것을 의미한다.

단순히 민감한 산양의 젖을 짜는 것뿐이지만 사람들은 말한다. 민감한 산양의 젖을 짜는 자는 식신의 자리에 오를 수 있다.

식신! 그 위대하고 거룩한 이름!

비록 전대 식신은, 얼룩진 소문에 의하여 악인으로 각인되었다. 먹기 위해 죄 없는 자들의 마을을 습격하여 학살하고, 오로지 먹기 위해 남의 것을 훔치거나 뺏었다고 한다.

하지만 사실 바르사는 알고 있었다. 전대 식신은 그런 인물이 아니라는 걸. 모든 것을 안톤이 조작했다는 걸. 바르사는 전대 식신이 음식을 제외한 탐욕이 없는 자라는 걸 알았다.

반대로 안톤과 자신은 탐욕을 가진 인물. 이 영지가 과거의 탐욕 없는 영지가 되는 걸 원치 않았다. 바르사는 안톤의 후예가 되어 돈, 권력, 명예, 그 어떤 것도 거머쥐고 싶기에 전대 식신을 부정하는 것이다.

그렇게 자신의 수제자들과 함께 산을 오른 바르사는 민감한 산양이 사는 곳에 도착할 수 있었다.

드넓게 펼쳐진 땅! 푸르른 풀들이 한껏 자라나 있었으며 산양들이 뛰어놀고 있었다. 그리고 여느 때와 마찬가지로 오늘도 몇몇 요리사가 민감한 산양의 젖을 짜기 위해 도전한다.

바르사 역시도 산양이 사는 곳을 보며 작은 신음을 흘렸다.

'어찌…….'

그는 깎아 만들어진 듯한 절벽을 바라봤다. 산양은 주로 암벽으로 이루어진 산 인근에서 서식한다. 그리고 민감한 산양은 더욱더 위태로운 절벽 위에서 생활한다.

그것이 놈이 더 까다로운 이유다. 자칫, 절벽에서 발을 헛디딘다면 떨어져 죽음을 면치 못할지도 모른다. 하지만 그럼에도 도전할 수 있는 가치가 충분한 것이 민감한 산양!

바르사의 눈으로 오늘도 깎아진 듯한 절벽의 작은 모퉁이에 앉아 있는 민감한 산양이 보였다.

녀석은 무리를 짓는 산양의 습성과 다르게 혼자 생활하였다. 또한, 그 크기는 세 배 가까이 되며 휘어진 뿔은 커다랬고, 이빨은 날카로우니, 산양이 아니라 맹수를 보는 듯하다.

"으, 으아아아아악!"

절벽을 오르려던 요리사가 그대로 절벽에서 미끄러져서 바닥으로 떨어졌다.

"크윽!"

그리고 결국 다리가 부러지고야 만다.

이를 본 요리사들 몇이 결국 포기하고 돌아간다. 하지만 몇몇 의지 있는 요리사들은 끝끝내 도전해, 산양의 곁에 다가간다.

젖을 짜기 위해 손을 뻗어 그 젖을 쥔 순간.

뻐어어어엉!

"으, 으아아아아아아아악!"

비명과 함께, 요리사가 나가떨어진다.

다행히도 이 근방에는 영주 안톤이 배치해 놓은 기사 셋이 있었기에 떨어지는 요리사들이 죽을 정도의 높이라면 신속히 움직여 받아낸다.

그리고 바르사. 그가 등에 커다란 빈 우유 통을 매고 절벽을 타기 시작했다.

'꾸준한 운동과 어릴 때부터 해온 요리로, 나는 일반 요리사들과 다르지.'

자그마치 장인의 요리사!

그는 노련하게 절벽을 타고 올라갔다.

"역시 바르사 님이셔!"

"와, 다른 요리사들과 다르게 저 절벽을 저리 가뿐히도 올라가시다니!"

수제자들이 감탄을 금치 못한다.

바르사는 마른침을 꿀떡하고 삼켰다. 가까이서 보니, 민감한 산양은 정말이지 무섭게 생겼기 때문이었다.

하지만 저 탐스러운 젖을 보라! 양손으로 꾸욱 잡아주면 부드럽고 달콤한 우유가 나올 터!

또한, 그의 손재주는 영지에서 영주님 다음으로 이길 자가 없다! 아니, 이제는 왼손 병신이 된 루카로를 제외하고 말이다.

바르사가 천천히, 조심조심 다가갔다. 그리고 손을 뻗어 산양의 젖을 잡는 데 성공했다.

"후우우우."

"우, 우와……."

"사, 산양의 젖을 잡는 데 성공하셨어."

"세상에, 민감한 산양은 보잘것없는 요리사들은 젖도 잡을 수 없게 한다던데!"

수제자들의 감탄. 바르사의 입가에 미소가 만연했다. 자신이 또 다른 전설을 써 내려가리라!

손을 부드럽게 움직여, 산양의 젖을 짜려 했다. 하지만.

"……?"

한 방울도 나오지 않았다.

그는 부드럽게 산양의 젖을 쓸면서 다시 한번 힘을 주어봤다. 하지만 나오지 않았다. 오히려, 심기가 불쾌해진 산양.

"매에에에에에에!"

화가 난 음성을 뱉어내며 바르사를 있는 힘을 다해 뒷발로 걷어차 버렸다.

"커헉!!"

그 힘에 절벽 밑으로 굴러 버린 바르사가 재빠르게 정신을 차리고 나무뿌리를 잡아챘다.

"허억, 허억."

뿌리에 대롱대롱 매달린 모습이 위태롭기 그지없다.

"주, 주방장님!"

"주방장니이임!!"

수제자들의 다급한 목소리가 들려온다. 바르사는 목숨의 위태로움 따위 안중에도 없었다. 어차피 기사들이 자신을 구해줄 터. 하지만 그것보다는 창피함이 더 컸다.

‘이, 이 내가…… 알베로 영지의 최고의 요리사인 내가……!’

고작 산양의 우유를 추출하지 못하다니!

그런데, 바로 그때.

“어? 어어어어!”

“저, 저자는 누구지?”

“빠, 빠르다!! 늑대 같아!!”

타타타타타타탓-

한 사내가 바람처럼 절벽을 오르기 시작했다.

“서, 설마 주방장님을 구하려고?”

“그렇지! 저 정체 모를 사내도 바르사 님을 알아본 게야!!”

그리고 엄청난 속도로 한 사내가 바르사의 옆에 섰다.

“어, 어서 나를 구해라. 나는 알베로 영지 최고의 요리사임을 알 것이다……!”

하지만 곧 사내는 곧바로 바르사를 지나쳐 쌩하고 절벽 위로 올라가 버렸다.

그가 선 곳은 산양이 있는 곳!

“무, 무엄하도다!! 내가 누군지 모르는 것이더냐? 감히 나를 버리고…… 어?”

그러다 바르사는 아차 했다. 얼굴이 익숙하다 싶었다. 심지어 허름했던 옷이 바뀌어 빵집의 하얀 옷을 입고 있었다.

그는 얼마 전, 레스토랑에 왔던 사내였다.

“네, 네놈, 그 거지가 아니더냐! 어서 나를 구해라! 당장 나를 구하지 않는다면 네놈을 가만두지 않겠다!!”

바르사의 목에 핏대가 세워졌다. 잠시 절벽 위에서 그를 내려다보던 사내가 피식 웃었다.

"제가 왜요?"

"……?"

"저는 허름한 거지입니다. 또한, 당신은 당신의 레스토랑에서 음식을 먹을 자격을 논하며, 심지어 제가 돈이 있다고 해도 팔지 않겠다고 말씀하시지 않았습니까?"

바르사는 입을 꾹 다물었다. 지금 이 상황에서도 그러한 사실은 변하지 않았다.

"반성의 기미가 전혀 없으시네요? 그러한 생각을 바꾸지 않겠다는 듯한 그 표정이요. 그런 생각으로 요리를 하시나요? 당신에게 요리는 권력, 명예, 돈을 위한 것일 뿐인가요?"

"다, 당연한 것 아닌가? 누구든 원하는 게 그러한 것들이다!!"

"맞습니다. 모든 사람은 탐욕스럽죠. 하지만 그러한 탐욕을 품고 있는 한편으로, 요리사란, 내 음식을 먹어주는 사람을 생각하는 겁니다. 그가 내 음식을 먹어주고 기쁠 때, 나 또한 기쁜 것. 그게 요리사 아닌가요?"

바르사는 황당했다. 일개 거지가 무엇을 안다고 요리에 대해서 운운한단 말인가? 자신은 자그마치 장인급에 오른 요리사인데!

대륙에 장인급에 오른 요리사는 열 손가락에 꼽힌다. 그러한 자신에게 감히 요리에 대하여 운운하는가!!

"내 힘으로 올라서겠다. 네놈, 가만두지 않겠어!!"

바르사가 양팔에 힘을 주었다. 그리고 자신을 끌어 올려, 다시 절벽을 오르기 시작했다.

발을 내디뎠을 때, 그제야 보였다. 사내가 가져온 빈 우유통이.

"하!"

웃음이 나올 수밖에 없었다. 감히 일개 거지가 민감한 산양에게 도전하는가?

바르사는 밑의 기사들에게 외쳤다.

"이자가 절벽 밑으로 떨어지면 구하지 말거라!!"

"하, 하지만……."

"이자가 나를 구하지 않는 걸 보지 않았느냐? 이 거지 같은 자의 목숨! 무엇이 중요한가! 그리고 자네들…… 요새 기운이 없어 보이는데, 우리 레스토랑에 한번 들리지."

그 말에 기사들의 표정이 밝아졌다.

그렇다. 거지 따위의 죽음! 그 누가 신경이나 쓸 것인가, 안톤을 모시는 만큼 그들도 탐욕에 찌들어 있던 것.

그리고 사내의 손이 젖을 향해 움직였다.

'크흐흐흐흐!'

바르사의 입이 한없이 찢어졌다. 저 젖을 만지는 순간 사내는 산양에게 뻥 차여져 절벽 밑으로 떨어져 죽음을 면치 못할 터.

'감히, 네깟 놈이 요리에 대해 논하는가?'

일개 거지 따위가?

사내 민혁의 손이 부드럽게 산양의 젖을 매만졌다. 그 순간.

"매, 매에에에에에~♥"

산양의 입에서 야릇한 소리가 흘러나왔다. 그리고 다시 한 번 민혁이 손을 움직였다.

그 손놀림!

'뭐, 뭐야? 마, 마치 악기를 연주하듯, 부드러우면서도 정확한 솜씨이다. 양의 젖을 섬세하게 매만지는 모습이, 마치 사랑하는 연인을 다루는 것 같다!!'

그리고 민감한 산양은 어떠한가. 놈은 흉포하기 그지없는 녀석. 하지만 자신의 옆에선 민혁을 돌아본 산양의 얼굴이 사랑으로 가득 찼다. 눈에서 꿀이 뚝뚝 흐른다. 그뿐이랴? 민혁이 만지기 편하게 그의 옆으로 이동한다!

"……!"

이 무슨 말도 안 되는 광경이란 말인가?

다시 한번 사내, 민혁이 손을 움직였다.

파파파파파파팟-

부드러운 움직임, 출렁거리는 젖과 산양의 뱃살! 끝내, 산양이 우유를 뿜기 시작했다.

쉬이이이이이-

민혁이 서둘러 우유 통을 들고 산양의 우유를 받아냈다.

"고마워, 잘 마실게."

"메에에에에에~♥"

"그래, 매일 힘들었지? 사람들이 네 젖을 아프게 쥐었던 거야, 너는 말 그대로 '민감한 산양'. 하지만 그들의 손은 거칠고

투박했던 거지. 내가 안 아프게 해줄게."

"메에에에~"

심지어 민혁은 그 흉포한 민감한 산양을 누구보다 훌륭히 다루고 있었다. 또한, 산양 또한 민혁을 보는 눈빛에서 하트가 보였다.

정확히는.

'짜, 짜릿해……!'

민혁의 손이 젖을 쥔 순간, 양은 살면서 느껴본 적 없는 쾌락을 느껴 버렸다.

그의 3천이 넘는 손재주는 과거의 식신, 그리고 현재의 식신 알톤, 그리고 루카로 또한 뛰어넘는 것이었다.

우유를 한가득 채운 민혁. 자그마치 2L짜리 우유가 다섯 통이나 되었다.

바르사가 부들부들 몸을 떨 때, 산양은 갑자기 민혁의 앞으로 몸을 숙여 보였다.

"타라고?"

"메에에에~"

민혁이 등 위에 올랐다. 산양은 민혁을 무사히 절벽 밑으로 데려다주고 싶었던 것.

"어, 어찌 이런 일이……!"

"저, 저 산양이 사람을 위해 등을 빌려준다고?"

"이건 말도 안 돼!!"

바르사의 수제자들과 기사들이 경악을 금치 못할 때, 부들부들 떨던 바르사가 입을 열었다.

"어, 어찌…… 어찌 너 같은 거지새끼가!! 산양의 젖을 짤 수 있단 말이냐!!"

그 말에 밑으로 내려가려던 민혁이 잠시 멈추고 그를 차갑게 바라봤다.

"영원히 깨닫지 못할 겁니다."

그 차가운 목소리는 바르사의 비수를 찌르고 들어온다.

"당신 같은 사람은."

바르사의 얼굴이 붉게 물들었다. 이것은 살면서 그가 처음으로 겪는 커다란 치욕이었다. 한데, 발이 움직이지 않았다. 순간 그에게서 범접할 수 없는 힘이 느껴졌기 때문이다.

'이, 이 거지는 누구인가?'

그리고 산양이 절벽 밑으로 내려섰다. 그리고 절벽을 뛰어다니며 하산을 시작했다.

민혁과 멀어지고서야 정신을 차린 바르사. 그가 외쳤다.

"주, 죽여라!! 저놈을 죽인다면!! 내 너희들에게 엄청난 포상금을 약속하마!!"

알베로 영지에서도 꼽히는 실력자 바르사가 휘두를 수 있는 권력은 막강하다.

기사들이 빠르게 검을 뽑아 들고 접근했다. 하지만 민감한 산양이 매섭게 그들을 노려봤다.

"……으, 으으……!"

민감한 산양은 고작 양에 불과하지만 어마어마한 괴력과 힘을 가진 존재. 실제로 몬스터로 친다면 500레벨을 넘어서는 수준이었으며 알베로 영지의 수호자와 같은 존재. 그런 민감한 산양이 민혁을 지켜내고 있었다.

기사들이 물러서고 민감한 산양에 올라탄 민혁의 시선과 바르사의 시선이 마주쳤다.

피식- 민혁의 한쪽 입꼬리가 말려 올라갔다.

그 순간 바르사는 가슴이 철렁하고 내려앉았다. 그에게서 높디높은 하늘이 보였기 때문이다. 그리고 그 웃음. 그것은 명백한 조롱이었다.

민감한 산양의 등에 오른 사내가 사라졌다.

"으, 으아아아아! 빌어먹을! 죽여 버리고 말겠다!!"

사내는 자신들에게 해를 끼치는 일을 하지 않았다. 단지, 보여주었고 말하였으며 웃었을 뿐이다.

하지만 흥분한 바르사. 그것은 즉, 그가 사내에게 완벽하게 패배했다는 반증이다.

민혁이 민감한 산양의 우유를 추출하였을 때 알림이 들려왔다.

[퀘스트 '민감한 산양의 우유 추출'을 완료했습니다.]
[루카로와의 친밀도가 최고치로 상승합니다.]
[민감한 산양의 우유 2L를 드실 수 있습니다.]

민혁이 추출한 민감한 산양의 우유는 총 10L였다. 그중 2L는 민혁이 마셔도 되었다. 한데, 여기에서 알림이 그치지 않고 추가적인 퀘스트창이 떠올랐다.

[연계 퀘스트: 전설의 태양의 밀]
등급: SSS
제한: 민감한 산양의 우유 추출에 성공한 자
보상: ???
실패 시 페널티: 더 이상 열다섯 번째 시련을 진행할 수 없음
설명: 민감한 산양의 우유를 추출해 낸 당신. 전설의 태양의 밀의 위치를 루카로에게 들을 수 있게 되었다.

'전설의 태양의 밀……?'
태양의 밀. 민혁이 과거 고블린 토벌대에 들어가서 보상으로 받았던 것이다. 태양의 밀은 일반 밀보다도 훨씬 더 맛있다고 알려져 있다. 그런데, 전설의 태양의 밀이라?
상세 확인을 클릭해 보자 내용이 펼쳐졌다.

[전설의 태양의 밀은 당신이 있던 때 말 그대로 전설이 되었다. 그 이유는 알베로 영지가 사라짐과 동시에 함께 사라졌기 때문이다. 사실상, 당신이 알았던 태양의 밀은 전설의 태양의 밀의 최하위 품종일 뿐이다. 전설의 태양의 밀은 놀라운 힘을 가지고 있다.

이는 전설의 태양의 밀을 획득한다면 확인할 수 있을 것이다.]

민혁은 작게 놀랐다. 일반적인 태양의 밀로 만들어진 음식 또한 아주 훌륭한 맛을 내었던 것으로 기억한다. 그런데 그는 최하위 품종에 지나지 않았다고 한다.

'신비한 힘을 가진 게 분명해.'

이는 민혁이 루카로에게 묻기로 했다.

그러다 문득 그는 자신을 태우고 가는 민감한 산양을 내려 다봤다.

"……너 왜 집에 안 가니?"

"메에에에에에~"

그러자 민감한 산양이 하트가 난발하는 눈빛으로 민혁을 보며 야릇한 미소를 지어 보였다.

그 순간 민혁은 직감적으로 알 수 있었다.

"서, 설마 너…….."

"메에에에에에~"

민혁은 알 수 있었다. 민감한 산양은 민혁과 계속 함께 있고 싶었던 거다.

순간 입이 늘어났음에 절망할 뻔했던 민혁이었으나, 녀석에 게선 지속적인 민감한 산양의 우유를 추출할 수 있다는 사실 에 안심했다.

그리고 또…….

'비상식량. 후후후후후!!'

민감한 산양은 민혁의 비상식량이 되어버린 것이었다!

루카로는 민혁이 다치지 않고 무사히 돌아오기만을 간절히 바라고 있었다.

양손을 모은 채 간절히 기도하는 그의 뒤로 인기척이 들려왔다.

획!

그가 고개를 돌리자 훤칠하게 잘생긴 사내가 서 있었다. 붉은 머리카락이 인상적인 사내였다.

"카르데온 님."

카르데온이라고 불린 사내. 그의 정체는 놀라웠다. 바로 미식 드래곤이었기 때문이다.

자그마치 5천 년 이상을 산 미식 드래곤 카르데온. 그는 드래곤 로드의 수장보다도 더 강력한 힘을 가진 역대 최고의 드래곤이었다. 추후 등장하는 블랙 드래곤 보르몬은 그의 앞에서 미천한 존재에 불과했다. 또한, 미식 드래곤의 만찬의 가장 큰 심사위원이기도 할 터였다.

"어째서 떠나지 않는 것인가, 식신의 후예여."

반갑게 자신을 맞이해 주는 루카로와 다르게, 카르데온의 표정은 딱딱하기 그지없었다. 아니, 이해할 수 없다는 표정이었다.

"저는 이 영지에서 식신님을 지킬 것입니다."

"지키는 것은 자네가 살아야 가능하다는 것 모르는가!!"

미식 드래곤 카르데온.

사람들은 식신이 요리를 해줌으로써 그의 흉포함을 잠재워주고 있다고 믿고 있었다. 식신도 그의 앞에서는 한낱 미약한 존재일 뿐이라고 말이다.

하지만 이는 사실이 아니었다. 미식 드래곤 카르데온은 식신과 끈끈한 친우였다. 그리고 식신은 영원한 안식에 빠지기 전 말하였다.

'내가 일구어 놓은 것들을 파괴하고 변질시키고, 더럽히는 자들은 무척이나 많을 거야, 당연한 일이지, 그런데 만약 그것이 걷잡을 수 없을 정도로 커진다면 자네에게 그 뒤를 부탁해도 되겠는가?'

그는 식신의 부탁을 받았다. 그리고 카르데온은 그 뜻을 과격하게 해석했다.

사실 식신은 그에게 그들을 바로잡아 달라고 말하고 싶었던 것이다. 하지만 카르데온은 탐욕스러운 인간들을 보면서 전혀 다른 생각을 하게 되었다. 나의 전우를 비웃고 조롱하는 이들, 탐욕에 눈이 멀어, 진정한 요리란 것을 알지 못하는 이들. 이들에게 벌을 내리리라.

미식 드래곤의 만찬은 그를 위한 명분이었다. 카르데온은 탐욕에 가득 찬 그들이 만들어낸 음식에 자신이 만족할 수 있을

리 없다고 확신하고 있었다. 그리고 그날. 식신의 영지이자, 타락해 버린 영지인 알베로는 역사 속으로 사라지게 될 것이다.

그는 식신을 유일하게 아끼고 사랑하는 루카로에게 그 사실을 알렸다. 그리고 떠나라고 말하였다. 하지만 그는 떠나지 아니했다.

"제 손으로 구할 겁니다. 이 영지. 요리가 무엇인지, 과거의 식신님께서 어떠한 분이셨는지 제가 증명해 보일 겁니다. 저는 그분의 후예니까요."

카르데온은 그 총명하고 강직한 눈동자에서 보았다.

"그를 위해 싸우다 죽어도 후회는 없다는 건가?"

미식 드래곤 카르데온이 모든 것을 파괴할 장본인이다. 사실상 그러면 루카로만을 살려둘 수 있었다. 하지만 루카로는 그것을 원치 않는다는 걸 눈빛에서 보았다.

카르데온. 그는 식신에게 속으로 되뇌었다.

'너는 행복한 사람이다.'

죽어서도 누군가 이토록 너를 사랑하고 있으니.

하지만 한편으론 카르데온의 슬픔은 또 다른 것에서 있었다.

오른손밖에 남지 아니한 루카로.

이번 미식 드래곤의 만찬에서 만들어내야 할 요리는 대용량이었다. 자그마치 드래곤인 자신이 먹어야 할 음식이기에.

다른 식당의 주방장들은 자신의 수제자들과 함께 대회에 오를 것이다. 하지만 루카로는 혼자였다. 아무리 그의 요리가 뛰어나다고 한들, 그를 극복할 수 없을 터.

하지만 그의 순수한 긍지를 더 이상 건드리지 싶지 않은 카르데온은 그저 웃음 지었다.

"그대의 숭고함에 드래곤 카르데온으로서 무한한 영광을."

그말과 함께 카르데온은 빛이 되어 사라졌다.

루카로는 쓸쓸히 웃었다.

그 또한 이 영지가 사라질 것을 알고 있었다. 하지만 그분을 끝까지 지켰다는 것. 그것 하나만으로도 루카로에겐 기쁨에 겨운 것이다.

'나는 죽지만, 다른 후예가 당신의 긍지를 이을 겁니다.'

허공을 바라보며 빙긋 미소 짓던 루카로. 그가 문득 들려오는 목소리를 들었다.

"루카로 님~ 바깥으로 나와보세요!"

"어?"

기다리고 기다렸던 방랑자 청년 민혁이 돌아왔다.

밖으로 나오자 민혁이 활짝 웃으며 가득 찬 우유 통을 흔들어 보이고 있었다. 그리고 그 옆에는 민감한 산양이 '메에에에~' 하는 울음소리를 흘리며 서 있었다.

'어, 어떻게 이런 일이……?'

루카로는 경악했다.

밝게 웃으며 우유 한 컵을 벌컥벌컥 들이키는 민혁!

"캬~! 민감한 산양의 우유는 정말 끝내준다고요! 루카로 님도 한 잔 드세요!!"

그의 웃음. 그에 루카로도 껄껄 웃어버렸다.

"자네, 우유를 짜오라고 했지, 누가 산양을 데리고 오라고 했나, 자네의 직업은 테이머였던거군!"

루카로는 민혁의 직업이 전설 속의 테이머일지도 모른다고 생각했다. 그렇지 않고서야 저 민감한 산양이 민혁을 따라올 리가 없지 않은가?

"자네 덕분에 이번 예선을 통과할 수 있을 것 같군. 자, 가지 내가 빵을 만드는 과정을 보여주겠네."

"네에에!!"

쾌활하게 대답하는 민혁.

두 사람은 밝게 웃으며 허름한 빵집으로 들어갔다.

그리고 루카로는 몰랐다. 지금 그가 함께 있는 자가 바로 식신의 진정한 후예라는 사실을.

2장
두 명의 식신

주방으로 들어온 루카로는 조리모를 쓰고 조리복을 입었다. 민혁도 그처럼 차려입었다.

"테이머인 자네에게 한 가지 알려주자면 요리의 첫 번째는 위생이네."

"네."

민혁은 일단 대답은 했지만 테이머라는 말에 의아할 수밖에 없었다.

루카로는 미리 불려두었던 팥을 삶기 시작했다. 팥을 삶은 후에, 첫 물을 버려주고 다시 삶는다. 그의 움직임은 신중하고 정확했다.

'대단해.'

민혁은 그를 보면서 작게 감탄했다.

그는 팥앙금을 만드는 과정에서 장인 그 자체의 모습을 보여주고 있었다. 한 치의 오차도 없었다. 계량기를 따로 쓰지 않았는데, 정확한 양의 물을 부으며 타이머를 쓰지 않아도 정확한 시간에 불을 껐다. 그리고 한 손으로 팥을 으깬다.

하지만 그 모습이 쉬워 보이진 않았다. 그는 오른손밖에 사용할 수 없었기 때문이다.

"제가 하겠습니다."

"그래 주겠나?"

민혁이 잘 삶아진 팥을 으깨기 시작했다.

작게 웃음 지은 루카로는 그 모습을 보며 단팥빵 반죽 만들기에 돌입했다. 그의 입가에 미소가 만연했다.

"예선전을 통과한 음식은 제값의 2배의 가격으로 영지에서 매입한다고 하네, 또한, 매입된 빵은 영지민들에게 무료로 나눠준다고 하더군."

루카로는 무료로 나눠주는 빵이 배고픈 자들을 배불리 할 것이라는 생각에 기뻐하고 있었다. 또한, 합격하기 위해서 혼신의 힘을 다하고 있어, 입가에 즐거움의 미소가 만연했다. 마치 민혁이 맛있는 먹거리를 먹고 싶어 하는 표정처럼, 그는 남이 자신의 빵을 먹어준다는 생각에, 한없이 행복하고 기쁜 표정을 짓고 있었다.

그의 손이 움직일 때마다 곱게 갈린 밀가루가 뿌옇게 흩날린다.

땀 한 방울이 흐를 때마다 손수건을 이용해 땀을 닦아냈다.

그는 온 힘을 다하고 있었다. 그에게서 보이는 모습, 말 그대로 뛰어난 장인이었다. 고작 단팥빵 하나를 만드는 것임에도 그는 온 힘을 쏟아붓고 있었으니, 민혁의 입에서 감탄이 흘러나온다.

'어찌 저 한 손으로……'

팥앙금을 머금고 산양의 우유로 반죽이 된 단팥빵이 오븐 안으로 들어간다.

오븐 안으로 들어간 단팥빵이 빠르게 익어가기 시작한다.

그 앞에서 영락없는 어린아이처럼 웃는 루카로를 보며 감탄할 때 민혁에게 알림이 들려온다.

[진정한 장인 요리사의 요리 만드는 과정을 보셨습니다.]
[당신의 요리에 대한 이해도가 큰 폭으로 상승합니다.]
[손재주 100을 획득합니다.]
[당신이 만든 요리의 맛 부분이 30 상승합니다.]

잠시 후, 오븐 안에서 단팥빵을 꺼낸 루카로. 그가 단팥빵 하나를 양옆으로 쭈욱 찢자, 모락모락 뜨거운 김이 피어올랐다.

민혁의 목울대가 자신도 모르게 꿀꺽하고 움직인다.

반으로 나눠진 단팥빵 안의 팥앙금은 어떠한가.

반으로 찢은 루카로가 그에게 단팥빵을 내밀었다. 막 만든 빵. 그 맛을 느낄 수 있는 이는 오로지 그 빵을 만들어낸 이들일 수밖에 없다.

빵을 한 입 베어 물자 따뜻함이 느껴진다. 그리고 그 사이로 조금 뜨거운 팥앙금이 느껴지는데, '허어~' 하면서 혀를 굴리며 먹자 그 달콤함에 미소가 피어오른다.

"진짜 맛있어요……!"

"여기 산양의 우유와 함께 드셔보시게."

벌컥벌컥-

보드라운 단팥빵을 먹다가 그 시원한 산양의 우유를 한껏 들이켰다. 입안에 남아 있던 단팥빵이 녹아서 사라진다. 그리고 부드럽고 담백한 목 넘김에 '후~'하는 숨이 저절로 뿜어져 나왔다.

[장인의 요리사가 혼신의 힘을 다해 만든 놀라운 단팥빵을 드셨습니다.]

[일주일 동안 배고픔이 사라지며 활력이 20% 상승합니다.]

[높은 경지에 오른 이의 단팥빵을 드셨습니다.]

[당신의 버프 능력에 어떠한 버프를 넣을지 선택할 수 있게 됩니다.]

민혁은 경악하며 루카로를 보았다.

"요리에 뛰어난 능력을 담는 것도 분명 중요한 일이네, 하지만 난 이 단팥빵으로 영지에서 배고픔을 느끼는 이들이 행복해졌으면 좋겠어."

민혁이 경악한 이유는 하나였다. 요리에 어떠한 버프를 넣을지 자신이 조절할 수 있다는 것. 그리고 루카로의 요리를 먹음으로써 자신이 새로운 경지에 올랐다는 거다.

'이는 내가 식신이란 직업이기에 가능한 일.'

만약 일반적인 사람들이 빵을 먹었다면 자신처럼 요리에 대한 깨우침은 없었을 것이다.

루카로는 자신이 만든 단팥빵을 예쁘게 싼 포장지에 담아 영주성으로 향했다.

미식 드래곤의 만찬. 이 대회의 예선과 본선에는 총 여덟 명의 심사위원이 존재한다.

이 여덟 명의 심사위원 중 7인은 뛰어난 미각을 가졌다고 소문이 자자한 이들로 구성되어 있으며 장인의 경지에 오른 요리 연구가, 실제 장인의 요리사, 요리 재료 탐색가, 기괴한 미식가 등이 있었다. 그리고 나머지 한 명은 대회 참가자 겸 영주인 안톤이 있었다.

이 미식 드래곤의 만찬의 예선전 참가 음식들은 전부 누가 만들었는지 불분명하게 표기된다. 그 이유는 사람을 보지 아니하고, 그 음식만을 보고 판단하게 하기 위함이었다.

그리고 안톤. 그는 7인의 미식가들이 올려놓은 최고로 뛰어났던 요리들을 나열해 놓았다.

영주 안톤은 그 앞에 나열된 음식 네 가지를 보았다.

"그대들이 뽑은 가장 뛰어났던 요리는 무엇이오?"

그 질문에 7인의 미식가들은 일말의 망설임도 없이 말하였다.

"단팥빵입니다."

예선전이라고는 하나, 요리들은 제법 화려한 것들이 나왔다. 크라켄을 사냥하여 만든 게살 수프. 백년설삼을 설탕에 절인 후에 맛좋게 만들어낸 사탕. 소고기를 이용해 만들어낸 필라프 등 화려함 그 자체였다. 한데, 안톤은 그중에서 가장 평범하고 하찮아 보이는 단팥빵이 예선에 올라온 것부터가 거슬렸는데, 그것이 최고라 한다.

7인의 미식가와 안톤은 심사위원이지만 확실하게 달랐다. 7인의 미식가는 안톤이 함부로 조종할 수 없는 인물들!

'입들이 어떻게 된 것인가.'

고작 저딴 단팥빵이 최고의 요리라 말하다니, 그들의 찬란했던 과거도 이제 한물간 건가 싶었다.

안톤은 보이지 않는 조소를 머금고 단팥빵을 한입 베어 물었다.

"……?"

그 순간, 안톤은 말문을 잃을 수밖에 없었다.

부드러운 빵의 결, 적당한 반죽량. 그리고 그 안에 들어 있는 달콤한 팥앙금. 팥앙금이 적당히 달콤하다. 너무 달콤하면 거부감이 들게 마련. 하지만 이 달콤함은 적당함이었으니, 절로 기분이 좋아진다.

"어떻소? 맛있지 않소?"

"평범한 재료로, 최고의 음식을 만들어내다. 과거의 식신을 보는 듯하오."

안톤은 자신도 모르게 눈을 감고 음미하다가 그를 미식가들의 목소리가 깨어냈다. 그리고 끝에 느껴지는 산양의 우유 맛을 캐치해 냈다.

'도, 도대체 누가 산양의 우유를!!'

경악하는 그는 내색하지 않았다.

"이 빵을 만든 자. 혹시 파라다이스 레스토랑의 주방장이요?"

"이제 이 요리들의 주인들이 곧 알려질 테니, 조금만 참으시지요."

안톤은 요리를 한입씩 맛보았다. 그리고 어째서 심사위원들이 빵을 최고라 했는지 알 것 같았다.

'너무 화려하기만 한 맛들뿐이다. 반대로, 이 빵은 화려하지 않고 그저 맛있다.'

이윽고 모든 평가가 완전히 끝났을 때, 그제야 요리 주인의 정체가 밝혀졌다. 이미 안톤도 단팥빵에 최고의 점수를 주었다.

자신이 먹었던 크라켄의 살로 만든 수프는 파라다이스 주방장이 만든 것. 그 외의 뛰어난 요리들도 알베로 영지의 최고의 요리사들이 만들어낸 거였다.

그리고 단팥빵은.

[루카로]

안톤은 경악했다. 루카로. 식신의 후예가 만들어낸 단팥빵이라니! 당혹스럽기 그지없었다.

"루카로. 그자의 손을 그리 만들었으면 안 됐습니다."

"맞습니다. 누군지는 모르지만, 그 정체 모를 괴한이 루카로라는 타고난 재능을 가진 이의 손을 망가뜨렸습니다."

그리고 한 미식가가 묻는다.

"과연 누구일까요?"

"크흠!!"

미식가들은 세계 곳곳에서 온 인물들! 애초에 알베로 영지의 이들이 아니다.

그들의 말에 안톤은 헛기침으로 부정했다.

그러나 이미 어쩌겠는가? 자신 스스로가 루카로가 만든 빵에 합격점을 주었다.

'빌어먹을.'

예선전 참가자들의 본선 대회는 바로 내일 이루어진다. 그리고 미식 드래곤이 나타나는 날이다.

합격자 발표. 광장 앞으로 무수히도 많은 사람이 모여 있었다. 그리고 루카로와 민혁 또한 함께 있었다.

그 안에서 루카로를 비난하는 이들이 쇄도했다.

"그런 쓰레기 같은 자를 섬기다니, 썩 우리 영지에서 떠나라!!"

"루카로!! 너는 우리 영지의 수치다!"

"손 하나로 모자란 게냐? 사지를 찢어줄까?"

타락한 요리사들이 뱉어내는 말. 하지만 루카로는 그 안에서도 긍지를 잃지 아니했다.

누군가 외쳤다.

"네놈은 절대 예선전을 통과할 수 없어!!"

민혁은 그 틈에서 비웃었다.

'그의 재능을 시기하는가?'

그들은 시기할 뿐이다. 식신을 섬겨서 욕한다는 것은 핑계일 뿐. 그의 천재적 재능에 열등감을 가지고 욕할 뿐. 이쪽에서 맞받아칠 필요는 없다.

바로 그때, 합격자 공문이 붙었다.

그리고 가장 높은 점수를 받은 요리. 그 요리의 주인이 가장 높은 곳에 올라가 있었다.

[루카로. 단팥빵]

모든 요리사가 경악했다. 어떻게 하나뿐인 팔로? 심지어 더 놀란 것은 그가 만든 요리는 흔하디흔한 단팥빵이라는 거였다.

한데, 예상치 못한 일이 벌어졌다.

"예선에 합격한 자들의 요리는 무료로 나눠질 것입니다. 하지만 단팥빵은 제외됩니다."

그에 루카로가 의아한 표정을 지었다.

"어, 어째선가?"

"배고픔을 일주일 동안 채워준다는 힘이 깃든 이 단팥빵은 사실상 요리사의 영지라는 이곳과 맞지 않소. 모두가 일주일 동안 배불러진다면 모든 식당의 매출이 크게 하락할 터, 이는 영주님의 결정 사항이요."

루카로는 예선전에 통과한 기쁨을 오래 만끽하지도 못했다. 배고픈 이들에게 빵 하나 나눠주고 싶었을 뿐이거늘!!

그리고 루카로는 생각했다.

'계속 이럴 것이다.'

대회 안에서도.

어쩌면, 오늘 밤 습격이 올지도 모른다.

옆에서 민혁이 말한다.

"우리가 함께 만든 단팥빵을 나눠주지 못하겠다고요? 무슨 그런 말이 다 있죠?"

"……무슨 소리인가?"

루카로의 얼굴은 딱딱히 굳어 있었다.

"예?"

민혁이 돌아보자 그가 말했다.

"우리라니? 내가 만든 거지."

루카로의 표정은 한없이 차가웠다.

"착각하지 말게. 테이머 양반. 내가 만든 요리야, 우리가 아니라."

또 한 번 말한다.

"내가 자네 같은 파렴치한과 함께하다니, 실망일세. 당장 이 영지에서 썩 꺼지게!! 거지 같은 놈을 거둬주었더니 이딴 식으로 갚아?"

하지만 민혁은 루카로의 생각을 눈치챘다.

'내일. 알베로 영지는 예정대로 세상에서 사라진다.'

그리고 루카로도 죽고 이 자리의 모든 이들이 죽는다.

누군가 방해하는 한, 미식 드래곤은 만족하지 못할 것이다. 그에 루카로는 자신을 떠나보내려 한다. 오로지 자신을 살리기 위해.

"썩 꺼지란 말 안 들려!!"

슬픔이 끓어오르는 가슴, 말은 그렇게 하나 루카로의 눈은 한없이 슬픔에 잠겨 있었다.

'어째서 내게 이런 시련을 주었는지 알겠어. 내가 루카로를, 이 영지를 구원한다.'

그리고 힌트로 얻어진 전설의 태양의 밀.

"카악 퉤!! 치사하네요! 정말 실망입니다!"

민혁은 침을 뱉는 시늉을 했다.

루카로는 자신을 계속 밀어낼 것이 분명하다. 차라리 그가 바라는 대로 한다. 그동안 그의 마음이 편해질 수 있게.

대신에.

"제가 이제까지 일을 함께해 줬으니 전설의 태양의 밀이 있는 위치나 알려주시죠!"

"자, 자네가 전설의 태양의 밀을 어찌……?"

루카로는 놀랐다. 그가 전설 속에 내려오는 그 밀을 어찌 아는가?

하지만 전설의 태양의 밀이 알베로 영지와 조금 동떨어진 곳에 있다는 게 생각났다.

'민혁, 방랑자인 자네는 이곳에서 죽어선 안 돼, 차라리 그곳으로 간다면 자네는 살 수 있겠지.'

루카로가 화를 내며 말했다.

"저쪽 바위를 넘어서고 태양과 가장 가까운 쪽으로 가면 전설의 태양의 밀이 있다. 이제 알았으면 썩 꺼져라!!"

그 말에 민혁은 뒤도 안 돌아보고 몸을 돌렸다. 그리고 무수히도 많은 인파 속. 그가 사라졌다.

민혁은 떠나면서 생각했다.

'금방 돌아오겠습니다. 루카로 님.'

반대로 루카로는 생각한다.

'멀리멀리 가시게, 자네만큼은 꼭 살아남게.'

서로가 다른 생각을 품고 다음 날 아침이 밝는다.

그리고 '미식 드래곤의 만찬'이 시작되었다.

웅장한 콜로세움. 본래 기사들이나 혹은 격투가 등이 있어야 할 그곳에 올라선 것들은 커다란 식탁들과 조리 도구들이었다. 일곱 명이 넘는 예선 합격자들의 이름표가 그 위로 올라가 있었으며 수만의 관중들이 가득 찼다.

오늘 하루, 알베로 영지는 모두가 휴식을 취한다. 그리고 알베로 영지의 영지민들 대부분이 이 대회를 보기 위해 몰려들었다.

과거 식신이 요리하여 만족시켰던 미식 드래곤! 하지만 과거의 식신은 죽었다. 이제 새로운 식신이 도약해야만 할 때였다. 이 미식 드래곤의 만찬은 그러한 자를 뽑는 자리!

"우와아아아아아아아아!"

"와아아아아아아아아!"

"식신이시여!!"

"식신이시여!!"

영주 안톤. 정확히는 황혼의 요리사 안톤이 입장하는 순간, 그를 '식신'이라 찬양하는 목소리가 콜로세움을 가득 채운다.

안톤. 전대 식신이 죽은 후에, 그는 이 알베로 영지의 영주로 왔다. 그리고 대륙 전체에 자신의 식당을 가지고 있던 안톤은 엄청난 권력과 부를 거머쥔 이였다.

그러한 그가 식신의 영지의 환심을 사는 것은 어렵지 아니했다. 세금을 감면하였으며, 영지민을 위해 자금을 풀었다. 그런 식으로 영지민의 환심을 샀으며 바람잡이들을 통해 '전대 식신'에 대한 소문을 퍼뜨렸다.

그렇다. 안톤은 영주로써 본다면 못된 이는 아니다. 하나, 그는 '식신'의 자리를 돈과 권력으로 샀다 할 수 있다.

또한, 영주로서 나쁘다 하지 않을 수 있으나, 요리사로서는 아니다.

자신의 라이벌이자 유일하게 전대 식신을 섬기는 인물 루카로의 왼쪽 손을 괴한을 시켜 망가뜨려 버린 것. 또한, 그를 쫓아내기 위해 계속 사람들을 보내었으니, 그는 요리사로서 자격 미달. 정확히는 그저 '정치인'일 뿐.

하나, 그 사실을 모르는 영지민은 그를 찬양하며 우레와 같은 함성을 터뜨린다.

그가 입장함과 동시에 터져 나온 함성.

"식신님께서 미식 드래곤을 만족시킬 거야!"

"세상에! 지상 최강의 존재인 드래곤! 드래곤의 입맛을 만족시키는 존재라니."

"여기 있는 모든 관중에게 자신이 오늘 만들었던 요리까지 베푼다고 하셨어!"

"그의 요리는 뛰어난 버프를 머금고 있지, 그의 요리를 먹는다면 며칠 동안 피로하지 않을 걸세!"

영주 안톤이 무대에 오르고 얼마 지나지 않아, 거대한 바람이 느껴지기 시작했다. 관중들이 자신들의 흩날리는 머리카락을 잡는다.

그들의 위로 검은 그림자가 드리워진다. 드리워진 검은 그림자에 하늘을 올려다보자.

"미, 미식 드래곤!!"

"그 어떠한 드래곤보다 강력하며 흉포한 존재!!"

"웅에에에에에에!"

"무, 무서워……."

미식 드래곤은 허공에서 멈춰섰다. 놀라운 일이다. 날갯짓을 하지 않음에도 하늘 위에서 편안하게 지상을 내려다보는 그. 엄청난 무게를 견뎌내는 플라이 마법! 과연 마법의 왕이라고 할 수 있는 드래곤다운 면모였다.

그와 함께, 속속들이 요리사들이 등장하기 시작했다.

"파라다이스 레스토랑의 바르사와 그 수제자들이다!"

"노을 식당의 한식의 장인 아그르와 그 제자들도 함께 있어!!"

"파라다이스 레스토랑이 화려함 그 자체라면, 노을 식당은 정갈함 그 자체지."

"크흐~ 밥이냐, 스테이크냐 아니야?"

"그렇지!"

이처럼 모든 요리사는 주방 보조나 혹은 수제자들과 함께였다. 미식 드래곤은 어마어마한 크기의 드래곤! 대용량 요리를 하기 위해선 쉽지 않았다.

그리고 마지막으로 루카로가 외로이 무대 위로 향했다. 그가 가는 동안은 그 어떠한 함성도 없었다. 또한, 그의 곁에 동료도 없었다. 그는 묵묵히 걸을 뿐이었다.

관중들은 처음 그를 욕하려고 했다. 하지만 욕할 수 없었다.

'뭐, 뭐지?'

'멋있는데?'

'뭔가 당당해 보여.'

그것은 루카로의 몸에서 흘러나오는 긍지 때문이었다. 혼자지만 최선을 다하겠다는 그 긍지로 인해 매료되어 버린 것.

하지만 루카로는 혼자이다. 대량의 음식을 만드는 데 쉽지 않을 터다.

"요리 시간에 제한은 없습니다. 8인의 미식가들과 미식 드래곤의 가장 높은 점수를 받은 자가 우승합니다. 또한, 우승자에게는 5대 전설의 재료를 얻을 수 있는 '5대 전설의 상자'가 주어집니다."

"신이 지상에 내렸다는 전설의 5대 재료!!"

"신들의 세상에서 신들이 먹는 재료라더군!"

"심지어 상자에서 나오는 재료는 자신이 선택할 수 있다지!!"

"그 값어치는 천문학적이기까지 해!"

많은 관중과 요리사들이 감탄한다.

그는 파라다이스 레스토랑의 바르사 역시 마찬가지였다.

'신이 내린 요리 재료. 5대 전설의 재료. 그것도 심지어 원하는 재료를 상자에서 뽑을 수 있다. 그 하나하나가 값을 매길 수 없는 것들.'

바르사의 눈이 탐욕으로 물들었다.

이곳 요리사들은 알았다. 여기에서 만약 안톤을 제치고 우승한다면, 안톤의 후예가 될 수 있다. 즉, 다음 영주의 자리는 자신들이 될 수 있을지도 모른다.

알베로 영지는 왕국의 왕이 특별히 지목한 영지! 이곳에서의 힘은 곧 요리이다.

바르사는 그를 통해 대륙 전체에 파라다이스 레스토랑을 내고 막대한 부를 벌어들일 생각을 하고 있었다. 그것은 다른 요리사들도 마찬가지였다.

'많은 돈을 벌 수 있을 거야.'

'어쩌면 성을 여러 채 살 수 있을지도 모르지.'

그들은 말 그대로 탐욕에 물들었다. 요리를 통해 남들을 기쁘게 해주는 소망이 아닌, 자신의 주머니를 두둑하게 하려는 그들.

그들 틈에서 한 남자가 경건하게 묵례를 취하고 있었다.

'나의 요리가 하늘을 우러러 한 점 부끄럽지 않게 힘을 주십시오. 식신이시여.'

그리고 루카로가 천천히 눈을 떴을 때, 미식 드래곤의 만찬이 시작되었다.

탁!

요리사들이 펼치는 몬스터의 가죽으로 만들어진 최상급 식칼 가방. 그 안에서 빛을 뿌리는 여러 개의 화려한 식칼이 모습을 드러낸다.

그들의 조수들이 최상급 재료들을 씻고 주방장이 칼을 쥐고 칼질을 시작한다.

타타타타타타타타타타타탁-

요리란 맛도 중요하나, 모양도 중요한 법. 당근 하나를 썰어도 1㎜의 오차도 존재하지 아니했다.

그들의 화려한 손놀림! 그에 절로 관중석에서 감탄이 터져나온다.

"우, 우와아아아아아!"

그리고 누군가는 커다란 가마솥을 꺼낸다. 노을 식당의 주방장이 가마솥 밑으로 손을 뻗는 순간.

화르르르르르륵-

거대한 화염이 피어오른다.

"노을 식당의 주방장은 2클래스 마법을 배웠다고 하지, 그 이유가 오로지 요리에 마법을 접목시키기 위함이라고 하니, 참으로 대단해!"

"그의 마나가 있는 한, 저 불은 꺼지지 않겠지. 또한, 화력 조절도 일품이라고 해."

모두가 감탄사를 터뜨린다.

그리고 영주이자 가짜 식신인 안톤. 영주성의 메인 요리사들이 발 빠르게 그를 돕는다.

"듣기론 SS급 이상의 재료들만을 가지고 왔다고 하는군."

"개중에는 5대 전설의 재료와 비견되는 세이렌의 눈물이라고 표현되는 재료도 있다나 봐."

"엄청난 재료, 엄청난 실력! 크흐!!"

그리고 그들의 틈 안에서 한 손을 이용해 묵묵히 반죽하는 사내가 있었다. 그는 느렸다. 굼벵이처럼, 때문에 처음 그의 모습에 매료되었던 관중들은 실망했다.

"혼자서 뭘 하겠다고!!"

"미식 드래곤을 그걸로 배불리 먹일 수 있겠어? 가서 네 거지 같은 조수나 먹여라!!"

"하하하하하하!"

루카로의 거지 같은 조수! 그는 며칠 동안 이곳에 머물렀었다. 하지만 그마저도 루카로의 한심한 모습에 지쳐 떠나간 것 같았다.

"정숙하십시오! 대회는 시간제한이 없습니다. 떠들지 마시오!"

미식가들이 한 말이었다. 미식가들은 관중, 다른 요리사들과 다르게 루카로를 극찬하고 있었다.

'다급해야 한다. 하지만 그의 손은 다급하기보다 신중하기 그지없어.'

'어찌 한 손으로 저렇게 노련하게 반죽할 수 있는 거지, 그의 손이 움직일 때마다 섞이지 않아야 할 물과 기름이 섞이는 듯하니, 가히 예술이로다.'

'그는 이번 요리에서 피자를 선택했다. 구워낸다는 걸 감안한다면 그가 조리를 위해 볶거나 튀기거나 할 필요는 없지. 그의 전략 중 하나.'

'하지만 문제는……'

다른 것에 존재했다.

한 손으로 만든 요리. 피자가 만들어질 때마다 대형 피자를 만들기 위해 덧붙이고 또 덧붙일 것이다. 하지만 그 와중에 피자는 한없이 식어버릴 것이다.

피자라는 음식은 식었을 때 가장 맛이 없는 음식이다. 눅눅해진 치즈와 토핑들, 심지어 시간이 너무 오래되면 딱딱해진 그 맛에 절로 인상이 찌푸려진다.

피자란 자고로 베어 물었을 때, 치즈가 늘어나야 하며 입안에서 따뜻함을 선사해야 했다.

양날의 검. 그것이 루카로가 하고 있는 요리이다.

반죽을 어느 정도 끝낸 루카로를 보는 미식가들이 탄식을 흘렸다.

'재료는 어떻게 썰 것인가?'

'한 손으로 정갈하게 재료를 썰어낼 수 있는가?'

'음식은 맛도 중요하나 모양도 중요한 법.'

관중들도 잘 씻어낸 재료 앞에 선 루카로에게 시선이 향했다. 그는 혼자였기에 단연 돋보일 수밖에 없었다.

그리고 곧 루카로가 자신의 허름한 가방 안에서 무언가를 꺼내었다. 그것은 다름 아닌, 그의 '왼손'이었다.

이는 마도사가 만들어낸 왼손이다. 없는 손 위로 그를 끼우는 순간 실제 손처럼 움직이며 따뜻하기까지 하다.

루카로가 전 재산을 털어서 구매한 물건! 그러나 이러한 가짜 왼손은 섬세함이 떨어지고 움직임이 둔해지는 법!

하지만 루카로가 왼손을 낀 순간, 놀라운 일이 벌어졌다.

타타타타타타타타타타타탁-

빛과 같은 솜씨로 빠르고, 화려하게 재료를 손질하기 시작하는 루카로!!

"미, 믿을 수 없어……."

"어, 어떻게 저럴 수가…… 저 가짜 손으로……."

"혼자서 수천 번, 수만 번도 더 연습한 거야!!"

가짜 왼손은 하루에 발동할 수 있는 시간이 제한적. 하나,

그는 그 제한적 시간을 이용하여 꾸준히 갈고 닦은 것이다.

'이것이 제가 만드는 요리입니다. 식신님.'

루카로의 손이 빠르게 움직인다. 볶고 튀기고, 썰고. 그 어떠한 기술도 영주 안톤에게 밀리지 아니하니, 모두가 그에게 빠져들고 있었다.

그리고 드디어 한 판의 피자를 오븐을 이용해, 굽기 시작한다.

"확실히 느리다…… 그, 그런데 되게 잘해……."

"와…… 루카로가 양손으로 요리하는 건 처음 봐."

"어, 어떻게 저럴 수 있지?"

요리사들의 영지인 만큼 모두가 루카로의 놀라운 실력을 알아봤다. 이제껏 자신들이 그를 욕하였으나 그의 실력은 인정해야 함을 깨달았다.

드디어 한 판의 피자가 모습을 드러냈다.

"꾸, 꿀꺽……."

"마, 맛있겠다……."

"루카로를 이제껏 욕했지만, 그가 만든 빵은 최고인 건 부정할 수 없네, 나도 한번 먹어본 적이 있는데…… 밤잠을 설칠 정도였지."

"와, 지글지글 끓는 듯한 저 치즈를 좀 봐."

모두가 감탄할 때, 어느덧 2시간이 흘러 루카로는 여섯 판의 피자를 구워냈다.

그리고 루카로가 피자 한 판의 온도를 체크했다.

"……."

온도가 떨어졌다. 피자가 식어버렸다. 반대로 다른 요리사들은 아직 재료 준비에 혼신의 힘을 다하고 있다.

그들은 대량의 요리를 한 번에 만들어내 따뜻함을 유지할 생각인 것. 하지만 그것은 다수일 때나 가능한 법이다. 혼자인, 루카로는 불가능할 수밖에 없었다.

그는 곧 생각했다.

'전설의 태양의 밀만 있다면……'

전설의 태양의 밀은 무엇인가? 태양의 힘을 온전히 받아, 영원히 식지 않고 불지 않는 음식을 만들어낼 수 있는 전설적인 밀이다. 또한, 사람이 가장 먹기 좋은 온도, 혹은 그 요리에 가장 어울리는 온도를 영원히 유지하는 전설의 요리 재료이다.

그 재료만 있다면……

문득 자신이 쫓아낸 민혁이 생각난다.

'멀리멀리 가게. 돌아보지 말고.'

그는 그를 생각하며 쓸쓸한 미소를 머금었다.

끼디디디딕-

잘 움직여 주던 왼손의 사용 시간이 끝났다.

하지만 루카로. 그는 포기할 수 없었다. 한 손으로 피자 반죽을 펼치고 토핑을 뿌린다. 그리고 발 빠르게 움직인다.

그 모습에, 관중석의 요리사들은 감탄했다.

"진정한 장인……"

"포기할 줄을 몰라……"

"그는 아직 끝나지 않았어, 눈이 죽지 않았거든!"

그들은 이제까지 욕했던 루카로를 돌아보고 있었다.

하지만 그런 루카로도 한계에 도달해 간다. 요리도 상당한 체력을 소모하는 바. 빠르게 움직이던 루카로가 무언가에 걸려 넘어졌다.

"크흡!"

한데, 문제는 오른손만으로 쓰러지는 몸을 지탱하느라 오른손이 심하게 꺾였다는 것. 커다란 통증이 오른손을 엄습해 온다.

하지만 비틀거리며 서둘러 일어선 루카로는 통증 따위 무시했다. 그리고 구워지지 않은 피자를 넓은 쇠판 위에 올려 한 손만으로 들어서 오븐으로 올리려 했다. 그러자 거대한 통증이, 그의 손을 타고 흘러온다.

그가 피자를 잡은 손을 놓치려 했다.

"아, 안 돼!!"

그가 균형을 잃어버린 피자를 보며 탄식했다.

바로 그때, 누군가 그의 오른손을 잡아주었다.

덥석-

그리고 피자를 함께 오븐에 넣었다.

루카로. 그가 그를 바라봤다.

'누구지? 나를 도와줄 사람이 있는가?'

사내가 빙긋 웃어 보였다.

"주방장님, 주방 보조를 빼놓고 혼자 요리하시다니요! 정말 너무하십니다!!"

그는 흙투성이에 몸 곳곳이 흠뻑 타버린 흔적이 역력했다.

당장 쓰러져도 이상하지 않을 모습이었다. 하나, 그 앞에서 그는 환하게 웃고 있었다.

웅성웅성-

관중석이 술렁거리기 시작한다. 누군가 루카로를 돕기 위해 왔다. 한데, 그 모습이 심상치가 않다.

뜨거운 화상에 그을린 듯한 그 모습. 그리고 낯익은 얼굴.

"루, 루카로의 집에 얹혀살던 거지잖아?"

"우리 레스토랑에 밥을 구걸하러 왔던 그 거지!!"

웅성거림이 커진다.

그리고 사내 민혁. 그가 루카로가 구운 피자를 보았다. 딱딱하게 식어버린 피자.

"주방장님, 제가 영원히 식지 않을 재료를 구해왔습니다."

그가 인벤토리에서 자루를 꺼내었다. 그 자루를 식탁 위에 펼치는 순간.

화르르르르르르르르륵-

거대한 화염이 솟구쳐 올랐다.

"크흑!"

루카로가 깜짝 놀라며 한 걸음 물러났으나, 곧 이상함을 느꼈다.

'뜨겁지 아니하다?'

그리고 이어 그 화염들이 그 재료들로 저절로 빨려 들어가기 시작했다. 그것은 바로 밀이었다. 밀이 붉은 태양을 집어삼키고 콜로세움 전체를 뜨겁게 밝히고 있었다.

화르르르르륵-

붉게 타오르는 듯한 영롱함을 띠는 밀!

"마, 말도 안 돼……."

루카로는 믿을 수 없었다. 전설의 태양의 밀은 이 영지의 영주 안톤도, 그리고 자신도 수확할 수 없다. 아니, 정확히는 이 자리의 그 어떠한 자도 수확할 수 없었다. 그것이 가능한 자는 오로지 진짜 식신일 뿐이었다. 그가 전설의 태양의 밀을 이용하여 놀라운 요리를 발현, 세상을 놀라게 했다는 일화는 유명했기 때문이었다.

놀라는 이는 루카로뿐만이 아니었다.

"저, 전설의 태양의 밀!!"

"온도가 내려가지 않는 환상의 재료잖아……?"

"마, 말도 안 돼……! 어, 어떻게 저자가 전설의 태양의 밀을 가지고 있는 거지?"

관중석이 술렁이기 시작하였다. 미식가들도 벌떡 몸을 일으켰다. 그 영롱한 빛을 뿌리는 태양의 밀을 조금이라도 더 보기 위함이었다.

그리고 안톤. 그의 몸이 부들부들 떨리기 시작했다.

"어, 어찌 이런 일이……?"

전설의 태양의 밀. 태양신이 식신의 음식을 먹은 후에 감명을 받아, 이 알베로 영지에 선물로 내렸다고 한다.

한데, 이 전설의 태양의 밀은 오로지 단 한 사람, 살아생전의 식신만이 얻을 수 있었다.

또한, 전설의 태양의 밀의 맛은 천상의 맛을 낸다고 알려져 있으며, 가장 먹기 좋은 온도를 영원히 유지하며, 그 음식은 상하지도 아니하게 한다고 하니, 가히 '전설'의 재료라는 이름이 어울리는 것이었다.

한데, 지금 놀라는 루카로의 옆에 선 온몸이 불에 그을리고 머리카락까지 타버린 청년! 그가 전설의 태양의 밀을 가져온 것이다.

"여, 영주님…… 태, 태양의 밀입니다……!"

"어떻게 합니까?"

영주성의 요리사들의 말에 안톤은 입술을 질끈 깨물었다.

하나, 곧 그의 고개가 천천히 저어졌다.

"전설의 태양의 밀은 아무나 요리할 수 있는 것이 아니다."

전설의 태양의 밀은 민감하다, 자칫 한 번이라도 실수한다면 맛을 상실시키고 오히려, 밀이 스스로를 집어삼켜 음식을 태워 버린다. 과거에도 전설의 태양의 밀로 조리할 수 있었던 유일한 인물은 식신밖에 없었다. 그러한 것을 한 손밖에 없는 루카로와 거지 행색의 조수가 할 수 있을 리가 없었다.

오히려 안톤의 입가가 쭉 찢어졌다.

'아니, 나라면 전설의 태양의 밀을 요리할 수 있을지도 모른다.'

저 청년이 알 수 없는 힘으로 전설의 태양의 밀을 수확할 수 있는 것으로 보인다. 그렇다면?

'저 청년을 나의 편으로 만들어 전설의 태양의 밀을 계속 수확하는 것.'

그에게 많은 것을 거머쥐어 줄 것이다. 돈, 명예, 권력. 그리고 자신은 전설의 태양의 밀을 요리한 요리사로 거듭날 것이다.

안톤의 입가에 희열의 미소가 자리매김했다. 그는 찰나의 순간에 루카로의 모든 것을 빼앗아갈 궁리를 끝낸 것이다.

그리고 미소를 지으며 루카로와 함께 선 채, 전설의 태양의 밀을 펼쳐내고 빙긋 웃고 있는 청년 민혁이 보였다.

민혁은 루카로에게 광장에서 썩 꺼지라는 말을 듣고서 이 시련에서 자신이 무엇을 해야 하는지 자각할 수 있었다. 전설의 태양의 밀을 수확, 더 나아가 루카로의 승리를, 정확히는 안톤이 거짓된 식신임을 알리라는 사실임을 말이다.

민혁은 루카로에게 들었던 전설의 태양의 밀이 위치한 장소에 도달할 수 있었다.

화아아아아아악-

뜨거운 기운이 민혁을 집어삼켰다.

활화산의 인근. 그 인근에 민혁의 눈으로 보였다. 6m 반경으로 펼쳐진 용암처럼 뜨거운 기운을 뿜어내는 전설의 태양의 밀.

장관 그 자체였다. 뜨거운 불길 안에서 오히려 더 붉은빛을 띠며 그 안에 있는 태양의 밀은 엄습하기 힘든 존재처럼 보인다.

'전설의 태양의 밀. 먹어보고 싶다.'

아테네라는 세상에서만 존재하는 밀이기도 하였다. 새삼,

아테네 제작팀의 대단함을 느끼며 민혁은 한 걸음 한 걸음을 떼었다. 화마가 더욱더 강력하게 민혁을 덮쳐온다. 3m 남짓으로 다가갔을 뿐임에도 그 뜨거움에 온몸이 땀으로 흠뻑 젖어 버렸다.

그리고 1m 남짓으로 다가간 순간. 몸에 불을 가져다 댄 것처럼 뜨거운 기운이 느껴졌다.

[HP가 2% 하락합니다.]
[HP가 3% 하락합니다.]
[몸에 커다란 화상을 입습니다.]
[움직임에 제한을 받습니다.]
[화상 대미지가 더 커집니다.]
[HP가 5% 하락…….]

"크흡!"

민혁은 서둘러 몸을 뒤로 빼냈다. 고작 1m 남짓을 다가갔을 뿐이다. 그리고 고작해야 약 3초 정도 그 앞에 서 있었을 뿐이었다. 그런데, 그 3초라는 찰나의 시간에 자그마치 18%의 HP의 타격을 입었다.

HP가 %로 떨어지는 엄청난 화염. 그리고 더 경악스러운 것은 불이 직접 몸에 닿지 않고 그 열기를 느꼈다는 것이었다. 아니, 느끼는 것만으로도 민혁이 입은 초라한 천 옷이 새까맣게 타들어 가고 있었다.

'안에 들어가는 순간······.'

어떠한 일이 펼쳐질지 상상조차 할 수 없다.

'전설의 태양의 밀에 아는 사실은 없어, 하지만 대부분의 요리사가 포기했다는 것은 저 안에 다가갈 수도 없을 만큼 뜨겁기 때문이다.'

약 90%가 이 뜨거움에 목숨을 부지하기 위해 도망쳤을 것이다. 그렇다면 남은 10%의 요리사들은? 저 화마에 집어삼켜져 죽었을 것이다.

그렇다면 식신은 어떻게 저 뜨거운 화염 안에서 태양의 밀을 수확할 수 있었을까?

'수확하기 어려워 보이지는 않는다.'

아테네의 농사는 현실보다 매우 어렵다, 높은 손재주 스텟과 뛰어난 농사 스킬을 요한다.

하지만 전설의 태양의 밀도 장인 이상의 스킬을 가진 자만 채집할 수 있다면 불가능해진다.

장인 이상의 스킬을 가진 자만 채집할 수 있을 경우, 그들이라고 하더라도 오랜 시간을 채집하는데 소요하기 때문. 즉, 저 안에서 죽기 딱 좋다. 그 때문에 민혁은 안에만 들어간다면 수확할 수 있다고 확정 지었다.

그렇다면 문제. 저 안에서 저 화마를 이기고 어떻게 저 밀을 수확하는가? 심지어 민혁은 높은 마법 방어력과 화속성 방어력 내성을 가졌다. 체력도 일반 요리사들의 몇 배가 될 높은 수준임에도 이 정도다.

'본래 식신과 내가 가진 공통점.'

그 공통점 안에서 찾아야 한다.

신의 요리 스킬을 구사할 수 있다는 점? 아니, 요리와 수확 부분은 엄연히 다르다.

그렇다면? 요리를 먹고 그 페널티를 무시한다는 것? 아니, 이 역시 이와는 무관하다.

민혁은 깊은 생각을 하기 시작했다.

그리고 결론에 도달할 수 있었다.

'화속성 저항력을 올리면 된다.'

저 안에서 1시간 이상을 버틸 필요는 없다. 약 몇 분 정도만 버틸 수 있으면 된다. 그러기 위해선 화속성 저항력을 높여야 한다.

퍼즐이 맞춰진다. 민혁은 이곳에서 루카로를 통해서 자신의 버프 요리에 어떠한 버프를 집중적으로 담을 수 있는지에 대한 힘을 깨우치게 되었다.

'그 요리에 화속성 저항력을 전부 몰아주는 거다.'

본래 버프 요리란, 다양한 힘을 골고루 올려주는 게 좋다.

힘이 비약적으로 상승했다고 좋은 건 아니다. 그 힘으로 적을 가격할 스피드가 없다면 말짱 꽝이 된다. 또한, 민첩이 비약적으로 상승했다고 좋은 건 아니다. 빠른 공격으로 공격한다 한들 적에게 카운터 대미지를 입힐 수 없으니까. 그 때문에 본래 버프 요리는 골고루 올라가게 하는 것이 좋다. 이처럼 예외의 경우를 제외하고 말이다.

"밥 먹고 합시다!"

생각은 끝났다. 직접 해보면 된다.

등급이 높아지게 되는 밥 먹고 합시다를 발현. 그 안에서 민혁은 화속성 저항력을 집중적으로 올리기 위하여 요리를 해서 먹었다.

[캡사이신 소스의 돈까스를 드셨습니다.]
[화속성 저항력이 52% 상승합니다.]

저항력의 경우 일반적인 스텟들보다 오르는 폭이 더 큰 편이었다. 아무리 집중적으로 올렸다고 한들, 만약 힘 스텟에 집중했다면 약 30% 정도가 올랐을 터다.

화속성 저항력 52%의 상승. 민혁은 서둘러 걸음을 옮겨 그 뜨거운 화염 안으로 뛰어들었다.

화르르르르르륵-

거대한 화마가 그의 몸을 집어삼킨다. 하지만 버틸 만하다. 아니, 정확하게는 갖은 스킬을 사용한다면 밀을 전부 수확할 수 있으리라. 문제는 과연 밀의 수확이 예상했던 것처럼 쉽냐는 거다.

민혁을 전설의 태양의 밀을 수확하기 위해 손을 뻗고 낫을 가져갔다.

서걱-

[전설의 태양의 밀을 1㎏ 수확하셨습니다.]
[처음으로 전설의 태양의 밀을 수확한 자가 되셨습니다.]
[손재주 200을 획득합니다.]
[화속성 저항력이 10 상승합니다.]

다행인 일이었다. 전설의 태양의 밀의 수확은 그리 어렵지 않았다. 심지어 한번 베어내면 소량이 아니라 게임 시스템상 ㎏으로 들어오고 있었다.

민혁은 빠른 속도로 전설의 태양의 밀을 수확했다. 뜨거움이 온몸을 잠식하지만, 그는 견뎌냈다.

'나를 믿는 자가 이곳에 있어.'

푸근한 루카로의 얼굴을 떠올렸다. 그는 자신과 같은 마음을 가진 요리사. 세상 모든 사람이 배고파하지 않았으면 하는 자였다. 그를 위해 견뎌내며 그를 위해 베어낸다.

서걱- 서걱-

[전설의 태양의 밀을 1.2㎏ 수확하셨습니다.]
[화속성 저항력이 5 상승합니다.]
[전설의 태양의 밀을 0.9㎏ 수확하셨습니다.]
[화속성 저항력이 5 상승합니다.]

처음 수확 이후의 보상은 좀 더 작아진 편이다. 하지만 전설의 태양의 밀로 만든 요리를 먹는다면 엄청난 효과를 볼 터.

민혁은 계속해서 수확했고 HP가 거의 4% 미만으로 떨어졌을 때, 모든 전설의 태양의 밀을 수확할 수 있었다.

그 순간 놀라운 일이 벌어졌다. 뜨겁게 타오르던 주변의 화염들이 민혁이 수확한 전설의 태양의 밀로 빨려 들어가기 시작했다.

화르르르르르륵-

뜨거우나, 뜨겁지 아니했다.

그 순간 알림이 울렸다.

[전설의 태양의 밀을 모두 수확하셨습니다.]

[5대 스텟을 15씩 획득합니다.]

[손재주 200을 획득합니다.]

[전설의 태양의 밀은 신의 요리 스킬을 습득한 자와 식신이 인정하는 자만이 요리할 수 있는 재료입니다.]

[5대 전설의 재료 중 하나를 수확하셨습니다.]

[5대 전설의 재료란? 책을 획득합니다.]

[진실의 물방울을 획득합니다.]

[알베로 영지에서 자신이 식신임을 밝혀도 됩니다.]

[식신이 인정한 자를 위한 성스러운 음료를 획득합니다.]

[식신이 인정한 자를 찾아 그에게 성스러운 음료를 건네시기 바랍니다.]

그 알림을 듣는 순간, 민혁은 내달렸다. 미식 드래곤의 만찬이 펼쳐지는 그 대회로.

루카로는 차마 입을 뗄 수가 없었다. 돌아온 민혁을 이해할 수가 없었기 때문이었다. 그를 보며 부드럽게 웃는 민혁.

루카로가 슬픔에 잠긴 목소리로 물었다.

"어째서 돌아왔나, 어디를 다친 겐가? 온몸이 그을려 있지 않나, 자네!"

민혁은 그 말에 부드럽게 웃어주었다. 당장의 대회보다 돌아온 자신을 걱정하는 그. 그리고 앞에 놓인 전설의 태양의 밀을 보며 경악을 금치 못하는 그.

그에게 민혁은 음료수를 건넸다.

'식신이 인정한 자를 위한 성스러운 음료.'

이 음료의 주인이 누구인지 민혁은 알 수 있었다. 바로 루카로였다.

"루카로 님. 식신이 당신께 남긴 음료입니다."

루카로는 이해할 수가 없었다. 그게 무슨 소리란 말인가?

"전설의 태양의 밀을 수확했을 때, 저는 이것을 얻을 수 있었습니다. 그는 예상하고 있었던 겁니다. 이 영지에서 일어날 탐욕, 재앙, 그 모든 것을요."

그에 루카로는 벌벌 떨리는 손으로 그 음료를 받아 들었다. 투명한 유리병에 여러 가지 색을 띠는 알 수 없는 음료였다.

"식신은 당신을 사랑하셨나 봅니다."

민혁이 빙긋 웃었다.

루카로는 이해할 수 없다는 표정으로 그를 보았다. 그는 어떻게 전설의 태양의 밀을 수확하였는가? 그는 어떻게 식신이 남긴 이 음료를 가지고 올 수 있었던가?

거지처럼 남루한 행색의 청년. 누구보다 먹는 것을 좋아하는 청년이었고 웃는 것이 순박한 이였다.

그가 루카로의 눈의 질문에 대답한다.

"제가 바로 식신이기 때문입니다. 전대 식신처럼 저 또한 당신을 아낍니다. 루카로."

루카로. 그의 가슴이 격동하기 시작했다.

그토록 만나고 싶었던 자. 그토록 믿어왔던 자. 그가 앞에 서서 활짝 웃어 보이고 있었다.

루카로는 오랜 시간을 혼자 싸워왔다.

본래의 식신은 나쁜 자라는 소문이 무성했다. 마을을 약탈해 빼앗아 음식을 즐기며 자신이 먹기 위해선 다른 종족 또한 죽인다고 말이다.

그때마다 루카로는 혼자서 부정했다. 그는 좋은 사람이다. 세상의 모든 사람이 배고프지 아니했으면 하는 사람이라고 말했다.

하지만 루카로에게 돌아온 것은 돌팔매질과 갖은 욕이었다. 모두가 그를 손가락질하며 비난했고 그의 가게 앞에 침을 뱉고 갔다.

그럼에도 혼자서 지켰다. 정말 혼자였다. 자신 혼자서만 그를 지켜왔다.

어쩌면 자신이 생각하는 신이 아닐지도 모른다고 생각했던 적도 많다. 하지만 그가 건넨 빵 한 조각. 그를 믿고 그만을 생각하며 그를 지켜왔다. 그리고 바로 지금. 자신의 긍지에 신께서 응답하셨다.

루카로는 망설이지 않고 그 음료를 들이켰다.

바로 그때, 영주 안톤이 다가왔다. 민혁을 자신의 편으로 끌어들이고 루카로를 절망에 망가뜨리기 위해 다가온 안톤. 그가 경악하는 표정으로 연기했다.

"이, 이보게들! 전설의 태양의 밀은 일반 사람이 손을 대면 온몸이 불타고 마네! 아무리 대회가 중요하다지만 그에 도전하지 말게나!!"

걱정인 것처럼 연기했으나 민혁에겐 그 말이 무슨 뜻인지 똑똑히 들려왔다.

'허튼짓하지 마라. 너희 같은 것들이 손댈 수 있는 게 아니다.'

미식가들이 말했다.

"정체 모를 자여, 그대가 가져온 전설의 태양의 밀의 빛을 보게 해준 것에 감사하는 바이다. 그대와 루카로의 의지는 우리가 충분히 보았다. 이는 후손들에게 자네들의 이름을 알리는 길일 터다."

"더 이상은 진행하지 마라, 우리는 당신들의 희생을 원치 않는다. 자칫 요리사의 가장 중요한 양손이 불에 타 사라질 수 있으니.”

“요리를 중단하라, 우리는 그대들 같은 인재를 원한다!”

그리고 관중석!

짝짝짝짝짝!

“루카로, 충분히 잘했습니다!!”

“고맙습니다!! 우리에게 태양의 밀을 보여주셔서!!”

“이제 멈추십시오!! 우리는 당신을 잃고 싶지 않아요!!”

“제발 그만하십시오!!”

관중석, 미식가들. 모두가 그들의 용기와 일구어낸 것에 박수를 보낸다.

‘같잖은 것들이……’

안톤은 그 틈에서 의아해졌다.

왜 모두가 루카로를 욕하지 않는가? 그가 뭘 했길래? 그는 박수받아야 할 대상이 아니다. 그는 전설의 태양의 밀을 요리할 수 없는 자. 반대로 자신은 할 수 있을지도 모른다. 그런 그에게 박수 보내지 마라! 나에게 박수를 보내라! 안톤은 이 상황을 전혀 이해할 수 없었다.

그러면서 그들에게 말한다.

“자네들이 다룰 수 있는 재료가 아니야.”

바로 그때. 기이한 일이 일어났다. 루카로의 손이 없는 왼손에, 빛으로 만들어진 손이 생겨났다.

그리고 음료를 마신 루카로에게 알림이 들려왔다.

[식신이 인정한 자를 위한 성스러운 음료를 드셨습니다.]

[당신에게 내재되어 있던 잠재력을 끌어올립니다.]

[새로운 경지에 눈을 뜨셨습니다.]

[5대 전설의 재료를 요리할 수 있게 됩니다.]

[식신이 인정한 자를 위한 성스러운 음료에 따라 일시적으로 신의 요리 스킬을 획득합니다.]

그 순간 민혁과 루카로의 눈이 마주쳤다.

"자네, 정말로 요리사였군. 아니, 과거의 식신을 이을 사내였어."

"예, 테이머가 아니라고요."

두 사람이 붉게 타오르는 태양의 밀 위로 양팔을 들어 올렸다. 그 순간, 놀라운 일이 벌어졌다.

쏴아아아아아아아악-

두 사람의 양손으로 전설의 태양의 밀이 뿜어내던 화염이 빨려 들어가기 시작했다.

민혁은 식신. '신의 요리' 스킬을 익힌 자. 루카로는 식신이 인정한 자. '일시적으로 신의 요리 스킬'을 익혔으며 '5대 전설의 재료'를 요리할 수 있는 자.

두 사람의 손이 움직인다. 그리고 그 뜨거운 태양의 밀을 곱게 갈기 시작한다. 그들의 손은 환상에 가까웠고 장인처럼 신중했다.

뽀얗게 갈려 밀가루가 된 태양의 밀은 여전히 뜨거운 화염을 품어내고 있었다. 하지만 두 사람은 멈추지 않았다. 뜨거우나 요리를 할 때만큼은 뜨겁지 아니한 태양의 밑에 물을 넣고 반죽을 하기 시작했다.

두 사람이 동시에 환상적인 솜씨로 춤을 추듯 반죽을 한다. 공처럼 둥그랬던 반죽이 공작의 꼬리처럼 활짝 펼쳐지며 붉은 빛을 뿌리는 아름다운 원의 반죽을 보인다.

그리고 두 사람이 식칼을 잡는다. 민혁은 콩이에게 귀속시켰던 식신의 식칼을, 루카로는 자신이 과거에 사용하였던 식칼을. 그리고 토핑을 썰어낸다.

타타타타타타타타타타탁- 타타타타타타타타타타탁-

서로를 마주 보며 도마 위에서 재료를 썰어내는 그들.

루카로와 민혁의 시선이 허공에서 마주쳤다.

'나는 이제 죽어도 여한이 없네, 그분께서 내게 응답하셨으니.'

'당신은 오래오래 사셔야 합니다. 그리고 이 영지는 우리가 구할 겁니다.'

재료가 썰어진다. 그리고 붉은빛을 띠는 도우의 위로 갖은 토핑과 치즈가 환상적으로 뿌려진다.

두 사람의 손은 정확했고 빨랐다. 순간적으로 재료 다듬기가 끝나면 재빠르게 손을 씻어내고 물기를 닦아낸다. 요리를 하는 과정에서도 '청결'이라는 요리의 가장 중요한 부분 또한 빼놓지 아니한다.

"아, 아아아아아아……!"

그 놀라운 요리 솜씨에 관중석의 한 여인이 감탄사를 터뜨렸다.

두 명의 식신. 정확하게는 식신과 식신이 인정한 자의 요리하는 것을 목도한 그녀는 가슴이 뜨거워지는 것을 느꼈다.

물론 그녀가 알기로 한 사람은 그저 허름한 빵집 주인 루카로고, 한 사람은 그저 행색이 남루한 청년이라고 생각한다. 하나, 그 둘의 요리하는 모습을 보고 있노라면 눈물이 흐를 것 같았다.

루카로가 물었다.

"자네는 요리가 무어라 생각하는가?"

"세상 그 누구도 남녀노소를 가리지 아니하며 부자도 가난한 자도, 슬픈 자도 즐거운 자도. 그들 모두가 먹을 수 있는 것이 요리입니다."

"그럼 요리사는 무어라 생각하는가?"

"그들을 위해, 또 나를 위해 온 힘을 다해 요리를 만드는 것. 때론 나의 음식을 먹어주는 자를 보며 웃고, 때론 나의 음식을 먹어주는 자의 찡그려진 얼굴에 실망하고 '고작' 음식이라 불릴 수 있는 것을 만드는 것처럼 보일지도 모르나 세상에서 가장 놀랍고 위대한 것을 만드는 자."

민혁의 손이 재빠르게 움직이며 물 묻은 식칼을 닦아낸다. 그리고 다시 한번 식칼을 움직인다. 그의 식칼이 밝은 빛을 흩뿌린다.

"그것이 요리사입니다."

루카로는 부드럽게 웃었다. 안톤은 영원히 깨우치지 못할 말이었다.

그 모습을 보며 미식가들이 감탄한다.

"마치 두 연주가가 환상적인 연주를 하는 것처럼 들리는군."

"칼질 소리, 물소리, 오븐이 뜨겁게 달궈지는 소리. 여러 가지 소리가 어울려 하나의 음악을 만들어내는군."

"두 사람의 움직임은 이제까지 내가 보아왔던 어떠한 요리사보다 정교하며 신중하고 빠르네."

"루카로는 그렇다 하나, 저 정체 모를 자는 누구란 말인가?"

미식가들의 감탄에 다급해지는 이가 있었다. 바로 안톤이었다.

'미친놈들!'

그는 자신의 자리로 돌아가 서둘러 다시 요리를 시작했다. 그는 관중석과 미식가들을 이해할 수 없었다.

그들이 만드는 음식은 무엇인가? 고작해야 서민들이 흔히 즐기는 '피자'라는 음식이었다. 빵 위로 갖은 토핑을 넣고 치즈를 뿌려 오븐에 구워내는 그런 흔한 음식 말이다.

반면에 자신이 만드는 음식은 무엇인가? 돈 주고도 사 먹을 수 없는 엄청난 재료로만 이루어진 고급스러운 요리였다. 전대 황제 아드론이 즐겼다는 진미!

한데, 그런 진미가 아닌 고작 피자 따위에 관심을 갖는 사람들이라니?

이윽고 하나둘 요리사들의 음식이 완성되기 시작하였다.

한식의 장인이라 불리는 노을 식당의 아그르. 그가 만들어낸 것은 비빔밥이었다. 어마어마하게 거대한 그릇은 회사 식당에서 볼 수 있을 법한 대형 솥보다 훨씬 더 커다랬다.

놀라운 것은 그 안의 재료들이 아름답게 펼쳐져 있다는 것
이다. 그리고 중앙에 위치해 있는 노른자는 정말이지 거대했
다. 바로 드레이크의 알이었다.

미식 드래곤은 몬스터였다. 때문에 몬스터들 사이에서 진미
라고 표현되는 갖은 재료가 사용된 것이다.

그리고 파라다이스 레스토랑의 바르사. 그와 그 수제자들이
만들어낸 요리는 커다란 크기의 스테이크였다. 거대한 접시 위
로 큼지막한 고기가 놓여 있으며 그 옆으로 구운 방울토마토,
양파, 잘 썬 채 볶아낸 마늘 등의 재료가 함께 올라가 있다.

그리고 안톤. 황제가 즐겼다는 요리는 바로 푸아그라였다.

지방 함량이 높은 거위의 간 요리로 서민들은 절대 사 먹을
수 없을 비싼 재료. 심지어 안톤과 그 수제자들이 함께 만들
어냈기에 그 값어치는 상상을 초월한다.

모두의 요리가 끝났을 그때 여전히 요리를 하는 이들이 있었
다. 그들은 바로 민혁과 루카로였다. 그들은 고작 두 사람. 요리
는 실력이 있다고 하여서 빨리 만들어질 수는 없는 것이다.

그들이 요리하는 와중에, 미식 드래곤은 자신을 헤츨링의
모습으로 폴리모프시켰다. 그리고 다소 크기가 작아진 그가
천천히 요리들 앞에 내려앉았다. 그는 요리들을 차례대로 둘
러보았다.

그리고 미식가들의 앞에도 요리사들이 만들어낸 음식이 놓
여 있었다.

"꿀꺽."

파라다이스 레스토랑의 바르사는 자신의 눈앞에 내려앉은 미식 드래곤의 뱀과 같은 누런 눈과 자신의 눈이 마주치자 마른침을 꿀꺽 삼켰다.

이내, 미식 드래곤이 천천히 접시 위로 고개를 가져가 그가 만들어낸 스테이크를 맛보았다.

천천히 음미하며 씹던 미식 드래곤. 그의 얼굴이 곧이어 일그러졌다.

"화려하기 그지없는 맛이군."

"하하. 그럼요. 미식 드래곤님을 위해 준비한 요리이니까요."

"그렇기에 별로군."

"예?"

"요리란 최상의 재료로만 하는 게 아니다. 때론 값어치가 적은 요리의 재료가 그 요리에서는 더욱더 높은 맛을 내게 도와주는 법. 하지만 어떻게든 비싸고 질 좋은 재료들만을 이용해 만들어냈군."

바르사. 그의 온몸이 부들부들 떨렸다. 그 말은 즉, 돈 칠만 번지르르하게 한 요리라는 의미였기 때문이었다.

그리고 미식가들도 스테이크를 맛보았다.

"평소 먹었던 바르사의 스테이크가 아니군."

"만찬을 앞두고 만든 요리가 이렇게 화려하기만 하다니……."

오히려 그는 만찬에서 맛이 더 떨어지는 요리를 내놓은 것이다. 가장 중요한 것이, '재료'와 '화려함'에 갇혔기 때문이다.

그리고 비빔밥.

"퉷!"

입안에 넣었던 미식 드래곤은 거침없이 뱉어냈다.

"몬스터의 재료와 인간의 재료는 전혀 다른 성질의 맛을 내지, 그것을 적절히 어울리게 하려는 것 같았지만 맛이 쓰레기 같군."

요리사들은 전부 패닉에 빠지기 시작하였다.

자신들이 누구던가! 알베로 영지의 최고의 요리사들이며 각 분야의 '장인급' 요리사들이었다. 한데, 미식 드래곤은 지금 자신들의 요리를 쓰레기라 하고 있다.

이처럼 대부분의 요리사의 음식이 외면받았다.

미식가들이 맛있다고 극찬한 요리들도 분명 있다. 하지만 미식 드래곤은 맛을 보고 그 요리를 부정했다.

그렇다. 그는 '미식' 드래곤이었다. 입맛이 워낙 까다롭고, 그 요리의 맛 자체만을 보는 게 아니라, 그 요리에 들어간 요리사의 마음까지도 들여다보려고 하는 자였다.

어느덧 미식 드래곤은 안톤의 앞으로 이동하고 있었다.

안톤은 긴장한 기색이 역력했다. 그러던 중 시선이 한곳에 돌아갔다. 그곳에 미식가들이 있었고 피자 한 판을 올리는 민혁이 있었다. 미식가들이 기다리는 동안 루카로와 민혁이 구워낸 피자 한 판을 미리 맛볼 것을 요청한 것이다.

안톤은 서둘러 다시 시선을 거두어 앞에 있는 미식 드래곤을 보았다.

"그대를 부르는 이름이 '식신'이라 들었다."

"과찬의 이야기이지요."

대답과 다르게 안톤은 꼿꼿했다. 아니, 오히려 오만했다.

과거의 식신과 자신은 비교해선 안 된다. 자신이 훨씬 더 뛰어난 인물!

미식 드래곤은 그가 구워낸 푸아그라를 맛보았다. 그 커다란 입안에서 씹어지며 목구멍 뒤로 그 음식을 넘긴 순간. 미식 드래곤이 눈을 감고 말했다.

"어찌…… 어찌…… 이런 맛이 나는가……."

안톤. 그가 희열했다. 자신은 황혼의 요리사. 그리고 이 알베로 영지의 영주! 자신의 요리를 맛보고 미식 드래곤이 감탄하는가!

관중석과 미식가들이 술렁이며 그 모습을 바라봤다.

천천히 눈을 뜬 미식 드래곤이 입을 열었다.

"어찌 음식에서 이런 악취가 진동하는가? 탐욕이 찌든 고약한 맛과 악취가 나는구나……."

그리고 이어진 말에 안톤은 커다란 충격을 받았다.

"권력을 거머쥐려는 자의 요리야, 이 요리를 만드는 과정에서 많은 자를 짓밟고 올라섰겠지, 그것이 몇 명인가?"

안톤은 이해할 수가 없었다. 자신의 요리가 탐욕 그 자체이다?

미식 드래곤의 말은 자신의 요리가 맛이 없다는 말이었다. 그는 부정할 수밖에 없었다.

그런데, 바로 그때.

"아, 아아아아…… 아아아아……!!"

어디선가 감탄사가 들려왔다. 그곳으로 안톤과 미식 드래곤의 고개가 돌아갔다. 바로 그곳에는 7인의 미식가 중 한 사람이 있었다.

가장 정중앙에 위치해 있는 사내. 이름표에는 '고독의 미식가 알카이'라고 쓰여 있었다.

고독의 미식가는 누구인가? 인간 중 입맛이 가장 까다로우며 그 음식의 본질을 파악하고 그 안에 있는 진정한 맛을 느낄 수 있는 자였다. 그리고 그만큼 깐깐했으며 미식가 중 가장 명성이 높은 자였다.

그러한 자. 고독의 미식가 알카이. 피자를 맛본 그의 눈에서 뜨거운 눈물이 흐르기 시작했다.

"아아아아아……!"

그의 감탄사와 눈물이 콜로세움 전체를 울리고 있었다.

미식가들은 자신의 앞에 놓여 있는 피자를 맛보고는 감탄사와 함께 뜨거운 눈물을 흘리는 알카이를 보며 믿기지 않았다.

'저 알카이가…… 뜨거운 눈물을 흘려……?'

'그는 우리 중 가장 깐깐한 미식가이다. 그러한 그가 어찌……'

관중석이 술렁이기 시작한다.

"봐, 봤어? 얼굴은 웃고 있는데, 눈에선 쉴 새 없이 눈물이 흐르고 있어!"

"기쁨의 눈물?"

"맛있는 음식을 먹어서 흘리는 기쁨의 눈물이 분명해!"

관중석의 이들은 궁금해지기 시작했다. 도대체 저 피자의 맛은 어떠하길래 그러는가?

그리고 그 궁금증을 해소하려는 듯 서둘러 다른 미식가들이 피자에 입을 가져갔다.

한입 베어 무는 순간.

바삭-

바삭한 식감이 났다. 그리고 씹어내자 쫄깃쫄깃한 식감이 다가온다.

'허어, 어찌?'

처음의 식감은 바삭하며 쫄깃한 식감이 다가온다는 건 쉽지 않다. 심지어 따뜻한 도우는 바삭하면서도 촉촉했다. 놀라운 도우였다. 그 위에 있는 토핑들은 어떠한가, 치즈는 자칫 너무 많이 들어가면 느끼해질지도 모르며 이를 잡아주는 것이 피자의 토마토소스이다. 새콤달콤한 토마토소스는 느끼한 치즈의 맛을 잡아준다. 적당히 느끼하지 않게 올라간 치즈, 그리고 적절히 맛을 내는 토마토소스. 그리고 그 위에 함께 뿌려져 있는 토핑들.

민혁과 루카로가 구워내는 피자들은 판마다 종류가 달랐다. 불고기 피자, 하와이안 피자, 치즈 피자, 페페로니 피자 등등이었다. 이러한 피자들이 수십 판이 모여 미식 드래곤 한 존재만을 위한 '한 판'이 탄생하게 될 것이었다.

"아아아…… 어, 어찌 피자 한 조각에서 이런 조화로움이 이루어지는가?"

"마, 맛있군, 정말 맛있어! 최고야!"

허겁지겁 먹는 모습에 관중석이 또 한 번 술렁이기 시작했다.

미식가들은 고귀한 자들이었다. 체통을 잃지 않았고 '미식가'라는 이름으로 어딘가의 나라, 제국을 대표하는 자들이었다. 그러한 자들이 지금 체통도 지키지 못하고 손으로 피자를 들어 올려 즐기고 있었다.

벌컥벌컥-

시원한 얼음이 담긴 콜라도 함께 즐겨주니, 그들은 더 이상 남부러울 것이 없었다.

"더, 더 먹고 싶다……."

"하, 한 조각만 더 먹으면 소원이 없겠군."

미식가들이 갈증을 느끼기 시작했다. 저 피자 한 조각을, 한 번만 더 먹어보면 소원이 없겠다.

한데, 그러한 자들보다 더한 자들이 있었으니.

"우, 우리도 먹고 싶다……."

"맛있겠다……."

"도대체 얼마나 맛있길래?"

"흐어어어억!"

관중석에 앉은 무수히도 많은 사람이었다.

그들의 틈에서 루카로와 민혁은 즐거운 미소를 지으며 요리를 만들고 있었다.

미식 드래곤은 안톤에게서 완전히 몸을 돌려 그 둘만을 고대하고 있었다.

그리고 안톤. 그의 온몸이 부들부들 떨렸다.

'고, 고작 빵 따위가……!'

피자와 푸아그라는 근본부터가 다른 음식이라고 안톤은 생각하고 있었다. 그도 그럴 것이 푸아그라는 서민들이 한 번을 접하기도 힘든 요리였다. 반대로 피자는 어디서나 흔하게 접할 수 있는 음식이었다. 그런데, 그러한 하찮은 음식 따위가 푸아그라보다 낫다? 안톤은 이곳에 있는 모든 이들이 미쳤다고 생각하고 있는 지경이었다.

하나, 그는 알지 못하는 게 있었다. 사람들은 '먹고 싶다'라는 욕구를 가질 때 자신들이 먹어봤던, 흔하게 접할 수 있는 음식을 떠올린다는 것이다. 배고픈 자들이 자신들이 먹어보지도 못했던 '푸아그라', '캐비어'와 같은 고급스러운 요리를 떠올리는 경우는 거의 없다는 것.

안톤은 여전히 반성의 기미가 없었다.

수제자들이 있는 곳으로 돌아온 그가 명령했다.

"대회가 끝나고 루카로와 저 청년이 나가는 즉시, 곧바로 죽여라."

"예? 하, 하지만……."

"죽여라. 두 번 말하지 않는다. 수단과 방법을 가리지 말고서!"

이제는 손뿐만이 아니라, 그들의 목숨까지 거두려고 하는 안톤은 추악함의 표본이었다.

민혁과 루카로의 요리는 계속되었다.

미식 드래곤. 그리고 미식가와 무수히도 많은 요리사, 거기에 관중들까지 그 두 사람의 요리를 바라봤다.

시끄러운 소음이 곳곳에서 들리지만 지금 두 사람에게는 전혀 들어오지 않았다. 오히려 두 사람은 서로만이 보였다.

즐거움의 미소가 만연한 채 반죽을 하고 토핑을 뿌리며 피자를 굽는다. 완전한 즐거움의 상태에 빠져들고 있는 것이었다. 요리를 하는 즐거움!

한때 민혁에게는 먹기만 하는 즐거움이 있었다. 하지만 '식신'으로 전직한 이후로 그에게 요리하는 즐거움 또한 찾아왔다. 오랜 시간 자신을 기다려 준 루카로와 함께 요리하는 것. 이는 더없는 즐거움으로 다가올 수밖에 없었다.

벌써 두 사람은 다섯 시간이 넘는 시간 동안 피자를 구워내고 있었다. 하나, 두 사람은 지칠 줄 몰랐다.

그에 따라 민혁에게 반가운 알림이 들려온다.

[스킬 의지가 발동됩니다.]
[손재주에 관련한 모든 것들이 일시적으로 24% 상승합니다.]

패시브 스킬 의지.

의지는 민혁이 아테네 게임 초창기에 얻은 스킬이었다. 무언가를 향한 끊임없는 노력, 열정 등에 의해 발동된다. 발동되는 순간 몸의 피로가 한층 사라지며 머리가 맑아진다, 그뿐만이 아니었다. 손재주 스텟이 일시적으로 상승한다. 24%의 손재주가 상승함에 따라 민혁의 손은 더욱더 현란해졌다.

이번 미식 드래곤의 만찬에서 중요한 부분은 요리의 맛이지만 그만큼이나 중요한 것은 바로 '버프' 능력과 '등급'이기도 하였다. 미식 드래곤의 만찬은 최고의 요리사를 뽑는 대회이기도 하였기 때문이었다. 그랬기에 두 사람은 혼신의 힘을 다하고 있었다.

어느덧 6시간이 지났다. 그러나 두 사람은 여전히 반죽과 토핑, 피자 굽기를 끝내지 아니했다.

마침내 1시간이 더 지났을 때, 두 사람이 마지막 피자를 구워냈다.

기네스북에 등재된 세계에서 제일 큰 피자의 직경은 37.4m였다. 그에 훨씬 미치지 못하지만, 민혁과 루카로가 만들어낸 피자는 약 9m에 이르는 직경을 가지고 있었다. 9m라면 성인 남성 5~6명이 일자로 누워 있을 때의 길이로 어마어마한 길이였다.

민혁이 마지막 피자를 구워내고 끝부분에 놓는 순간.

화르르르르르르륵-

피자에서 거대한 불길이 치솟아 올랐다. 전설의 태양의 밀이 마지막 힘을 발현하는 것이었다. 뜨거운 화마가 하늘 높이 피어오르다가 이내, 눈꽃처럼 불길들이 사뿐히 내려앉기 시작했다.

"아, 아름다워……."

"아아아아아아!"

"세상에, 내가 살면서 이런 광경을 보게 될 줄이야!!"

관중석의 감탄 어린 목소리. 미식가들의 침을 삼키는 소리. 대회에 참가했던 요리사들조차도 넋을 놓는 소리까지.

민혁에게 알림으로 어떠한 등급의 요리가 나타났고, 버프를 담고 있는지가 나타났다.

루카로도 들은 듯싶었다.

두 사람의 시선이 허공에서 마주쳤다. 둘은 그저 마주 보며 웃기만 하였다.

그리고 미식 드래곤. 그가 완성된 기다란 피자를 향해 커다란 한 걸음을 떼었다.

쿠우우우웅-

민혁과 루카로는 그치지 않고 서둘러 움직여 정말이지 엄청나게 커다란 철제 컵에다가 콜라 2L짜리를 쉴 새 없이 부어댔다. 사다리까지 타고 올라가 붓고 있으니 얼마나 커다란 컵인지 상상이 가는가?

약 300L 정도 넣은 후에, 민혁은 프라이팬을 꺼내 들어 그 안으로 아이스 마법을 펼쳤다. 시원하게 얼음이 낀 콜라!

이제 미식 드래곤이 먹을 일만이 남았다.

미식 드래곤은 루카로와 민혁을 번갈아 보았다.

'그대들의 용기와 긍지는 잘 보았다.'

이 안의 그 어떠한 요리사들보다도 더욱더 긍지 높은 자들이었다. 순수하였다. 오로지 남이 맛있는 음식을 먹게 하기 위해, 그리고 최고의 요리사가 되기 위해 달린 자들이었다. 이곳에서 우승하여 권력과 금은보화를 거머쥐려고 했던 자들과 근본부터가 달랐다.

천천히, 미식 드래곤이 가장 앞쪽의 피자를 입으로 물어서 집어넣었다.

눈을 감고 음미하던 미식 드래곤은 천천히 눈을 떴다.

그는 아무런 말도 하지 않았다. 관중석과 요리사들, 미식가들이 숨을 죽이고 이를 지켜본다.

미식 드래곤은 또 한 번 피자를 한 입 먹었다. 아니, 한 입 먹었다는 표현은 부족했다.

우물우물우물- 콰자악-

우물우물우물- 콰자악-

쉴 새 없었다. 마치 오랜 시간을 굶었던 한 마리의 개처럼 그는 체통 또한 지키지 못하고 먹어치우고 있었다.

콰자악.

쉴 새 없이 입으로 피자를 밀어 넣고.

우물우물우물-

황홀한 미소로 그 피자를 입에서 씹어낸다.

'씹어서 목으로 넘기기가 아까울 정도다……'

그러한 생각이 들 정도였다. 그러다가는 커다란 철제 컵에 담겨 있는 시원한 콜라에 고개를 파묻고 벌컥벌컥 들이킨다. 머리가 띵할 정도로 시원한 콜라가, 다소 느끼할 수 있는 피자의 맛을 잡아준다.

입을 닦아내지도 아니하고 그는 다시 피자를 허겁지겁 먹기 시작한다. 그리고 마침내 마지막 피자를 먹어내었을 때.

"끄어어어어어어어어어억-!"

"꺄아아아악!"

"무, 무슨 트림이……!"

"웅? 근데 트림에서 맛있는 냄새 나는 거 같은데……?"

말 그대로 용트림! 미식 드래곤이 콜라의 탄산을 견뎌내지 못하고 트림을 하였는데, 그 방향의 관중석의 이들이 옷깃과 머리카락이 크게 흩날릴 정도였다.

"후-우-우-우-우."

이내, 작은 한숨을 쉰 미식 드래곤의 입가에 미소가 맴돌았다. 배고픔에 허덕이던 사람이 허겁지겁 맛있는 음식을 다 먹어치우고 만족감에 편안함에 빠진 듯한 그런 표정이었다.

"고맙다. 루카로, 정체 모를 자여. 아니, 식신이여."

미식 드래곤의 말이 가지는 파장은 엄청나게 커다랬다.

"시, 식신이라고?"

"시, 식신?"

"저, 저 사내가 식신이라고?"

미식 드래곤은 민혁이 '전설의 태양의 밀'을 가져왔을 때부터 알고 있었던 일이다.

전대 식신은 말했다. 어쩌면, 알베로 영지가 완전한 나락에 빠졌을 때, 자신의 후손이 구해줄지도 모른다고. 그리고 미식 드래곤은 그것이 루카로일 거라고 생각했다.

물론 루카로가 이 영지를 구한 사실도 맞다. 그리고 현재의 식신이 구한 것도 맞다. 두 명의 식신이 미식 드래곤을 만족시켰다.

전대 식신은 만약 이 영지를 구할 수 없게 된다면 탐욕으로 물든 이 영지가 사라지는 것이 나을 거라 말하였다. 그는 때론 냉정한 자였으니까.

하지만 이제 미식 드래곤은 그의 부탁을 이행하지 않아도 된다. 이 알베로 영지는 새로운 식신의 이름을 가지게 될 자. '루카로'가 이끌게 될 것이다.

그리고 민혁에게 알림이 들려온다.

[미식 드래곤을 만족시켰습니다.]
[경험치 300,000,000을 획득합니다.]
[레벨업 하셨습니다.]
[레벨업…….]
[미식 드래곤이 당신에게 특별한 선물을 부여합니다.]
[미식 드래곤의 특별한 비늘을 획득합니다.]
[모든 속성 저항력이 40% 증가합니다.]
[미식 드래곤의 만찬에서 우승하였습니다.]
[5대 전설의 재료 상자를 획득합니다.]

민혁은 자그마치 3억의 경험치에 경악할 수밖에 없었다.
바로 그때였다.
"인정할 수 없어!!"

누군가의 목소리가 들려왔다. 그곳에는 안톤이 성큼성큼 걸음을 옮기며 다가오고 있었다.

그리고 남아 있던 몇 조각의 피자에 민혁은 어떠한 물 한 방울을 똑 뿌리더니, 의아한 표정을 지었다.

"고작 피자 따위가 푸아그라라는 진미보다 낫다는 게 가능하긴 한 것인가?"

"영주 안톤이여, 지금 나의 선택에 반기를 드는가?"

미식 드래곤의 몸에서 살기가 피어올랐다.

그는 드래곤. 또한, 그 어떠한 드래곤보다 위대하고 강력하다 알려진 존재. 그러한 미식 드래곤의 말에 안톤은 위화감을 느꼈다. 자칫 저 거대한 입에 집어삼켜질지도 모르는 노릇.

"하지만 이는 말도 안 됩니다. 혹시 미식 드래곤께선 전대 식신의 사주를 받은 것 아닙니까?"

그 말에 미식 드래곤의 미간이 좁혀졌다. 흉흉한 기세가 더욱더 강력하게 피어오른다.

어찌 보면 그것이 맞는 사실이다. 자신은 전대 식신의 사주를 받았다. 한데, 지금의 상황과 달랐다. 탐욕에 물든 알베로 영지를 파멸로 이끌라 부탁받았으니.

"그러니 이 대회는······!"

"그럼 드셔보시든가요."

그때, 민혁이 말했다. 그에 안톤의 눈이 매서워지며 민혁을 바라봤다. 거지 같은 차림새의 누추한 청년!

그에 안톤이 성큼성큼 걸음을 옮겼다.

'어차피 내가 먹고 맛있다 한들, 부정하면 그뿐이다.'

숨기면 되는 사실이다. 이 모든 것은 미식 드래곤 하에 짜여진 각본이라고 모든 영지민들에게 낱낱이 고할 생각이었다.

안톤이 그 피자를 한 입 가져갔다.

입에 넣는 순간, 바삭한 도우와 치즈, 갖은 토핑이 한데 어우러졌다. 그리고 그의 생각은 그 순간 변할 수밖에 없었다.

'얼굴을 찌푸리고 입 밖으로 뱉어내야 한다!'

그래야 이것이 사기극이라고 알릴 수 있다.

하지만 그의 입은 계속 움직이고 있었다. 아니, 오히려 허겁지겁 입안으로 밀어 넣고 있었다.

그리고 끝끝내.

"크흐흐흐흐흑!"

눈물을 흘리고 말았다. 피자에서 느껴지는 것은, 자신이 닿을 수 없는 '신'의 경지였다. 거짓으로 '식신'이 된 황혼의 요리사인 안톤이 범접할 수 없는 맛이었다. 죽었다 깨어나도 자신은 만들어낼 수 없는 천상의 맛!

한데, 거기서 그치지 아니했다. 안톤이 입을 열기 시작했다.

"내, 내가 사람을 시켜 루카로의 손을 망가뜨렸지!!"

그 발언에 관중석이 웅성거리기 시작했다.

안톤은 이해할 수가 없었다. 자신이 어째서 이러한 말을 내뱉는가? 그는 서둘러 자신의 입을 틀어막았다. 하지만 막아지는 것이 아니었다.

"내가 바람잡이들을 이용해, 전대 식신에 대한 악소문을 퍼뜨렸다. 돈으로 요리사들을 매수하였고, 본래 황혼의 요리사인 내가 진짜 '식신'인 것처럼 행세하였다. 히, 히이이이이익!"

안톤의 얼굴이 사색이 되기 시작했다.

루카로가 의아한 표정을 지으며 민혁을 돌아봤다.

민혁의 손에 들린 아주 작은 유리병. 그것은 민혁이 전설의 태양의 밀을 수확하고 얻어낸 '진실의 물방울'이었다.

이때를 놓치지 않고 민혁이 다가가 말했다.

"이거 영주가 아니라, × 쓰레기 새끼였네?"

3장
엘레의 극의(極意)

진실의 물방울. 민혁이 전설의 태양의 밀을 수확한 후에 얻어낸 것이었다.

이 진실의 물방울은 음식에 딱 한 방울을 떨어뜨리면 그가 '진실'을 실토하게 하는 효능이 있었다. 전대 식신은 혹시나 이 진실의 물방울이 필요할지도 모른다고 판단했던 것이다. 아니, 정확하게 말한다면 아테네 운영진들은 만약 미식 드래곤의 만찬 시련을 훌륭히 완수해 내면 모든 것이 깔끔해지게 하기 위해 넣은 것이다.

'이, 이런 염병할⋯⋯!'

민혁의 욕설에 안톤의 얼굴이 붉어졌다.

자신이 누구던가? 요리사의 영지라 불리는 알베로 영지의 영주이며 어마어마한 돈을 가진 대부호이기도 하였다.

그러한 자신에게 'X 쓰레기 새끼'라니? 그 무엄함에 멱살을 틀어잡으려는데, 입이 쉴 새 없이 움직였다.

"나는 식신이 되고 싶었다. 그랬기에 황혼의 요리사인 나는 돈으로 모든 것을 샀다. 식신이란 이름도, 이 개돼지 같은 자들의 민심도!"

"개, 개돼지라고?"

"저런 빌어먹을 놈이!"

관중석이 웅성거리기 시작한다. 그리고 미식 드래곤은 좌중을 둘러봤다.

"이자와 너희들이 무엇이 다른가?"

그는 관중뿐만이 아니라, 요리사들 또한 둘러보았다. 그들이 꿀 먹은 벙어리가 되었다.

어쩌면 그들은 알고 있었을지도 모른다. 하지만 영지에 뿌려지는 막대한 자금, 풍족해진 생활에 그를 기피하고 있었을지도 모른다.

요리사들은 어떠한가? 금은보화와 권력만을 좇았다. 이 중에서 유일하게 그에 현혹되지 않은 사람은 루카로.

"미안합니다. 루카로……."

"면목이 없습니다!!"

"당신에게 돌을 던진 게 너무도 미안합니다!!"

관중석에서 들려오는 목소리였다.

그리고 파라다이스 레스토랑의 바르사.

"미안하네, 그리고 이번 대회는 정말 멋졌군, 자네는 우리 영지 최고의 요리사일세."

바르사는 자존심이 강하며 파라다이스 레스토랑이 최고라고 생각하는 인물이었다. 그러한 바르사가 고개를 숙였다.

하지만 루카로는 그렇게 순진한 자가 아니었다.

"그딴 사과로 내 마음을 살 수 있을 것 같나?"

"……바꾸어가기 위해 노력하겠네."

하지만 바르사는 이번 일로 크게 깨우친 듯싶었다. 그 말에 루카로는 고개를 끄덕이지도, 대답도 하지 않았지만, 어느 정도 만족했다.

그뿐만이 아니라, 많은 요리사가 루카로의 앞에 와서 고개를 숙여 보였다.

미식 드래곤은 횡설수설하는 영주 안톤에게 다가갔다.

"내가 그랬다. 전대 식신을 욕하고 추후 나보다 뛰어난 요리사가 될 재목의 이들을 미리 처단하였어…… 흐, 흐아아아악!"

안톤이 비명을 내질렀다.

거대한 크기의 미식 드래곤의 입이 안톤을 들어 올렸다. 그리고 힘껏 머리 위로 던져내더니, 거대한 입을 크게 벌렸다.

"아, 안 돼. 으아아아악! 사, 살려줘!!"

그리고 안톤의 몸 전체가 미식 드래곤의 입안으로 들어갔다.

콰자악-

소름 끼치는 소리와 함께, 핏물이 미식 드래곤의 입에서 흘러나왔다. 관중석의 이들이 고개를 돌렸고, 요리사들이 부들부들 몸을 떨었다.

그의 입에서 뚝뚝 흐르는 피가 바닥을 적신다.

미식 드래곤이 영주 안톤을 죽였다? 하지만 그 누구도 죗값을 묻지 못한다.

미식 드래곤은 건드리지만 않는다면 웬만해선 평화를 추구한다. 그러한 미식 드래곤을, 왕국 혹은 제국이라 할지라도 적대하려 하지 않을 터.

그리고 산증인이 이곳에 있었다.

미식 드래곤. 그가 천천히 한 걸음 한 걸음을 떼어 이번에는 다른 누군가에게 다가갔다. 그는 바로 민혁이었다.

"식신의 후예여. 그대에 의해 알베로 영지의 모든 것을 바로잡았다."

미식 드래곤으로서는 민혁에게 고마울 수밖에 없었다. 또한, 그가 만들어준 피자는 전대 식신이 만들었었던 음식들보다도 더 뛰어났다고 말할 수 있었다.

민혁이 피자를 만들어내고 들었던 알림은 이러했다.

[무아지경. 당신의 '즐거움', '열정', '루카로를 위한 노력'이 들어간 요리입니다.]
[무아지경에 따라 버프 효과가 더 좋아지며 등급이 상승합니다.]
[전설 등급입니다.]
[손재주 30을 획득합니다.]
[명성 200을 획득합니다.]
[업적 포인트 5,000을 획득합니다.]

[5대 스텟을 2씩 획득합니다.]

[누구도 상상하지 못할 새로운 시도를 성공시키셨습니다.]

[대형 피자를 전설 등급으로 완성시켰습니다.]

[버프 능력이 조금 더 좋아지며 5대 스텟을 2씩 추가적으로 획득합니다.]

[어쩌면 한층 더 뛰어난 요리까지도 만들어낼 수 있을지 모릅니다.]

대형 피자의 버프 능력은 5대 스텟 28% 상승, 더 나아가 미식 드래곤의 마법 캐스팅 시간 50% 단축과 1클래스의 무조건적인 성장이었다. 또한, 마법 공격력이 추가로 40%가 상승한다.

'이 정도라면…… 말이 전설 등급이지…….'

신 등급의 요리라고 하여도 무방할지도 모른다.

하지만 '신 등급'이 나오지 않은 이유는 간단하다. 민혁의 특별한 시도의 요리 성공에 의해서 요리가 완성된 도중에, 등급이 아닌, 버프 능력만이 추가로 상승했기 때문이었다.

하지만 이로써 민혁은 알 수 있었다.

'신 등급의 요리에 한 발자국 다가갔다.'

어쩌면 이른 시일 내에 신 등급의 요리를 만들지도 모른다는 생각이 드는 순간이었다.

그리고 미식 드래곤이 말한다.

"네가 원하는 것이 있는가? 내가 해줄 수 있는 선이라면 해주겠다."

관중석에서 감탄사가 터져 나왔다. 그뿐만이 아니었다. 루카로의 곁에 있던 요리사들도 부러움의 시선을 보냈다.

미식 드래곤이 누구던가. 그의 레어에는 인간들이 범접할 수 없는 보물들이 산처럼 쌓여 있다는 소문이 무성하지 않은가! 또한, 그가 가진 돈은 한 왕국의 왕보다도 많다고 한다.

'부, 부럽다……!'

'세, 세상에. 미식 드래곤이 소원을 들어주고 싶어 하다니!'

'과연 그는 소원으로 무엇을 말할 것인가!'

모두의 부러움의 시선처럼, 민혁은 설렘에 가득 찬 표정이었다. 그는 너무나 설레어 가슴을 주체하지 못하고 있었다. 그러면서 스리슬쩍 미식 드래곤을 본다.

"말해보라, 그 어떠한 금은보화도, 원하는 아티팩트가 있다면 그에 맞는 것도 줄 수 있다."

망설이던 민혁. 그가 갑자기 인벤토리에서 무언가를 꺼냈다. 그것은 자그마치 약 7m 길이의 꼬챙이였는데, 꼬챙이의 가장 위로 삼겹살, 그 밑으로 칼집을 낸 소시지, 또 그 밑으론 새우와 피망, 양파, 버섯 등이 꽂혀 있었다. 자그마치 7m 길이의 꼬챙이에 음식들이 줄줄이 꿰어져 있는 것이 흡사 바비큐를 준비할 때의 모습 같다.

민혁이 쾌활하게 웃으며 말했다.

"미식 드래곤님의 브레스로 만든 바비큐가 먹어보고 싶습니다!! 꼭 먹고 싶습니다!"

관중석, 요리사들, 그리고 미식 드래곤마저 어안이 벙벙한 표정이 되었다.

미식 드래곤은 그 누런 눈을 꿈뻑이기까지에 이르렀다.

"그, 그게 원하는 것의 전부이더냐?"

"그거 말고 필요한 게 있나요? 크흐! 미식 드래곤님의 브레스로 구운 바비큐라니! 제 생의 꿈을 이루는 거라고요!"

세상에 엄청난 금은보화! 아티팩트보다 드래곤 브레스로 구운 바비큐가 먹고 싶은 사내라니!

"크하하하하하!"

미식 드래곤은 쩌렁쩌렁 웃을 수밖에 없었다.

곧이어 미식 드래곤이 작은 입김을 불었다.

솨아아아아아-

그러자 따뜻한 기운이 민혁의 몸속으로 스며들어 왔다.

[미식 드래곤의 숨결]

[미식 드래곤이 살아가면서 딱 한 번만 발현할 수 있다는 축복이 내려집니다.]

[물리 방어력이 10% 상승합니다.]

[마법 방어력이 10% 상승합니다.]

[물리 공격력이 10% 상승합니다.]

[모든 스텟이 3% 상승합니다.]

이것은 미식 드래곤이 그저 민혁에게 주는 선물이었다.

그리고 미식 드래곤이 민혁에게 플라이 마법을 걸어주었다.

하늘 높이 날아오른 민혁!

그를 따라 날아오른 미식 드래곤이 꼬챙이에 브레스를 조준하였다. 그리고 브레스의 힘을 적절히 조절하여 힘껏 토해냈다.

푸화아아아아아아악-

바로 오늘, 알베로 영지는 드래곤의 브레스로, 바비큐가 구워지는 참 진기한 광경을 보게 된 셈이다.

그리고 민혁이 바닥으로 내려섰을 때, 그의 몸이 반투명하게 반짝이기 시작했다.

[열다섯 번째 시련을 완수하셨습니다.]
[검성 코니르에게 검의 극의(極意)를 배울 수 있게 됩니다.]

반투명해진 민혁의 앞으로 루카로가 나타났다. 그는 참으로 고마운 사람이었다.

민혁이 활짝 웃으며 말했다.

"이제 당신이 식신입니다."

식신이 인정한 자. 그가 이제 알베로 영지의 식신이자 전설이 될 것이다.

검의 대제 엘레. 그는 잠시 대륙운(大戮雲)에서 벗어나 이필립스 제국의 전체 상황을 살피고 있었다. 그렇다고 황궁으로 돌아간 것은 아니었다. 언제라도 대륙운(大戮雲) 안에서 일이 발발한다면 곧바로 총책임자로써 들어갈 준비는 끝나 있었다.

"민혁이가 생각보다 늦는구나."

"네."

루스는 그 말에 빙긋 미소 지었다.

엘레는 먼 곳을 바라봤다. 그녀의 표정엔 여러 가지 복잡한 감정이 서려 있었다.

'폐하는 지금 기쁘기도 하시지만 스스로를 자책하고 계시기도 하다.'

루스는 쓸쓸한 미소를 머금었다.

자신이 아닌, 타인이 극의를 깨우친다. 한데, 그것을 깨우치는 자가 자신이 그토록 아끼는 동생 '민혁'이라는 것에 대한 기쁨. 그리고 그에게 모든 것을 짊어지게 한 것 같은 커다란 무거움, 자신에 대한 자책.

엘레는 자신의 목에 걸어져 있는 붉은빛 목걸이를 매만졌다.

"민혁이에게 이필립스의 가호가 함께하기를……."

그녀가 열두 살이 되던 해에, 전대 황제가 그녀에게 선물한 목걸이였다.

루스는 빙긋 웃어 보였다.

'검의 대제 엘레이시여. 자책감 느끼지 마시옵소서. 당신은 이미 '극의(極意)'에 오른 몸. 하나, 당신을 지키기 위해 황제 폐하께서 당신의 힘을 봉인하였으니.'

이는 그녀가 열두 살이 되던 해의 아주 오래전의 일이었다.

전대 황제는 그녀가 진정한 '극의'에 오를 거라는 사실을 아셨다. 그리고 그녀가 날 때부터 함께해 왔던 보좌관 루스에게 말하였다.

'이 아이가 가진 힘이 스스로를 망가뜨릴지도 모른다. 또한, 강한 힘은 오만함을 부르는 법. 이 보석에 의해, 나의 아이는 정체될 것이다.'

유일무이하게 엘레의 검술의 극의까지 오를 수 있는 아이. 하지만 그에 따른 대가와 두려움이 컸다. 그에 전대 황제는 작은 보석 안에 그녀의 힘이 발산되지 못하게 하였다.

하지만 아직, 그녀는 모른다. 자신이 가진 엄청난 힘을.

그리고 바로 그때.

"크, 큰일 났습니다!!"

기사단장이 다급하게 뛰어 들어왔다.

다크 게이머로 구축된 흑룡단. 얼마 전 패배한 호일천 역시도 흑룡단의 소속이었으나, 흑룡단의 인원 열세 명 중 열 번째밖에 속하지 못했다.

그리고 바로 지금. 2~5위까지의 흑룡단원들이 '구름 티켓'을 사용해 아스간 대륙의 땅에 발을 디뎠다. 이들은 모두 극의를 깨우치거나 혹은 중국 공식 랭커들도 가뿐히 밟을 수 있는 실력자들이었다. 한데, 그들은 잘 알려지지 않았다. 그들은 어둠 속에서 오로지 돈을 버는 데에만 집중했기 때문이었다. 그들은 일확천금을 벌어들일 수도 있으며, 거기에 더해져 한층 더 강해질 수 있는 길을 알아냈다.

검의 대제 엘레. 그녀는 또 다른 극의를 가는 길을 알고 있는 여인이다. 또한, 반쪽짜리 극의를 가진 여인이기도 하였다. 엘레가 대륙운에서 며칠에 한 번씩 아스간 대륙으로 돌아가 제국을 정비한다는 사실을 알게 된 그들은 그날을 맞춰 아스간 대륙에 넘어왔다.

고작 세 명의 흑룡단원들이었지만, 거기에 다추안까지 함께 하고 있었기에 그들의 강함은 지금 당장 대영지 하나조차도 가뿐히 뭉개 버릴 수 있을 정도였다.

이들을 이끄는 리더 쉬챠지가 주변을 둘러봤다.

"여기에서 엘레를 어떻게 찾는다아?"

일단 그녀가 아스간 대륙으로 돌아온 것은 확실하다. 하지만 여기에서 그녀를 찾는 것은 모래사장에서 바늘 찾기와 같다. 그녀는 이런 일을 대비하여, 황궁으로 돌아가지 않는 것 같았으니.

"……그러게 말이오."

덩치가 커다란 아카스가 고개를 주억였다. 온몸이 근육질로 이루어진 그는 맨주먹으로 성벽도 부술 것 같은 인상이었다.

그러던 때였다. 그들의 눈에 어딘가로 향하는 작은 마차가 보였다. 작은 마차를 이끄는 이는 허름한 복장의 남성, 그 옆으로 그의 아이와 아내가 타고 있었다.

"저들을 따라간다면 작은 마을이나, 혹은 영지 정도는 나오겠군?"

"그렇겠네."

그들이 고개를 끄덕였다. 그러던 중, 쉬챠지가 자신의 윗입술을 혀로 핥았다.

"좋은 생각이 났어."

"좋은 생각?"

"그래, 저 마을로 따라가서 엘레가 나타날 때까지 한 명씩 죽이는 거야."

참으로 악독한 생각이었다.

하지만 곧 누군가 반문했다.

"하찮은 NPC들. 그리고 고작해야 수천만의 백성 중 몇백을 죽인다고 황제가 행차할까?"

그는 사실 불가능에 가깝다. 황제들은 때론, 자신들의 안위를 위해 국민마저 버리는 게 맞으니.

"하지만 지금 그것 말고 확실한 방법 있어?"

"없네. 일단은 죽여보면 알겠지. 뭐."

그리고 그들의 한쪽에 선 한 여인이 몸을 격하게 떨고 있었다. 그녀는 중국 유명 BJ인 루오였다. 루오는 그들의 말을 자신이 잘못 들었나 싶었다.

'NPC들을 학살한다고⋯⋯?'

NPC들은 사람 같지만 결국에 인공 지능일 뿐이라고 생각하는 이들은 아테네에 상당수가 있었다. 아니, 사실 그러한 이들이 대다수였다. 하지만 그렇다고 한들, 자신들과 비슷한 외향을 가진 이들을 무차별적으로 죽일 이들은 흔치 않았다. 그러나 이들은 NPC들을 죽이는 것을 개미를 손가락으로 찍어 죽이듯 쉽게 말하고 있었다.

그녀는 이들로부터 '여제 엘레 사냥'을 촬영할 기회를 준다는 말에 기분 좋게 달려왔다. 하지만 지금은, 다소 두려워졌다.

그들은 곧 마차를 따라 걸음을 옮기기 시작했다.

흑룡단이 마차를 따라 도착한 곳은 아베커 영지라는 곳이었다. 영지민의 숫자가 약 2천여 명 정도로 추정되는 곳이다.

"루오."

"네?"

BJ 루오가 자신을 부르는 쉬챠지의 말에 의아한 표정을 지어 보였다.

"지금부터 촬영을 시작하도록 하세요."

그렇게 말하면서 흑룡단의 2인자인 쉬챠지는 복면을 꺼내 눈까지 끌어 올렸다. 그를 따라 다른 흑룡단의 인원들도 복면을 꺼내어 눈 아래까지 끌어 올렸다.

"지, 지금부터요?"

루오는 쉬챠지의 말에 반문할 수밖에 없었다. 지금 NPC들을 학살하는 장면을 촬영하라는 건가?

"NPC들을 학살하는 장면은 반감을 살 수 있어요. 그러니 엘레가 나타난다면 엘레를 사냥하는 동영상만 내비쳐도 충분히……."

하지만 자신이 이렇게 말함에도 불구하고 흑룡단의 이들은 표정 변화 하나 없었다. 그에 자신도 모르게 말끝이 흐려졌다.

쉬챠지가 차가운 목소리로 말했다.

"여기서 촬영을 시작하면 유저들의 입을 타고 엘레의 귀에 더 빠르게 들어갈 겁니다. 그러면 더 빠르게 모습을 드러낼 수도 있겠죠. 그리고 자극적인 영상 송출은 더욱더 많은 시청자를 확보할 텐데요?"

애석하지만 사실이었다. 시청자들은 자극적인 영상을 꽤 좋아하는 법이다. 심지어 엘레가 나타날 거라고 하면 더욱더 많은 이들이 볼 것이다. 비난한다고는 하지만, 그러면서도 보는 게 그들일지도 모른다.

루오는 생각했다.

'고작 소영지 하나 때문에 황제가 올 리가 없잖아? 이들…….'

이필립스 제국의 영지들을 황무지로 만들 생각이었다. 그녀가 나타날 때까지 하나고 두 개고, 세 개고 무너뜨리고 학살할 생각이다.

그들은 복면을 끌어 올려 쓰고 있었다. 하지만 방송 타이틀에 '흑룡단'이라는 이름은 들어갈 것이다. 흑룡단은 이미 비공식적으로 활동하고 있었지만, 그 악명이 자자했다. 돈을 위해서라면 뭐든 하는 집단. 그러한 집단이 바로 흑룡단이었다.

"촤, 촬영 시작하겠습니다."

루오는 중국 최고의 BJ 중 한 명이었다. 그녀가 방송을 켰다. 방송의 제목은 '흑룡단의 검의 대제 엘레 사냥'이었다.

루오는 정상급 BJ인 만큼이나 재미를 보장하는 이였다. 그녀가 방송을 키자마자 순식간에 상당한 숫자의 시청자들이 들어왔다.

그뿐만이 아니었다. 방송 제목의 자극적인 문구. 얼마 전 베르드크를 탈환 당하였던 중국이었기 때문에 그에 대한 관심은 더 클 수밖에 없었다.

[루오 님 방송은 믿고 보는 거죠.]
[흑룡단의 검의 대제 엘레 사냥? 설마 황제 사냥? 미쳤다.]
[근데 엘레 없는데?]

검의 대제 엘레는 이미 많은 세계인들의 주목을 받고 있는 이였다. 그 이유 중 가장 큰 몫을 하는 것은 바로 그녀의 '미모'다. 성녀 로이나와 견줄 만한 화려한 외모! 하지만 로이나와 다르게 차가운 냉기를 풀풀 풍기는 엘레는 색다른 매력으로 유저들의 마음을 사로잡은 바 있다.

그리고 방송이 시작됨과 동시였다. 곧이어 화면으로 충격적인 장면이 이어지기 시작했다.

우락부락한 덩치의 아카스. 그는 격투가 클래스로써 '극의'를 깨우친 이였다. 아직 극의를 깨우치고 그 스킬 레벨이 높은 편은 아니었다. 하지만 스킬 자체의 강력함이 상상을 초월하고 있다.

그러한 아카스가 걸음을 옮겨 마을 입구 앞을 지키는 경비병의 목을 꺾어버렸다.

우득-

"웨, 웬 놈이냐!"

퍼석-

옆에 있던 또 다른 경비병이 달려들려 하자 아카스가 그 커다란 주먹으로 머리를 내려쳤다.

퍼직-!

그러자 수박처럼 경비병의 머리가 터져 나갔다.

루오는 이미 '19세 성인' 방송으로 시작한 상황.

그리고 흑룡단 인원들의 끔찍한 인간 사냥이 시작되었다.

"꺄, 꺄아아아악!"

"으아아악!"

"커헉!"

그들은 보이는 족족 전부 죽이기 시작했다. 심지어 숨어 있는 자들이 있는 여관, 집, 곳곳에 숨어 들어가 학살하기까지 한다. 때론 건물의 문을 걸어 잠그고 불을 지피기까지 했다.

화르르르르르륵

영지 사람들은 영문도 모른 채, 힘없이 죽어 나가고 있었다.

[지금 저게 뭐 하는 짓거리임?]

[와…… NPC들 학살전이네 ㅋㅋㅋㅋㅋ?]

[웃음이 나옴? 아니, 뭐 저런 놈들이 다 있습니까?]

[어차피 NPC인데요, 뭐 어쩜? 님 너무 진지하게 받아들이시는 거 아닌가요?]

[그, 그렇긴 한데…… 아무리 그래도 좀…… 저 사람들 인성이 궁금하다.]

[인성은 무슨 ㅋㅋㅋㅋㅋ, 더 죽여라 더더더! 다 쓸어버려!!]

익명의 공간이란 참으로 무서운 곳이다. 숨겨둔 본능을 끌어올리는 곳이기도 하다.

꽤 많은 사람이 추악한 본성을 숨기고 살아가고 있다. 회사 내에서 평범해 보이는 누군가가, 온라인에선 어떠한 연예인에게 죽어버리라고 저주하기도 한다.

그리고 아테네는 사람이 실제로 할 수 있는 가상현실게임. 그 추악함이 실체가 되어 나타난다.

영지의 병력들이 나타났다.

"네놈들!! 여기가 어디라고 감히!!"

"영지를 침입한 자들을 죽여라!!"

"성가시군."

아카스가 나타난 수백 명의 병력을 보며 얼굴을 구겼다.

곧이어 아카스의 손이 차분하게 움직였다. 그 순간 붉은 원이 생겨나더니, 그 원이 흩어져서 공격을 가하려던 병사들을 빨아들이기 시작했다.

"커헉!!"

"으, 으아아악!"

병사들이 주변에 잡을 수 있는 모든 걸 잡았다. 나무, 바닥의 돌덩이, 기둥 등. 하지만 그들은 마치 토네이도에 빨려 들어가는 것처럼 붉은 원으로 밀집되었다.

경비대장까지 끌려 들어가자 아카스가 쫙 펼친 손바닥을 힘껏 주먹을 쥐었다.

퍼직- 퍼직-

그러자 적들의 몸이 산산조각이 나며 터져 나갔다.

"호호호호! 병사라는 것들이 30초를 채 버티지 못하다니!"

쉬챠지가 마녀 같은 웃음을 터뜨렸다.

한 줄기 희망 같던 병사들이 모두 죽어 나가자 영지민들의 얼굴에 절망이 서렸다.

학살을 계속하던 그들은 이내 멈춰섰다.

"엘레가 나타날 때까지 5분에 한 명씩 죽이는 건 어떨까?"

"나쁘지 않은 생각 같습니다."

그들은 마을 주민들을 모두 포획하여 광장으로 내몰았다. 영지민의 숫자는 약 700명이었다.

그리고 방송을 진행 중인 루오를 바라보며 선언했다.

"엘레. 나타나지 않는다면 5분에 한 명씩 죽이겠다."

그리고 쉬챠지는 중년 남성의 목을 베어냈다.

푸확!

"여, 여보!!"

아내가 쓰러진 남성을 부여잡고 절규한다. 아직 어린 아기가 아버지의 죽음에 울었다. 하지만 쉬챠지와 흑룡단 이들이 그들을 바라보는 시선은 인공 지능 이상도 이하도 아니었다.

대한민국 기자들이 빠르게 기사를 써 내려가기 시작했다.

흑룡단 이들의 이필립스 제국의 침투. 그리고 영지 하나를 인질로 붙잡고 NPC들을 학살하는 것.

[흑룡단. 그들은 누구인가. 돈을 위해서라면 무엇이든 하는 집단.]
[대한민국 랭커 깨기의 호일천. 그 또한 흑룡단의 단원?]
[흑룡단의 악행. 이보다 더했던 것도 많아⋯⋯.]

기사들은 수없이 올라오고, 그를 읽은 이필립스 제국의 유저들은 분노했다.

[개자식들! 이런 걸 공개적으로 해?]

[이거 대놓고 우리나라 비웃는 거 아님?]

[저 영상 봤는데, 완전 끔찍합니다. 어린아이, 아녀자, 노인 할 것 없이 무차별적으로 죽이고 있습니다.]

[그런데 어차피 NPC잖아요?]

[NPC이긴 해도, 님은 게임 하면서 이제까지 한 번도 NPC와 웃고 떠들고 밥 먹어본 적 없나요? 그들에겐 그곳이 그들의 세상입니다.]

[진지충인가? 몬스터는 불쌍해서 어떻게 잡나??]

사람들은 두 가지 유형으로 나뉘고 있었다. '어차피 NPC이다'와 '하지만 그래도 저것은 너무하다'는 쪽. 과반수가 전자 쪽으로 기울고 있었다.

어차피 NPC이긴 하다. 하나, 그들과 전혀 다른 생각을 가진 유저들. 그들은 발 빠르게 움직이기 시작했다.

[레벨 253 전사 로커입니다. 현재 학살당하고 있는 아베커 영지의 인근에 있습니다. 곧바로 아베커 영지로 가서 영지민들을 구할 생각입니다.]

[레벨 341의 마법사 유저입니다. 저도 곧바로 아베커 영지로 갈 생각입니다.]

[레벨 390의 암살자 유저입니다. 이미 아베커 영지 인근에서 은신 후, 적들을 살피고 있습니다. 계속해서 5분에 한 명씩 죽어가고 있습니다.]

[현재 아베커 영지 인근으로 약 80명의 유저들이 집결한 상태입니다.]

[커아드 마을에서 약 30명의 유저들이 합류하기 위해 가고 있습니다.]

[상인 어나더입니다. 이번 아베커 마을 탈환 작전에서 사용되는 포션값, 스크롤값 모두 지원하겠습니다.]

[애오스 길드 마스터입니다. 저희는 고작 서른 명의 사제들로 구축되어 있지만 아베커 영지 인근에서 작은 신전을 구축하고 있습니다. 저희들 또한 곧바로 아베커 영지로 향하고 있습니다. 버프, 힐 모두 빵빵하게 넣어드리겠습니다.]

이로써 모인 유저의 숫자가 약 300명이었다.

그리고 이들의 레벨대는 다양하였으나 높은 레벨 대의 유저는 거의 없었다. 아베커 영지 인근 자체가 초보들이나 중수들 사냥터만이 있었기 때문이다.

[아, 저도 가고 싶은데, 너무 멀리 있습니다.]

[저도 좀 먼 곳에 있는데, 빨리 그쪽으로 출발하겠습니다.]

[저도 가는 중 ○○…… 여기 유저들 계속해서 출발하는 중입니당.]

아베커 마을은 주문서나 혹은 워프로 이동할 수 없는 특수한 마을 중 하나였다. 심지어 꽤 오지에 있었기 때문에, 가는 데 쉽지 않았다.

하나, 확실한 것은 천 명이 넘는 유저들이 아베커 마을로 향하려 하고 있었다. 현재 상당한 숫자의 유저들이 대륙운(大戮雲) 안에 집중되어 있다는 걸 생각한다면 상당한 숫자였다.

누군가 질문했다.

[님들 레벨 보니까 200에서 끽해야 300이던데, 님들이 상대가 될 거라고 생각함? 가면 님들 템 다 떨구고 렙 드랍할 텐디, 진심 ㅂㅅ들이셈?]

[왜 가는 거죠? 어차피 가면 몰살당할 뿐입니다. 중국인들이 보면서 비웃을지도 몰라요.]

[왜 가냐고요? 전 예전에 아베커 영지에서 대장장이 전직 시험을 끝냈습니다. 그때 그 대장간 주인이 거기 있다고요. 그분은 초보자였던 저

에게 검과 방어구도 선물해 줬다고요.]

　[저희가 몰살당하는 동안 시간 끌기라도 할 수 있으니까요. 그동안 몇몇 NPC는 살 수 있을지도 모르고.]

　[저런 짓을 하는 중국인들을 보고 가만히 있을 바에야, 장렬히 싸우다가 사망 페널티 받겠습니다.]

　[진짜 우리나라 국민은 대단하네요. 예전에 금 모으기 운동 때도 그랬고, 2002년 월드컵 때 전부 붉은 티셔츠에 태극기 휘둘렀을 때도 그랬고, 이번에도 그렇고 단합력 하나만큼은 끝내줍니다.]

　[코리안 넘버 원!!]

　그렇다. 흑룡단은 예상치 못한 적수들을 상대하게 된 셈이다.

　"저기다!!"

　"개자식들!!"

　아베커 영지. 그곳에서 끊임없는 소리가 퍼져 나갔다. 방송을 보고 무수히도 많은 유저들이 단합하여 아베커 영지로 밀고 들어가기 시작했다.

　콰아아아아앙!

　마법사 유저들이 마법을 쏘아내고, 궁수 유저들이 화살을 쏘아내기 시작했다.

　풋풋풋-

수십여 발의 화살이 비처럼 떨어져 내린다.

하지만 쉬챠지가 팔을 휘두르는 순간, 흑룡단 앞에서 멈춰 선 마법들과 화살들이 허공에 두둥실 멈춰섰다.

"헉!!"

"뭐, 뭐야?"

쉬챠지가 다시 팔을 휘둘렀다. 그 순간, 마법과 화살들이 되돌아갔다. 그녀의 클래스는 '반사술사'로 전설 클래스였다.

그리고 되돌아간 화살과 마법들이 유저들을 집어삼켰다.

콰아아아아앙-

푹푹!

"저 새끼들이 영지민들한테 손 못 대게 해!"

"죽여!!"

하지만 그치지 않고 썰물처럼 담합한 근접 공격 유저들이 달려들기 시작했다.

그 중심엔 레벨 511의 유저 루카오와 에덴이 있었다. 루카오와 에덴은 커플 랭커로 유명한 이들이다. 그 둘은 커플로서 함께 게임을 시작해, 랭커로 성장하였다. 대한민국 최상위 랭커였으며 많은 유저들의 사랑을 받고 있는 유저들이다.

알콩달콩하지만 때론 티격태격하며 게임을 플레이하는 두 사람! 루카오는 기사 클래스, 그리고 에덴은 마법사 클래스였다. 서로의 단점을 보완하며 하는 사냥에 많은 사람의 사랑을 받고 있는 랭커들이다.

그 둘은 지금 적과 자신들의 차이에 좌절하고 있었다.

"오, 오빠…… 적들이 너무 강해."

"……빌어먹을!"

루카오와 에덴을 주축으로 구성된 흑룡단 척결 연합의 유저들이 감당하기에는 흑룡단 이들이 너무도 강했다. 심지어 그들은 본격적인 힘을 발휘하지도 않은 상황이다.

"그래도 가자."

"응."

하지만, 두 사람은 두려워하지 않았다.

고레벨 마법사인 에덴이 고위급 마법을 캐스팅! 그리고 루카오가 유저들 틈에서 그 들을 향해 내달리기 시작했다.

"흑룡단을 몰아내라!!"

"죽여라!!"

이 모습을 보던 흑룡단 이들은 낄낄 웃었다.

"잔챙이들이 아주 신났구나."

"재밌네."

그리고 아카스가 있는 힘껏 주먹으로 땅을 내려쳤다.

콰아아아아아아아앙-

그 순간 강력한 파동이 뿜어져 나가며 영지 전체에 있던 유저들을 집어삼켰다.

[멈춤의 파동에 당하셨습니다.]

[4초 동안 스턴 상태에 빠집니다.]

"이, 이이이익……!"

"이, 이런 말도 안 되는!"

수백의 유저들이 단 한 번에 스턴 상태에 빠졌다. 그것도 고 레벨인 루카오까지 포함해서. 말도 안 되는 상태 이상 능력!

그때, 쉬챠지가 움직였다.

터벅터벅 걸음을 옮겨 기름통에 있는 기름을 마을 주민들에게 뿌렸다.

촤아아아악-

마을 주민들도 멈춤의 파동에 당한 것은 매한가지.

그들의 머리 위로 뿌려진 기름.

그리고 쉬챠지가 성냥을 꺼냈다.

"이런 걸 원한 거야?"

"아, 아아아아아……!"

"으, 으아아아아아!"

"으아아아아악, 아, 안 돼!! 사, 살려주세요! 제발!!"

"응애응애!"

대한민국 유저들이 좌절하기 시작했다. 흑룡단은 자신들이 공격하자 더욱더 잔혹한 방법으로 다가왔다.

"어차피 이필립스 제국에 마을이든 영지든 널리고 널렸으니까."

그녀가 잔혹한 미소를 머금고 손을 움직여 성냥에 불을 붙였다. 아니, 붙이려 할 때였다.

핏- 주륵-

정체 모를 무언가가 그녀의 손을 스치고 지나갔다. 그녀의 손에서 붉은 피가 뚝뚝 떨어지기 시작했다.

그녀의 고개가 돌아갔다.

바로 그곳에 있었다. 아무도 오지 않을 거라고 생각했던 존재.

황제가 일개, 수백의 백성들 때문에 움직이지 않을 거라고 말하였던 이들을 무색하게 만든다.

수백 명의 기사들이 피닉스가 그려진 문양의 풀 플레이트 아머를 착용하고 오고 있었다. 그 앞으로 방금 전, 쉬챠지의 손을 공격한 단도를 던졌던 붉은빛 갑주와 머리카락을 흩날리는 여인. 검의 대제 엘레가 오고 있었다.

그녀가 자신의 붉은 머리카락을 머리끈으로 묶었다.

스르르릉-

그녀의 검이 청량한 소리를 내며 검집에서 뽑혀 나온다.

다가오는 그녀가 천천히 입을 열었다.

"나의 국민에게 손대지 마라."

쉬챠지의 입꼬리가 어색하게 올라갔다. 비웃으려 하였으나, 그것이 안 된다. 그녀가 발산하는 살기가 그들을 옭아매고 있다.

엘레가 마지막 말을 내뱉었다.

"죽여 버리기 전에."

쉬챠지의 온몸에 소름이 돋아 올랐다.

"호, 호호……."

쉬챠지는 본능적으로 한 걸음 물러났다. 거구의 격투가 사내인 아카스도 그 살기에 숨이 턱 막히고 오금이 저렸다.

'이, 이런…… 말도 안 되는…….'

이것은 고작 게임.

흑룡단 이들은 일반 유저들보다 아테네라는 게임에 대한 생각이 훨씬 가벼웠다. 황제든, 누구든 고작해야 인공 지능일 뿐이라고 생각하고 있었다.

한데, 그런 엘레에게서 풍기는 살기 자체는 실제 사람인 자신들을 두렵게 만든다. 날카로우면서도 아름답게 빛나는 그녀의 눈동자가 마치 뱀의 눈처럼 두렵게 보인다. 그녀의 차가운 표정, 목소리, 검을 쥔 자세 하나하나까지 기품이 넘쳐 흐르며 범접할 수 없는 힘을 뿌린다.

지금 엘레는 그 어떠한 이보다도 더 크게 분노한 상황. 하나, 그러한 엘레에게서 빈틈조차도 보이지 않고 있었다.

흑룡단 이들에게 알림이 들렸다.

[검의 대제 엘레의 살기가 숨통을 조여옵니다.]
[모든 스텟이 15% 하락합니다.]
[물리 방어력, 마법 방어력이 15% 하락합니다.]
[공격 성공률이 40% 하락합니다.]
[스킬 쿨타임이 20% 길어집니다.]
[스킬 대미지가 20% 하락합니다.]

흑룡단 이들이 믿기지 않는다는 표정을 지었다.

자신들은 극의(極意)라는 대한민국과 중국을 아우러 가장 위대하다는 여덟 개의 스킬들의 힘을 깨우친 자들. 극의를 깨우침과 동시에 어마어마한 상태 이상 저항력을 얻어내었다. 그런데, 바로 지금. 앞에 있는 검의 대제 엘레는 자신들에게 커다란 족쇄를 채워냈다는 거다.

예상외의 상황. 하지만 쉬챠지는 여기에서 물러설 수 없었고 두려워하는 모습 따위 보일 수 없었다. 지금 중국 유저들이 이 방송을 지켜보고 있을 터.

또한, 흑룡단은 BJ 루오에게만 연락을 취했을 뿐이나, 루오에게로 곧바로 방송국 측에서 접촉해 올 터였다.

흑룡단은 이를 노렸던 거다. 엘레 사냥은 어마어마한 광고 수익과 시청률 등의 수익을 낼 수 있을 것이며 이에 따라 흑룡단이 얻게 될 가치는 천문학적.

그리고 이 상황에서 또 다르게 중요한 것. 그것은 바로 '엘레를 압도'해야 하는 것이다. 이 엘레 사냥은 비공식적으로 활동했던 흑룡단이 '공식적인' 활동을 할 것이라는 암시였으니까. 흑룡단이 무너지는 모습을 보여주어선 안 된다.

그에 그녀가 애써 표정을 유지하며 말했다.

"엘레. 네가 또 다른 극의(極意)가 있는 곳에 대해 알고 있다고 들었다."

엘레는 대답하지 않았다. 그저 부들부들 떨고 있는 영지민들을 보았다. 일부 영지민들은 부들부들 떨면서도 엘레가 나타나자 애써 미소를 지었다.

어떠한 이들은 두려움에 울면서도 엘레를 보면서 말한다.

"폐하!!"

"엘레 폐하!!"

"이. 이 위험한 곳에는 어찌 오신 겁니까!!"

"폐하, 크흐흐흑! 죄송합니다! 못난 저희를 용서하소서!"

엘레의 아버지 전대 황제는 폭군과 같았다. 국민을 개미처럼 여겼고 제국 부흥을 위해서라면 어떠한 것도 마다하지 않았다. 심지어 그것이 국민을 파는 일이라도. 그에 배를 굶는 국민은 늘어갔고 그를 원망하는 목소리는 커졌다.

그리고 모두가 우려했던 여성 황제 엘레가 황제에 올랐다.

한데, 엘레는 달랐다. 그녀는 전대 황제와 비슷한 성격이었으나 국민들을 헤아리는 것이 달랐다. 썩어버린 귀족들을 물갈이하고 그들이 국민들에게 앗아간 식량들을 돌려주었으며 누구보다 열심히 일한 자에게는 그에 합당한 대가가 돌아가는 정책을 펼쳤다.

또한, 그녀는 국민들을 진심으로 아꼈다. 누군가는 찔러도 피 한 방울 나오지 않을 엘레라고 불렀다. 하나, 국민들에게만큼은 한없이 따뜻했으며 국민들을 위협하는 자들에겐 한없이 강했으니. 그러한 통치자인 엘레가 고작 자신들의 목숨을 위해 달려오자 그들의 가슴은 뜨거워졌다.

엘레는 이로써 또 한 번, 이필립스 제국의 모든 국민의 마음을 사로잡았다. 이로 인해, 엘레를 위해 더 노력하고, 더 나은 삶을 사려는 국민들이 늘어날 터. 폭군이었던 전대 황제와 다른 정책을 펼침에도 이필립스 제국이 그때보다 몇 배로 족히 성장할 수 있었던 동력이다.

쉬챠지가 물었다.

"그 장소를 우리한테 말해줘야겠지? 우리가 널 죽여 버리기 전에? 응?"

쉬챠지가 낄낄대며 웃었다. 마치 두려움을 떨치려는 듯이.

그에 엘레가 콧방귀를 끼며 웃었다.

"네 똥구멍에 처박아놨으니, 한번 찾아보든가."

하지만 기선 제압을 완전히 실패해 버렸다.

그러나 그것은 아주 잠시일 뿐.

"호호호호호호! 진짜 내가 이 황제님 때문에 미치겠네!!"

"하하하하하! 재밌군, 재밌어!"

"크하하핫!"

엘레의 말에 멍해 있던 쉬챠지와 아카스. 그리고 흑룡단원 중 한 명인 아늑스가 웃어젖혔다. 그 기세에 눌렸다고 하나, 어차피 쓰러지게 될 자는 엘레라고 생각한 것이다.

"반쪽짜리 극의밖에 갖지 못한 비운의 황제 따위가⋯⋯!"

이미 다추안에게 그 사실을 들었다. 너무도 위대하고 강력하여, 검의 대제라는 이름의 엘레조차도 반쪽밖에 얻지 못한 힘.

그리고 다추안도 지금 그들과 함께 있었다.

다추안은 완전한 극의에 올랐으며 스킬 레벨 또한 6 이상이었다. 자신들이 다 덤벼도 다추안을 이기기 힘들 것인데, 감히 엘레 따위가 기세로 누르려 하는가?

엘레의 국민을 위한 행보에 루오의 방송을 지켜보던 많은 유저들을 감탄사를 터뜨렸었다.

[와, 국민을 구하기 위해 걸음 하는 황제라니…….]

[저런 통치자와 함께 살아가는 국민들은 어떤 기분일까.]

[우리 중국의 주석도 저런 사람이었으면 좋겠다…….]

하지만 그것은 아주 잠시일 뿐. 곧 어리석다는 의견이 나오기 시작했다.

[그래도 엘레는 어리석었음.]

[흑룡단 이들은 아직 완전한 힘을 보여주지 않았지만, 그들의 힘은 엘레를 초월할 것으로 예상됨. 한 제국의 황제가 자신이 죽으면 제국 전체가 무너진다는 사실도 모르고 쫏…….]

[상대가 안 될 텐데…….]

그 순간, 쉬챠지의 손이 움직였다.

"우릴 막을 수 있겠어?"

쉬챠지는 '반사술사'였다. 반사술사란 적의 공격을 반사한다는 것을 뜻하는데, 그에 관련한 스킬들이 무수히 많다.

그리고 그중에서도 쉬챠지는 반사의 극의를 깨우쳤다.

반사술사는 적의 공격을 반사시키거나, 혹은 빨아들여 저장시킬 수 있다. 대신에, 약 20%의 대미지 감소 효과나 스킬의 효과 감소가 있다. 어찌 보면 1:1 PVP에서는 매우 취약한 직업이었다.

하지만, 극의에 오르면서 완전히 달라져 버렸다.

반사술사는 적의 공격을 80% 감소된 대미지로 감소한다는 것에 따라 스탯량은 모든 것이 기사와 견줄 정도로 꽤 높은 편이었다. 그러한 상태에서 극의에 의한 반사 스킬은 적의 공격을 반사시킬 때, 더 뛰어난 힘으로 가공시켜서 반사시켜 버린다. 즉, 100의 대미지를 반사하면 140의 대미지로 돌려주는 사기적인 힘이 되어버린 것.

그리고 격투가인 아카스는 '연격의 극의'에 올랐다. 연격의 극의란, 연속 공격에 성공할 때마다 추가적인 대미지가 붙는 말도 안 되는 힘이다. 총 6연격에 성공한다면 약 1,500%까지 대미지가 올라가는데, 그것이 마지막 대미지라는 것. 첫 번째 공격, 두 번째 공격, 세 번째 공격, 네 번째 공격까지 전부 합쳐 버린다면 총 적에게 입히는 대미지량은 약 4,500%가 넘는다는 거다.

그리고 아카스에게도 단일 최강의 공격이 있다.

쉬챠지와 아카스의 눈이 조용히 시선을 마주쳤다.

"흐우우우우웁!"

타앗-

엘레가 스텝을 사용, 아카스와 쉬챠지를 향해 거리를 좁히기 시작했다. 그 옆에는 이필립스 제국의 기사단장 카스가 함께였다.

카스는 엘레 다음가는 이필립스 제국 검의 최강자였다. 기사의 탑의 기사들 또한 꺾을 수 있는 최고의 기사. 그런 그의 주변을 이필립스 제국의 기사단과 마법사들이 포위하였다.

꽈지이이이익-

팔에 힘을 준 아카스의 한쪽 팔이 기이할 정도로 부풀어 오르기 시작하였다.

아카스의 극의도 하나의 스킬에 여러 가지의 장들이 있다. 연격기가 1장과 2장에 있고, 단일 공격이 3장에 있다. 마지막 3장의 공격은 굳이 연격에 성공시키지 않아도 약 1,200%의 대미지를 낸다.

콰아아아아아아아-

아카스의 기이하게 부풀어 오른 팔로 강한 힘이 일렁이며 쏘아져 나갔다.

한데, 그 방향이 이상했다. 바로 쉬챠지에게 향하고 있었기 때문이었다.

그들은 자신들의 극의를 이제껏 숨겨온 상황.

엘레는 이해할 수가 없었다.

바로 그때, 쉬챠지에게 직격하는가 싶던 아카스의 단일 공격 스킬 '폭룡권'이 쉬챠지의 앞에 나타난 반투명한 거울과 맞부딪쳤다.

쒜에에에에에엑-

땅의 돌무더기가 파일 정도의 힘을 내는 강력한 스킬이, 거울로 빨려 들어가고 있었다. 그리고 쉬챠지가 몸을 틀었다.

쉬챠지는 그 순간, 폭룡권을 가공시켰다.

푸화아아아아아아악-

[폭룡권 반사]

[순간적으로 가공시켜, 폭룡권을 수십여 개로 쪼개어 적에게 쏘아 보내며, 쏘아 보내진 폭룡권은 700%의 힘을 발현합니다.]

수십 개로 변화한 축소형 폭룡권들이 엘레와 아카스를 향해 근접하기 시작했다.

태에에에에엥- 콰아아아아앙!

카스가 검에 오러를 실어 있는 힘을 다해 하나의 폭룡권을 쳐냈다. 하나, 그 막대한 힘에 온몸이 진동할 정도였다.

지금 이 순간, 단일 최고 공격을 발휘한 아카스와 그 힘을 반사시킨 쉬챠지는 환상적인 호흡을 발휘하고 있는 것이다.

쐐에에에에엑-

카스의 검에서 여러 개의 검기 가닥이 뿜어지며 폭룡권들을 허공에서 소멸시킨다.

뒤쪽에 위치해 있던 기사단들이 서둘러 검기를 분출시켰다. 하지만 폭룡권을 모조리 소멸시키기에 역부족이었다.

그리고 엘레. 그녀가 달린다. 아카스는 그녀가 계속 돌진하여 올 거라 생각했다.

폭룡권은 연속 세 번을 발현할 수 있는 극의(極意). 첫 번째는 미끼이다. 그녀가 접근했을 때, 그녀의 가슴에 폭룡권이 꽂힐 것이다.

그녀가 바로 앞에 도달해 간다.

"크아아아악!"

"커허억!"

달리던 카스가, 폭룡권을 견디지 못하고 주르르륵 뒤로 밀려나며, 포위망을 형성하던 기사들 몇몇이 폭룡권에 휩쓸린다.

그 틈에 엘레는 어느덧 아카스의 바로 앞에 도달했다.

"폭룡권!!"

아카스의 팔에 맺힌 강력한 힘이, 엘레를 찢어발기기 위해 뻗어진다.

한데, 그 순간.

탓!

허공 위로 스텝 스킬을 밟아, 올라선 엘레.

그치지 않았다. 그녀가 하늘을 밟기 시작한다. 민혁의 스텝과는 격이 다른 진짜 '스텝'.

하늘을 밟아, 한 번 더. 두 번 더. 세 번 더.

타타탓-

단숨에 하늘 위를 밟아 위로 올라선 엘레. 그녀는 이 싸움을 길게 해선 안 된다고 판단하였다.

또한, 민혁과 싸울 때는 보이지 않았던 힘이 있었다.

그는 민혁을 죽이고 싶지 않았기 때문이었다. 아직 그 누구에게도 보이지 않은 그녀의 비기.

하늘 높이 날아오른 엘레의 검이 땅으로 향한다.

그와 함께 '엘레의 검술' 버프를 발현하자 그녀의 몸에서 붉은빛 오오라가 뿜어지기 시작했다.

쑤화아아아아아아악-

이윽고, 그녀의 검이 힘껏 휘둘러졌다.

"멸살검(滅殺劍)"

촤촤촤촤촤촤촤촤촤촤촤촥-

순간적으로 생겨난 수백여 개의 그립이 없는 4m 길이의 검날들.

그 검들이 쉬챠지와 아카스, 다른 흑룡단원을 향해 재앙처럼 쏟아진다.

쉬챠지가 재빠르게 반사 스킬을 사용했다.

[극의의 공격 반사]
[적의 공격을 흡수하여 반사시킵니다.]

이제까지 그 어떠한 공격도 반사시키지 못한 적이 없는 그녀의 스킬이었다.

그녀의 입가에 미소가 자리매김했다.

'이 스킬을 반사하면 엘레는 끝이다……!'

오히려 일이 쉽게 되었다.

하늘을 향해 거대한 거울이 떠올랐다. 그리고 거울로 검들이 찔러 들어왔다.

촤아아아아아아앙-

검이 거울에 빨려 들어간다, 아니, 그렇게 생각했다.

그 순간.

와장창-!

[공격 반사에 실패합니다.]
[반사할 수 없는 스킬입니다.]

촤아아아아아앙- 푸직!

그녀의 가슴을 검이 꿰뚫었다. 그치지 않고 아카스와 흑룡 단원의 몸 곳곳을 수백여 개의 검이 찔렀다. 번쩍거리는 수백 개의 검에 꽂힌 그들이 고슴도치가 되는 순간이었다.

그리고 BJ 루오와 시청자들은 생전 처음 보는 강력한 스킬에 경악했다.

민혁은 코니르로부터 극의를 가르침 받고 있었다.

민혁은 자신이 알고 있는 어린 소년 코니르에 대한 이야기를 했고, 시련 안의 코니르는 극의를 깨우친다면 어떠한 일이 있었는지에 대해 알려준다 하였다.

그리고 잠시 휴식을 취하기 위해 게임을 종료하고 나왔던 민혁. 그가 휴대폰을 통해 이 전투 영상을 보게 되었다.

"누, 누나……?"

민혁의 온몸이 부들부들 떨리기 시작했다.

자신이 아테네에서 가장 아끼고 사랑하는 존재. 검의 대제 엘레. 누군가 그녀를 위협하고 있었다.

민혁의 주먹이 꽉 쥐어졌다.

엘레의 보좌관 루스. 그의 얼굴에 안도의 미소가 자리매김했다. 수백여 개의 검날에 고슴도치가 되어버린 흑룡단들.

사실 루스는 보좌관으로서, 그리고 어렸던 엘레를 오랜 시간 동안 지켜왔던 사람으로서 엘레의 행보를 막았었다.

하지만 엘레는 강경했다.

'가선 안 됩니다. 폐하!'
'막지 마라, 루스. 나는 가야만 한다.'

바로 몇 시간 전의 일이다. 그때까지만 해도 루스는 엘레의 생각이 얇다고 생각했다.

하지만 지금까지의 그녀의 행보를 생각해 보면 그녀는 영리한 여인이었다.

'질 싸움을 하시지 않는 분……!'

이를 통해서 엘레는 적들을 일망타진하지만, 거기에 더해져 국민들의 환심까지 얻어낼 수 있지 아니한가?

"폐하!!"

루스가 혹여 그녀가 어디 다친 데는 없는지 달려갔다.

그런데, 그때. 엘레가 말했다.

"카스 경."

"예, 폐하."

"내가 시간을 벌 테니, 국민들을 피신시키고 기사들과 마법사들을 물리게."

"……!"

"폐, 폐하……?"

루스와 카스는 경악할 수밖에 없었다. 특히나 루스의 경우는 더 이해할 수 없었다.

이미 적들 중 세 명이 전투 불능 상태에 빠진 듯 보였다. 몸 곳곳에서 피가 흐르고 있었고 온몸이 꿰뚫려 목만 비틀면 이 싸움은 끝나리라.

또한, 엘레는 영리한 싸움을 펼치는 이이기도 하였지만 적과 바로 맞닥뜨리면 피하지 않는다. 그녀는 검의 대제 엘레이며 이필립스 제국 최고의 황제였으니까.

그런 그녀가 말한다. 도망치라고.

엘레가 루스와 카스를 돌아봤다.

"이건 명령이다."

카스가 왼쪽 가슴 위로 주먹 쥔 손을 올렸다.

"명을 받듭니다."

그리고 루스와 엘레의 눈이 마주쳤다.

"루스 보좌관."

"예…… 폐, 폐하!"

"혹시 모르니 나 대신 민혁이에게 심해의 소고기를 전해주겠나?"

루스는 그 말에 가슴이 무너져 내리는 것 같았다. 하지만 이는 황명이었다. 떨리는 입술을 간신히 추스르며 고개를 숙인다.

"며, 명을 받들겠나이다……."

그리고 카스가 재빠르게 마법사들과 기사들을 물리기 시작했으며 적들의 뒤에 몰려 있던 국민들을 빼냈다.

엘레가 차가운 표정으로 흑룡단을 보았다.

그녀가 쏘아 보냈던 멸살검의 그립 없는 검날들이 허공에 흩어져 서서히 사라지고 있었다.

'다추안. 그가 움직이지 않았다. 그리고 저 남자.'

흑룡단의 이 중 한 명. 유일하게 그만이 어떠한 움직임도 취하지 않았다. 바로 아녹스라는 자였다.

바로 그때였다.

푸쉬이이이이익- 푸시이이이이이익-

흑룡단 세 사람이 일제히 녹아내리기 시작했다. 녹아내렸던 세 사람의 흑룡단이 다시 액체로 솟아올라 젤리처럼 꿈틀거리며 형체를 갖췄다.

"휴우, 이런 능력이 있을 줄이야……."

"예상외군."

"반사에 실패했을 땐, 깜짝 놀랐어. 한 번도 실패하지 않은 극의의 반사인데."

쉬챠지가 비릿한 미소를 머금었다.

엘레는 이해할 수 없었다. 멸살검에 대한 그 어떠한 타격 대미지조차 입지 않은 모습이었다. 그리고 그들의 육체는 녹아내리고 다시 형성되었다.

'부활 능력?'

엘레의 미간이 좁혀졌다.

아니, 부활 능력과는 달라 보였다. 살면서 단 한 번도 육체에 그 어떠한 대미지도 받지 않고, 그것도 세 사람이 함께 부활한다는 능력은 듣지 못했기 때문이다.

'도대체 뭐지?'

그녀는 이해할 수 없다는 표정으로 그들을 보았다. 특히나, 검은 복면을 쓰고 있는 사내인 아녹스. 그가 요주의 인물이라고 할 수 있었다. 그의 능력이 하나도 밝혀지지 않았다. 하지만 확실한 건 흑룡단 이들이 멀쩡할 수 있는 이유가 분명 아녹스 때문일 거라는 거였다.

터벅터벅-

이제까지 이 모습을 지켜보기만 하고 있던 다추안이 걸음을 옮겼다.

"싸움을 오래 끌진 않겠네, 엘레. 자네가 이곳까지 찾아온 긍지를 나는 인정하겠어."

다추안. 극의의 정점에 오른 인물이었으며 쉬챠지를 비롯해 그들이 극의에 오르게 도와준 인물이었다. 과거의 인물이었으나 그는 그들 덕분에 다시 깨어날 수 있었다.

그는 상당한 힘을 잃은 상황이다. 하지만 엘레가 알고 있는 또 다른 '극의(極意)'의 위치를 알아내고 그를 배운다면 그 잃었던 힘을 충당할 수 있으리라.

엘레는 긴장했다. 다추안이 힘을 잃은 것 같아 보였으나 그는 과거의 전설의 인물이었기 때문이다.

또한, 다추안은 모든 암살자들의 전설과 같은 인물이었다.

마침내 다추안이 움직이기 시작했다.

촤악-

다추안이 몸을 날린 순간, 마치 물속으로 빨려 들어가는 듯 풍덩 하고 사라졌다. 그리고 그 순간, 엘레의 바로 옆쪽에서 나타났다.

촤아아아아앙-

그의 날 선 단도를 막아낸 순간, 이번엔 그가 오른쪽에서 나타나 공격을 감행했다.

촤아아아아아앙-

'다추안은 모든 자연과 자신을 바꿔치기할 수 있고 그 속도가 엄청나게 빠르다고 하지.'

엘레는 그의 과거의 전설에 대해 떠올렸다.

파앗-

그의 단도를 막아내자 또다시 이번엔 그가 움직였다. 엘레는 뒤쪽에서 살랑거리며 떨어지던 낙엽을 기억해 냈다.

다추안이 순식간에 낙엽과 자신의 위치를 바꿔내고 위에서 아래로 급소를 찌르고 들어온다.

"스텝."

빠르게 거리를 벌려 벗어나는 그 순간이었다.

촤아아아아앗-

아카스가 움직였다. 아카스가 그녀의 목덜미를 붙잡고는 단단한 풀 플레이트 아머에 주먹을 한 번 가격한다.

콰아아아아앙-

그녀가 뒤로 물러나는 순간, 다추안이 이번엔 땅의 흙과 위치를 바꿔 솟아나며 그녀의 목을 향해 단도를 찔러낸다.

심지어 강력한 스킬의 힘을 담아, 공격해 추가 공격력 800%의 힘을 가진다.

덥썩-

하지만 물러나는 와중에도 엘레는 다추안의 손목을 잡아챘다.

다추안은 놀랐다.

'이 시대의 진정한 천재인가.'

극의를 깨우친 자들을 상대로도 반격하고 있다. 하지만 그 와중에 아카스가 두 번째의 공격에 성공한다.

콰아아아아앙-

안면을 맞은 엘레가 뒤로 밀려난다.

대미지는 더욱더 커졌다. 드디어 아카스의 '연격의 극의'가 실현되는 셈이다.

[연격의 극의]

[두번째 공격에 성공함에 따라 700%의 대미지를 입힙니다.]

"쿨럭!"

엘레의 고개가 돌아갔다. 날아가는 와중에도 부드럽게 착지하며 피어나는 검을 사용.

채채채채채채채채채챙-

수백여 개의 검의 꽃이 피어난다.

콰콰콰콰콰콰콰콰콰쾅!

그리고 거대한 폭발을 일으키며 쉬챠지와 아녹스, 다추안을 멈추게 만든다.

"크흐으으음!"

엘레를 쫓던 다추안의 몸 곳곳이 찢겨 나가 있었다.

'대단한 자다…….'

그는 그녀에 대한 감탄에 감탄을 금치 못했다.

하나, 이미 아카스는 네 번째 공격을 성공.

[연격의 극의]
[네 번째 공격에 성공함에 따라 1,000%의 대미지를 입힙니다.]

"커허어어억!"

강력한 대미지에 의해 엘레의 정신이 아득해지기 시작한다.

아카스가 그녀를 하늘 위로 쳐올렸다.

콰아아아아앙-

"쿨러억!"

그녀의 입에서 붉은 피가 토해진다. 정신이 아득해져, 눈앞을 볼 수 없을 정도였다.

뒤따라온 아카스. 그가 양손을 깍지 끼고 마지막 일격을 먹였다.

콰아아아아아아앙-

엘레가 땅에 떨어지는 순간, 폭탄이 떨어진 것처럼 그 안에 파묻혔다. 족히 80㎝는 박힌 듯싶었다. 그녀의 몸이 꿈틀거릴 뿐 움직이지 못하고 있었다.

"엘레, 극의가 있는 위치를 말하라. 그렇다면 살 수 있다."

그녀의 긍지를 인정한 다추안. 그가 마지막 자비를 베풀었다.

엘레의 손이 천천히 들렸다. 다추안과 쉬챠지, 아카스, 아녹스가 기대감 어린 눈빛으로 바라봤다.

곧 그녀의 가운뎃손가락이 벌벌 떨리며 치켜들어졌다.

"지랄하네."

그 말을 듣는 BJ 루오를 비롯해 시청자들. 그들은 진심으로 감탄했다.

[미친, 저 상황에서도……]

[와, 오늘부터 엘레 팬…… 진짜 개 멋있다……]

[적보다 강하지 않아도 승리하는 게 무엇인지 보여주는 거 아닌가요?]

[근데 엘레 팬 되어봤자, 오늘 뒈질 듯……]

엘리의 높은 긍지. 그리고 자존심! 만약 엘레와 그들이 1:1로

붙었다면 승산은 알 수 없었을지도 모른다.

"그렇다면 힘으로 알아낼 수밖에."

다추안이 천천히 엘레에게 다가갔다.

바로 그때.

"폐, 폐하!!"

한 사내가 달려왔다. 그는 늙은 사내였다. 검이라고는 들 힘도 없어 보이는 그가 엘레를 부르짖으며 달려오고 있었다.

바로 루스였다. 누군가 떨어뜨린 검을 든 그가 양손으로 쥐고 그들에게 휘둘러댔다.

"폐하께 손대지 마라!! 폐하께 손대지 마라!!"

그 모습은 우스꽝스럽기 그지없었다. 루스는 지금 황명을 어겼다. 하지만 죽어도 좋다. 그녀를 지키기 위해 싸운 순간이니까.

푸식-

쉬챠지가 그런 루스의 옆구리를 칼로 베어냈다. 그가 비명을 지르며 쓰러졌으나 벌떡 일으켜 다시 덤벼든다.

"호호호호호, 이 영감탱이 재밌네?"

쉬챠지가 다시 한번 루스의 어깨를 베어냈다.

"크하아아악!"

그리고 비명을 지르는 루스를 발로 차냈다.

루스가 엘레에게 기어갔다.

"폐, 폐하……!"

"호호호호호호!"

쉬챠지와 흑룡단이 그를 비웃었다.

"그만. 고통 없이 보내줘라. 그의 긍지를 비웃지 말라."

다추안. 그는 천천히 엘레와 루스에게 고개를 작게 숙여 보였다. 그들의 긍지를 높이 사는바. 진심으로 감탄하였다.

'폐, 폐하의 목걸이의 보석을…… 부숴야 한다……'

그리고 루스는 그녀의 힘이 봉인된 봉인석을 부숴야 한다고 생각했다. 그것만 부순다면, 이 상황이 달라질지도 모른다.

쉬챠지가 천천히 루스에게 다가가고 있었다.

"황명을…… 어기다니…… 루스……"

"폐, 폐하……"

엘레의 목소리에 루스는 온 힘을 다해 기어가고 있었다.

그 순간, 엘레의 손이 자신의 목에 걸린 목걸이를 강하게 움켜쥐었다.

루스는 경악했다.

'폐, 폐하께서 알고 계셨단 말인가?'

그때.

"엘레를 지켜라!!"

"갑시다아아아아!"

"와아아아아아!"

엘레의 긍지 높은 전투를 보면서 대한민국 유저 중, 상당수가 가슴이 쿵쾅거렸다. 그에 아까와 비교할 수 없는 숫자의 인원이 마을 인근으로 집결. 이천 명이 넘는 유저들이 흑룡단 이들을 향해 밀고 들어오기 시작했다.

콰자악-

"커헉!"

"크하아아악!"

"으, 으아아아악!"

"물러나면 안 됩니다!"

"크하아악."

유저들은 상당수가 총알받이를 자처하고 있었다.

"아스간 대륙은 훌륭한 곳이군."

다추안이 그들을 보며 내린 평가였다.

그리고 그에 따라, 다추안. 그는 잠시 주변을 둘러보다가 고개를 끄덕였다.

"예의를 갖춰 대하겠소"

그와 함께, 다추안이 쥔 두 개의 단도가 날카로운 예기를 발현하였다. 그가 가진 '극의'가 펼쳐지려는 것이다.

그는 평소에도 자연의 힘을 이용하는 암살자. 지금 이 순간, 자연들이 가진 마나가 그의 주변으로 빨려 들어오고 있었다. 과거 다추안은 이 힘을 이용해, 몰려오는 3천의 적군을 한 번에 몰살시킨 적도 있었다. 비록 그 힘이 지금은 약해졌다고는 하나, 그 진가가 어디 가는 것은 아니다.

자연의 마나들이 주변에 모여서 핏빛의 단검의 모양을 형성시킨다. 그리고 그가 팔을 앞으로 뻗는 순간, 거대한 핏빛의 단검 수만여 개가 한곳에 모여들며 하나의 거대한 핏빛 단검을 만들어낸다. 그 단검은 마치 제트기같이 커다랗고 강력해 보였다. 뾰족한 그 끝, 날카로운 면을 직격하는 순간 몸이 반쪽이 나리라.

"막아라아아아아아!"

"와아아아아아아!"

하지만 그 힘 앞에서도 대한민국 유저들은 오히려 달려들고 있었다.

그리고 막 가장 선두에 선, 유저를 집어삼키려는 그때.

탓-

다추안의 고개가 홱 하고 돌아갔다. 인기척이 들린 곳은 엘레가 파묻혀 있던 장소였기 때문이었다.

그리고 그곳에 엘레가 없었다.

이윽고 다추안의 고개가 다시 한번 돌아갔을 때, 엘레가 가장 선두에 선 사내의 앞을 막아서고 있었다.

그녀의 머리카락은 평소와 다르게 붉은빛이 아닌, 은빛으로 물들어 흩날리고 있었으며 검을 쥔 자세는 한없이 부드럽고 가볍기 그지없다.

그녀가 천천히 검을 쥐고 위에서 아래로 쏟아지는 '극의'에 자신의 검을 가볍게 내려쳤다.

그렇다. 그저 세로로 가볍게 내려쳤을 뿐이다.

한데, 그 순간.

콰자아아아아아아아악-!

다추안이 쏘아 보낸 극의가 반쪽으로 갈라져 수천의 유저들을 지나쳐 건물들과 충돌한다.

콰아아아아아아앙-

뒤쪽에 있던 건물들이 무너져 내리자 거센 바람이 불어온다. 그 앞으로 머리카락 색이 은빛으로 변한 엘레가 다추안에게 차갑게 뱉어낸다.

"내 국민들한테 손대지 말라고 했지, ×발놈아."

다추안이 그 기세에 눌려 한 걸음 물러났다.

"그, 극의?"

반쪽짜리 극의가 아니었다. 완전한 극의를 이룬 자의 검이다.

능력과 파괴의 신 에로드. 그가 지상에 내린 가장 강력한 여덟 개의 힘. 그리고 그중에서도 너무도 강력하여 인간이 절대 이룰 수 없다고 알려져 있는 극의(極意). 그녀가 지금 그러한 극의(極意)를 펼치고 있는 것이다.

그 순간, 엘레가 다추안의 눈앞에서 사라졌다.

다추안은 발 빠르게 방어술을 전개하려고 했다. 하나, 이미 그 앞에 엘레가 있었다.

"다추안. 힘의 차이를 느껴라."

차가운 음성이 다추안의 귓가에 파고든다.

"울부짖는 검."

그와 함께, 다추안의 귀로 정체 모를 울음이 들려온다.

쉐헤에에에에엑- 쉐헤에에에에엑-

그것은 검들이 내는 청아한 소리 같았다. 한데, 그것이 매우 구슬퍼 우는 것처럼 느껴진다.

그렇게 느낀 순간.

파파파파파파파파파파파파팟!

보이지 않는 수백여 개의 검날이 다추안의 몸 곳곳을 갈라냈다.

"크하아아아아아아악!"

다추안이 비명을 지르며 천천히 허물어졌다.

쿠우우우우웅-

그리고 엘레가 고개를 돌린 곳. 그곳에 쉬챠지와 아카스, 아녹스가 있었다.

그들에게 알림이 들려온다.

[절대지존 NPC의 살기와 마주합니다.]

[모든 능력치 40%가 감소합니다.]

[모든 스킬의 쿨타임이 40% 증가합니다.]

[상태 이상 저항력이 50% 미만으로 감소합니다.]

'저, 절대지존 NPC라고⋯⋯?'

쉬챠지와 아카스, 아녹스는 처음 마주하는 생소한 닉네임에 마른침을 꿀꺽 삼켰다.

특별 유저 관리팀.

오늘도 어김없이 각종 주전부리를 놓고 모니터를 하고 있던 이민화 사원이 깜짝 놀랐다.

삐이 삐이 삐이-

모니터가 붉은빛으로 반짝거리고 있었기 때문이다.

"티, 팀장님!"

박 팀장이 그녀의 부름에 서둘러 다가왔다.

"이번엔 또 무슨 일이야?"

그녀의 부름에 다가왔던 박 팀장은 볼 수 있었다. 모니터 화면에 떠 있는 붉은색으로 번쩍이는 경고와 문구를.

[절대지존 NPC 중 하나 대륙 황제 엘레가 깨어납니다.]

그와 함께 아테네 운영진 간부들의 긴급회의가 소집되었다. 그 중앙에 앉아 있는 강태훈 사장은 양손을 깍지낀 채 턱을 손에 괴고 심각한 표정을 짓고 있었다.

"앞으로 2년 후에나 나타날 절대지존 NPC가 깨어나다니……"

지존 NPC는 각 대륙에서 몇몇을 찾아볼 수 있을 정도의 숫자가 존재한다. 그리고 전 대륙을 합치면 족히 100명이 훨씬 넘을 것이다.

하지만 절대지존 NPC는 그와 격 자체가 달랐다. 절대지존 NPC들은 앞으로 2년 후에나 깨어나기로 예정되어 있다. 또한, 그 숫자도 고작해야 일곱 명뿐이었다.

이는 에피소드에 따라서 차근차근 오픈될 예정이었다. 대륙 통합이 이루어지고 엘레는 대륙 통합을 꿈꾼다. 그리고 자신의 한계를 크게 깨달은 엘레가 절대지존 NPC로 각성하기 위해 노력하는 것이다.

그리고 그런 그녀의 절대지존 NPC로써 주어진 이름. '대륙 황제 엘레'였다. 엘레는 처음부터 대한민국, 더 나아가 대륙 전체에서 굉장한 영향력을 행사할 수 있는 NPC였던 것이다.

그런 힘을 가진 엘레가 조금 더 빠르게 나타나 버렸다.

밸런스 문제? 그게 아니다.

"절대지존 NPC 엘레가 죽을지도 모른다……."

절대지존 NPC는 앞으로의 업데이트 방향에서 매우 중요한 인물들이다. 한데, 엘레는 지금 절대지존 NPC로서의 힘을 개방시켰다. 또한, 오랜 시간 동안 봉인되어 있던 그녀의 힘이 깨어났다.

그녀는 애초에 가장 높은 극의에 오를 여인. 하지만 지금의 육체로는 그 힘을 감당할 수 없었다. 그 힘이 차근차근 그녀를 갉아먹기 시작하여 죽음으로 내몰지도 모른다.

"누구 방법을 제시할 수 있는 사람 없나?"

모두가 침묵했다. 뚜렷한 방법이 떠오르는 것이 없었다. 그녀는 결국 그 힘에 잡아먹혀 죽게 될 것이다.

박 팀장이 자신의 의견을 말했다.

"현재로서 이 상황을 바꾸기 위해 노력할 사람이 단 한 사람 존재합니다."

그에 모든 이들의 시선이 박 팀장에게로 돌아갔다.

아테네 운영자들은 게임 내에서 엄청나게 큰 밸런스 붕괴가

아닐 시에 직접적 관여 자체를 안 하려고 하는 편이다. 이번에
도 마찬가지였다. 자신들이 살리고 싶다고 관여해선 안 된다.
그랬기에 박 팀장은 단 한 사람을 떠올렸다.

"그는 엘레를 누구보다 아끼는 사람입니다. 바로 민혁 유저.
그는 엘레를 살리기 위해 어떠한 일이든지 해낼 겁니다."

모두가 미간을 찌푸렸다. 하지만 유일하게 강태훈 사장만이
흥미롭다는 표정을 짓고 있었다.

"박 팀장님, 아무리 식신이라지만 일개 유저가 이 상황의 해
결책을 낼 수 있다고 보시는 겁니까?"

"해낼 수 있을지 없을지는 모릅니다. 하지만 지금 우리처럼
넋 놓고 아무것도 할 수 없는 것과 다르게 민혁 유저는 어떤
것이라도 할 거라는 겁니다."

"맞네, 민혁 유저는 엘레를 끔찍이도 사랑하지, 또한, 엘레도
그를 누구보다 아끼고."

누나, 동생 하는 사이. 그 이상을 넘어서 두 사람은 끈끈한
사이였다.

강태훈 사장이 피식 웃었다. 그에 모든 운영진이 그를 바라
보자 그가 말했다.

"만약 우리도 해결하지 못한 이 난제를 민혁 유저가 해결한
다면. 민혁 유저는 추후 대륙 황제가 될 엘레의 동생뿐만 아니
라, 은인이 되는 격 아닌가."

쉬챠지. 그녀의 몸이 부들부들 떨려왔다. 다추안이 당한 것은 단 한 수였다. 심지어 다추안의 가장 강력한 극의의 힘이 엘레가 가뿐히 내려친 힘에 의해 쪼개졌다.

'도, 도대체 절대지존 NPC가 뭐야…….'

그렇게 생각하던 그녀는 어느덧 자신의 눈앞에 나타난 엘레를 볼 수 있었다.

촤아아앙-

엘레의 휘둘러지는 검을 향해 쉬챠지가 발 빠르게 극의의 반사를 펼쳤다. 하나, 일반 평타일 뿐임에도 불구하고 경악스러운 알림이 들려온다.

[절대지존 NPC의 공격은 반사할 수 없습니다.]

챙그랑!

거울이 허무하게 깨져 나가며 쉬챠지의 몸을 베어냈다.

"캬하아악!"

쉬챠지는 눈앞에 떠오른 현실에 경악했다. 한 번의 공격에 HP가 약 70%가 감소하였다.

거기서 그치지 않고 부드러운 선을 그리는 엘레의 검이 가슴을 꿰뚫는다. 그리고 옆에서 달려오는 아카스를 보며 허리춤의 검집에 검을 넣었다가 빼내며 발도한다.

"달빛 가르기."

쒜에에에에에엑-

극의를 깨우친 순간, 그녀는 자신이 사용할 수 있는 힘들에 대해서 알게 되었다. 그리고 그 스킬들의 각 장마저도.

달빛 가르기는 발도의 최상위급 스킬. 물리 방어력 80%를 무시하고 2,000%의 대미지로 적을 베어낸다.

"크허어어억!"

아카스의 방어력은 매우 높은 편에 속한다. 어지간한 유저들은 아카스의 몸에 작은 흠집조차도 낼 수 없을 정도였다. 하지만 엘레의 검은 그런 아카스를 가뿐히 베어냈다.

그치지 않고 그녀의 검에서 수백여 가닥의 검기가 말도 안 되는 힘과 절삭력을 가지고 아녹스에게 쏘아졌다.

콰콰콰콰콰콰콰콰콰콰콰쾅!

수백 개의 붉은빛 검기에 직격당한 아녹스는 형체도 없이 사라졌다. 그리고 다시 한번 그들이 꾸물거리며 바닥에 사라졌다가, 젤리처럼 형상을 갖춰갔다.

"드디어 찾아냈구나, 너희들이 어떻게 되살아나는지."

엘레의 입가에 조소가 자리매김했다. 그리고 쉬챠지와 다추안, 아카스, 아녹스는 경악했다.

'버, 벌써 간파했다고?'

간파당한 순간 자신들은 이미 끝이었다.

다추안은 그녀와 자신 사이의 넘을 수 없는 벽을 보고 두려움을 집어먹게 되었다. 그리고 엘레가 한 발자국 뗄 때 자신도 모르게 엉덩방아를 찧고 말았다.

쿵-

"이, 이럴 순 없어……."

전설의 NPC인 다추안이 오금이 저릴 정도로 강력한 존재 엘레. 그녀의 걸음에서 절대자의 위엄을 보고 만 것이다.

한데, 곧이어 엘레의 입에서 붉은 피가 한 움큼 쏟아졌다.

"쿨럭……?"

그녀는 자신의 입에서 쏟아진 피에 직감할 수 있었다.

'내 몸이 견딜 수 없는 힘이란 건가……?'

어쩌면 그에 의해 아버지께서 이 힘을 봉인석에 두었을지도 모른다.

하나, 엘레는 여기에서 쓰러질 수 없었다. 마지막 힘을 이용해서 힘껏 검을 휘두르려다가 그녀가 천천히 앞으로 고꾸라졌다.

털썩-

"하, 하하하하……."

"호, 호호호, 이, 이겼어……!"

쉬챠지와 다추안, 그리고 흑룡단 인원들은 큰 행운에 의해 구사일생하게 된 셈이었다.

"서둘러 저년을 죽여야겠어."

쉬챠지의 말에 모두가 동감했다. 그리고 이는 다추안도 마찬가지다. 그녀의 강한 힘을 알게 된 순간, 더 이상 다른 '극의'를 쫓는 것보다 그녀를 서둘러 처리하는 게 낫다는 판단이 섰다.

그들이 공격 스킬을 전개하며 다가서려는 그때였다.

수우우웅-

엘레의 앞으로 검은 기운이 일렁거리며 한 사내가 나타났다. 그는 블링크를 사용하였으며 쉬챠지를 비롯한 흑룡단 이들이 익히 알고 있는 자였다.

"거, 검은 마법사 알리?"

검은 마법사 알리가 차가운 눈으로 흑룡단을 돌아봤다.

"곧 나의 동료가 너희들을 죽이기 위해 갈 것이다."

그 말과 함께 알리와 엘레, 그리고 주변에 있던 이필립스 제국의 기사, 마법사, 유저들을 환한 빛이 감쌌다.

"미, 미친……!"

천오백 명이 넘는 유저들과 엘레, NPC들까지 포함하여서 매스 텔레포트를 사용하다니? 과연 세계 제일의 마법사 알리다웠다.

그리고 지금 이 순간, 그들은 어떠한 것도 얻지 못했다는 거다.

엘레의 죽음도, 자신들이 그를 압도하는 무력의 인증도 말이다. 오히려 엘레에게 처참히 밀리다가 마지막에 기절한 엘레를 죽이려 했으니, 욕을 한 바가지 먹게 생겼다.

그처럼 BJ 루오의 채팅창에 그들을 비난하는 목소리가 커졌다.

[엘레가 이겼다.]

[어떤 것으로 보나 엘레가 이김…… 흑룡단, 쓰러진 사람이나 죽이려고 하고, 쯧쯧.]

[아무리 같은 나라 유저라지만 부끄럽다.]

[흑룡단이 아니라, 병신단이냐? 어떻게 그걸 못 죽이냐? 바로 앞에서 쓰러졌는데.]

[진짜 개×신들 집단이었넼ㅋㅋㅋㅋㅋㅋㅋㅋㅋㅋ 강한 척은 엄청 하더니, 결국엔 죽이지도 못하고. 어휴.]

역시나 이어지는 비난.

중국은 계속해서 기사를 쏟아낼 확률이 높다.

흑룡단이 결국 엘레에게 패배한 것과 다름이 없다. 그들은 어떠한 것도 얻지 못했으며 비난만을 사게 될 터다.

그리고 그들이 의문을 품었다.

'나의 동료가 너희들을 죽이기 위해 갈 것이다?'

'그 동료가 도대체 누구지?'

그 동료란 누구인가?

민혁. 그에게로 귓속말이 도착했다.

[알리: 다행스럽게도 엘레 폐하는 무사합니다. 하지만 지금 상태가 좋지 않은 것 같군요. 보좌관의 말에 따르면 각성된 힘을 육체가 견디지 못하고 있다고 합니다.]

[민혁: 항상 감사합니다. 알리 님.]

민혁은 엘레가 그런 상황에 직면했을 때 곧바로 달려가고 싶었다. 하지만 그 거리는 단숨에 갈 수 있는 거리가 아니었다.

그에 자신이 지금 해야 할 일이 무엇인지 깨달았다. 극의에 오르는 것.

그는 먹자교의 길드원들에게 도움을 요청했고 유일하게 알리만이 마을과 멀지 않은 곳에 있었다고 한다.

코니르가 말한다.

"이제 고작 첫 장을 익혔을 뿐이네."

아직도 익혀야 할 장이 세 개나 더 되었다.

그리고 그때, 다시 알리의 귓속말이 들려왔다.

[알리:엘레 폐하가 방금 전 잠깐, 정신을 차렸었습니다. 민혁 님께 말을 전해달랍니다.]

민혁은 잠시 쉬고 있는 중이었다. 극의에 오르는 길은 너무도 힘들고 지치는 일이었기 때문이었다.

알리가 엘레의 말을 전했다.

[알리: 민혁아, 나는 괜찮으니 걱정하지 마라.]

민혁은 말문을 잃었다. 엘레는 잠깐 정신을 차린 틈에도 민혁이 자신을 걱정하고 있을 것을 안 것이다.

그에 민혁이 몸을 일으켰다.

"바로 다음 장을 시작하죠."

목표는 잡혔다. 흑룡단 사냥. 그리고 강력한 힘에 먹혀 버린 엘레를 살리는 것.

4장
극의(極意)

검성 코니르는 민혁을 흥미롭다는 눈빛으로 바라보았다.

자신의 반쪽짜리 극의(極意)를 얻는 방법은 간단했다. 반복적으로 그 장에 맞게 휘두르면 된다. 또한, 기존에 민혁이 가지고 있던 검술에 덧씌워지는 형태일 것이었다.

하나, 얻는 방법이 간단하다고 하여서 결코 쉬운 일은 아니었다. 반복적으로 검을 휘두르는 행위를 약 3만 번씩 해야만 했기 때문이었다. 반복적으로 검을 휘둘러야 하는 횟수가 자그마치 3만 번. 이것은 결코 쉬운 일이 아니다. 보통 1만 개를 넘게 채우기도 전에 그의 정신력은 흐트러질 것이고 단순 노동에 지쳐 버릴 것이었다.

한데, 첫 번째 장을 익힐 때 민혁은 며칠을 잠도 한숨 자지 않고 검을 휘둘렀다. 그의 원동력은 '목표'와 '분노'였다.

'무엇에 분노하고 있는 거지?'

코니르로서는 알 수 없는 일이었다. 분노와 목표에 의해 반복 수행한다고 하여도 결코 쉽지 않은 일이다.

코니르의 각 장의 반복 훈련은 정확한 자세로 힘껏 휘둘러야 한다. 1시간은 3,600초라는 시간이다. 하지만 정확한 자세로 힘껏 휘두르기 위해서는 최소한 4초 내지는 잡아야 한다. 그 이유는 결국 스테미나와 체력이 고갈되기 때문이었다. 그리고 2시간 동안 1,800번을 휘두른다고 가정한다면 쉬어가는 틈이 존재해야 한다. 그 어떠한 이더라도 정신력과 체력의 한계를 느낄 테니까.

하지만 민혁은 첫 번째 장을 잠도 자지 않고 이겨낸 것이다.

'실로 대단한 사내야.'

민혁이 극의를 배우기 위해 이곳으로 왔을 때, 코니르와 이야기를 나눴다. 어린 소년 코니르는 민혁의 '가신'이라는 수하의 개념이 되어 있다고 하였다.

'어리다지만 그는 나다. 쉽게 섬길 사람을 결정하지 않았을 터.'

아니, 사실은 어린 소년의 코니르가 누구를 섬긴다는 것 자체가 굉장히 놀라운 사실이었다. 하지만 민혁을 보자, 그 이유를 알 수 있었다.

그리고 민혁이 익힌 1장은 분노하는 검과 비산하는 검이 함께 합쳐진 형태의 검술이다.

[엘레의 검술에 새로운 장이 추가됩니다.]

[반쪽의 극의의 힘을 품고 있습니다.]

[극의(極意)의 장을 익힘에 따라 5대 스텟을 5씩 획득합니다.]

[폭주하는 검을 익힙니다.]

[급소 찌르기에 성공할 시 400%의 추가 대미지를 내며 여섯 번 연속 타격이 들어가 타격당 100%의 힘을 냅니다. 또한, 급소 찌르기에 성공할 시 반경 5m에 들어온 적은 연속 여섯 번 타격을 100%의 대미지로 받게 됩니다.]

폭주하는 검은 말 그대로 분노하는 검과 비산하는 검이 합쳐진 듯한 형태의 검술이다.

본래 급소 찌르기에 성공할 시, 추가 대미지 140% 정도만을 내던 것이 비산하는 검의 연속 타격처럼 여섯 번을 추가로 공격하며 타격마다 100%의 대미지를 입힌다.

'미쳤어…….'

종합적인 대미지량을 합산하면 1,000%의 대미지다.

물론 연속 타격의 경우 miss가 날 확률도 존재한다. 하지만 그 전보다 확실히 더 뛰어나졌다. 심지어 반경 5m의 적들도 여섯 번 연속 타격하며 100%의 추가 대미지를 입히니 가히 사기적인 능력이었다.

'이것이 극의의 힘…….'

그리고 이것이 어째서 반쪽짜리 극의인지 민혁은 알 수 있었다.

'한 번 사용에 마나량이 7천……?'

민혁의 총합 마나량은 약 2만 6천 정도였다. 이제까지 먹었던 무수히도 많은 명약 덕분에 일반적인 클래스들보다 훨씬 더 높은 마나량을 보유하고 있던 거다.

그 때문에 기존에 사용하던 엘레의 검술 외 각종 스킬을 사용하면서도 '쿨타임'에 의한 제한을 많이 받았었지, MP량에 따른 제한을 받은 적은 거의 없었다.

하나, 이 폭주하는 검은 사용 횟수 제한이 크게 생길 듯하다. 심지어 쿨타임 시간도 기존의 분노하는 검이나, 비산하는 검보다 약 2배가량 긴 편이었다.

다른 스킬들도 마찬가지일 것이다.

수우우우웅-

그런 와중에도 민혁은 계속해서 목검을 휘두르고 있었다.

이번엔 갈라내는 검과 피어나는 검이 합쳐진 장이다.

갈라내는 검은 가로로 검을 힘껏 휘둘러 검기를 발산시키는 스킬이고, 피어나는 검은 검 끝을 땅에 박아 전방에 위치한 적들에게 솟아난 검에 의한 대미지를 입게 하며 폭발하여 추가 대미지를 입힌다.

쑤우우우우웅-

가로로 힘껏 베어내며 그 동작이 끝난 후에는 곧바로 땅에 힘껏 검을 꽂아 넣는 듯한 제스처를 취한다.

하지만 이 또한, 정신력이 흐트러지고 정확한 동작이 아니라면 이러한 알림이 들린다.

[횟수가 충족되지 않습니다.]
[더 올바른 자세와 걸맞은 힘으로 휘둘러 주시기 바랍니다.]
[현재 횟수 105번.]

정말 엄청난 고욕이라고 할 수 있었다. 말 그대로 배우기 위해서 '고문'에 가까운 반복적인 행위를 해야 하는 것이었다. 하나, 민혁은 멈추지 않았다.

한 시간, 두 시간 세 시간.

그의 온몸에서 땀이 비 올 듯 흐른다.

폭식 결여증에 의해 하루에 방대한 양을 먹어내고 민혁은 살아남기 위해 그 누구보다도 부단히 이를 악물고 운동했다. 무릎이 망가지지 않기 위해 수영장 안에서 수영을 쉴 새 없이 하였으며 침대에 누워 있는 그 와중에도 그 뚱뚱한 몸을 뒤뚱거렸다. 어쩌면 그가 가장 잘하는 것은 '노력'일지도 몰랐다.

누군가는 민혁에게 '폭식 결여증' 빼고 모든 것이 완벽한 남자라고 말한다. 하지만 그것은 정답이 아닐지도 모른다. 민혁은 남들보다 부단히 노력해 왔다. 폭식 결여증에 걸려서 뒤뚱거리며 운동할 때도 그의 머릿속에선 수학의 공식들이 펼쳐졌고, 영어 단어를 중얼중얼 외우곤 했다.

운동 신경? 이 또한, 반복적인 행동을 해온 민혁을 위한 '선물'의 개념이라고 보는 게 맞을지도 모른다.

어느덧 다섯 시간이 흘렀다.

"이제 좀 쉬도록 하게."

"아니요, 아닙니다."

걱정된 코니르가 먼저 만류할 정도였다.

코니르는 민혁이 '이방인'이라는 것을 인식하고 있다. 죽어도 되살아나는 특이한 존재들.

하나, 그들에게도 끔찍한 고통이 있다고 생각한다.

그리고 아테네는 참으로 현실적이었다. 이런 반복적인 행동에서는 현실처럼 느껴질 지경이다. 숨이 턱 끝까지 차오르고 흐르는 땀방울에 눈앞이 흐릿해지기도 한다. 젖어버린 온몸에, 입안이 바짝 타들어 가며 몸이 늘어질 법도 하다.

하지만 그는 멈추지 아니했다.

그때 들려온 알림.

[손재주 1을 획득합니다.]

[의지 1을 획득합니다.]

[의지 1을 획득합니다.]

[손재주 1을 획득합니다.]

[의지 1을 획득…….]

민혁의 노력에 의해서 끊임없이 '의지'와 '손재주' 스텟이 오른다. 검을 휘두르는 것도, 미미하지만 손재주의 영향도 조금 받게 된다. 특히나, 스킬을 사용하지 않고 그저 반복하는 과정의 경우 더 그렇다. 그 때문에 손재주와 의지 스텟을 계속해서 획득한다. 오늘 하루만 획득한 의지 스텟이 자그마치 11개였다.

그리고 민혁이 쓰러지지 않게 도와주는 스킬.

[스킬 의지가 발동됩니다.]
[손재주에 관련한 모든 것들이 일시적으로 25% 상승합니다.]

스킬 의지가 매시간 발동된다. 스킬 의지는 한번 발동되면 1시간 동안 지속된다.
벌써 여덟 시간이 훌쩍하고 지나갔다.

[현재 횟수 9,997.]

코니르가 했던 4초에 한 번은, 중간중간 쉬어가는 텀을 생각했을 때다. 하지만 지금 민혁은 쉬지 않고 검을 휘둘러 1만 번을 해냈다.
'미쳤구나…… 미쳤어……!'
코니르는 그의 말도 안 되는 정신력에 경악하고 또 경악하고 있다.

[의지 스텟 50개를 추가로 모으셨습니다.]
[스킬 의지가 레벨업 합니다.]
[의지 스텟 50개를 추가로 모으셨습니다.]
[스킬 의지가 레벨업 합니다.]

민혁은 의지 스킬 레벨을 두 번이나 올리게 되었다.

(의지)

패시브 스킬

레벨: 3

레벨업 조건: 의지 스텟 50개

효과:

• 무언가를 향한 끊임없는 피나는 노력, 열정, 쓰러지지 않는 의지를 보이고 있을 때, 피로함이 사라지고 정신이 맑아지며 손재 주를 비롯한 모든 스텟과 스킬 능력이 1시간 동안 20%~30% 능 력이 향상됩니다.

• 의지 스텟 획득률이 크게 적어집니다.

패시브 스킬 '의지'의 레벨업 조건은 의지 스텟 50개를 모으 는 데에 있다.

그간 레벨업 하지 못한 패시브 스킬 의지를 오늘 하루 두 번 이나 레벨업 해냈다. 그와 함께, 또 한 번 의지 스킬이 발현된다.

[스킬 의지가 발동됩니다.]

[손재주를 비롯한 모든 스텟, 스킬 능력이 일시적으로 28% 상 승합니다.]

민혁은 1레벨의 의지 스킬 때보다도 머리가 훨씬 더 맑아졌다. 힘을 잃었던 육체에 다시 힘이 깃든다. 그 이유는 본래 1레벨의 의지가 '손재주'에 관련한 힘을 상승시키는 힘이었기 때문.

물론, 머리의 맑아짐과 피로함이 일시적으로 사라지게 해주는 것은 손재주와 무관하다. 한데, 지금 3레벨 스킬로 변화한 의지 스킬은 경악에 가까워졌다. '손재주'뿐만이 아니라, '모든 스텟, 스킬' 능력이 1시간 동안 상승한다.

'대박이다……!'

우연치 않게 미친 능력을 얻게 되었다.

즉, 민혁의 의지 패시브 스킬이 발동된다면 그는 '버프 중첩 불가'와 같은 것과 무관하게, 그저 패시브 스킬로 모든 능력이 30%로 비약적으로 강해질 수 있다는 것. 30%의 강함은 민혁의 레벨에 비례했을 때 150 정도의 레벨 상승과 같은 격이니 미쳤다는 말이 절로 나온다.

이런 식으로 계속하여 민혁의 반복 노가다는 계속되었다. 하루 24시간 중, 휴식 시간은 고작 네 시간뿐이었다. 아주 간혹 그의 의지와 무관하게 '기절' 상태에 빠지기도 하였다. 하지만 그는 단 3일 동안 나머지 두 개의 장을 깨우치게 되는 경지에 이르게 되었다.

[엘레의 검술이 반의 극의(極意)에 오릅니다.]

[반의 극의 스킬을 검술 전체에 적용시킴에 따라 보상이 주어집니다.]

[5대 스텟을 20씩 획득합니다.]

[명성 500을 획득합니다.]

[하늘 찢는 검을 익히셨습니다.]

[반경으로 추가 대미지 350%를 내는 붉은색 검기를 쏘아 보내며 적에게 직격 시 20% 치명타 확률에 따라 600%의 추가 대미지를 내며 폭발합니다.]

하늘 찢는 검은 피어나는 검과 갈라내는 검이 합쳐진 기술이라고 볼 수 있다.

[폭풍 같은 검을 익히셨습니다.]

[몸 주변으로 수백여 개의 칼날이 기본 공격 속도의 250%의 속력으로 6초 동안 적들을 무차별적으로 도륙해 내며 스킬이 발현된 동안 이동 속도가 200% 증가합니다.]

폭풍 같은 검은 비산하는 검과 바람 같은이 합쳐져 만들어진 검술이었다. 방어식의 스킬로 사용하면 최고이다.

이 세 가지 스킬을 전부 사용하게 되면 자그마치 MP 2만 1천을 소진하게 되지만 엄청나게 강력한 스킬임은 부정할 수 없었다.

바로 그때, 추가 알림이 들려온다.

[검성이 인정한 유일한 자 칭호를 획득합니다.]

검성이 인정한 자. 즉, 코니르를 뜻하는 것이다.

코니르는 민혁을 보고 고개를 끄덕이고 있었다. 그에 대한 무한한 신뢰와 존경이 묻어나는 표정이었고 실로 그러했다.

'어찌 그토록 검을 휘두를 수 있는가.'

코니르는 경악했다.

거기서 그치지 않았다. 막 민혁이 칭호 효과를 확인하려는 그때였다.

[능력과 파괴의 신 에로드가 당신을 인정합니다.]
[반복하여 신을 응답시킨 자 칭호를 획득합니다.]

능력과 파괴의 신. 그리고 지상에 여덟 개의 극의(極意) 스킬을 내린 신. 그 또한, 민혁의 의지에 감탄하고 있었다.

5장
신의 설렁탕

(검성이 인정한 유일한 자)

유일 칭호

칭호 효과:

- 엘레의 검술 스킬 쿨타임 10% 감소 및 MP 소모량 10% 감소
- 물리 방어력 및 마법 방어력 5% 감소

(반복하여 신을 응답시킨 자)

유일 칭호

칭호 효과:

- 폭주하는 검, 하늘 찢는 검, 폭풍 같은 검을 조합한 검술인 필살검(必殺劍) 습득
- 모든 스텟+3%

• 엘레의 검술 스킬 쿨타임 20% 감소 및 MP 소모량 20% 감소

"대박……."

민혁은 전율하였다. 거의 무아지경 상태에 빠지듯이 집중함에 따라서 혜택을 받게 되었다. 너무도 긴 쿨타임 시간을 두 개의 칭호 효과를 통해서 30% 감소시켰다.

거기서 그치지 않고 '반복하여 신을 응답시킨 자' 칭호는 현재 반의 극의로 습득한 새로운 형태의 스킬 세 가지를 조합하여 한 번에 사용할 수 있었다. 즉, 세 가지의 장점들만을 가져온 스킬이리라.

곧바로 확인해 본 민혁은 숨을 멈췄다.

'미, 미쳤어…….'

가히 경악적인 스킬이었다. 민혁이 익힌 반쪽짜리 극의의 검술들도 사실상 기존의 검술보다 월등히 우월한 스킬이었다. 한데, 이 필살검(必殺劍)은 그를 훨씬 더 상회하는 편.

'극의(極意)?'

그렇다. 이 하나의 스킬은 민혁이 보았을 때 완전한 극의(極意)에 오른 스킬임이 분명해 보였다.

코니르가 다가왔다.

"이제 자네가 나갈 때가 되었군."

민혁은 고개를 끄덕였다. 앞의 코니르와는 약속한 게 있었다. 민혁이 자신의 극의(極意)를 깨우치게 된다면 어린 코니르와 자신, 그리고 과거의 일을 이야기해 주겠다고 말이다.

그리고 코니르의 이야기가 시작되었다.

보좌관 루스. 그는 얼굴에 검버섯이 피고 피부색이 갈수록 검어지고 있는 엘레를 바라보며 가슴이 찢어지는 것 같았다.

'폐하를 지키지 못한 못난 소인을 용서하소서…….'

그는 당장에라도 죽고 싶은 심정이었다.

엘레가 태어났을 때부터 루스는 그녀를 보좌하게 되었다. 엘레는 여자아이이지만 검을 휘두르는 걸 참으로 좋아했다. 또한, 그 영특함은 두말할 것도 없었다.

그녀가 검을 좋아하는 모습에 전대 황제께선 그녀가 자신처럼 폭군이 되진 않을까 염려했다. 하나, 그것이 아니었다.

루스는 어렸던 엘레에게 물었다.

'어째서 그리 검을 휘두르십니까?'

'루스 보좌관. 저는 커서 국민들을 지킬 힘을 갖고 싶어요!'

'허허? 국민들을 지키기 위해 검을 휘두르시는 겁니까?'

'그래요! 그리고 저는 루스 보좌관도 지킬 겁니다. 헤헤!'

그때 루스는 다짐했다. 자신 또한 이 목숨 바쳐 그녀를 지키겠노라고. 하지만 죽어가는 그녀에게 루스가 해줄 수 있는 일은 아무것도 없었다. 그것이 자신의 잘못이겠느냐마는 그는 지금 스스로를 누구보다도 더 원망하고 있었다.

　바로 그때.

　"보좌관님, 민혁 님이 도착하셨습니다."

　"들라 하게."

　민혁은 엘레가 아꼈던 몇 안 되는 인물 중 하나였다.

　그리고 루스 또한 그에게 감사했다. 오랜 시간 동안 엘레는 무언가를 잃은 사람처럼, 그저 '황제'일 뿐이었다. 하나, 그녀를 다시 웃게 해주고 황제가 아닌, 그저 누군가의 '누나'일 수도 있다는 걸 보여준 것이 바로 민혁이다. 그를 보는 엘레는 흐뭇하게 웃었고 그를 따르는 민혁은 항상 밝고 쾌활했다.

　안으로 들어선 민혁은 아무런 말도 하지 않고 엘레를 보고 있었다. 그의 숨이 다소 거칠다. 참고 있는 것이 분명했다. 민혁이 생각하는 엘레는 단순한 인공 지능이 아니다. 오랜 시간 동안 세상과 등진 민혁의 친구가 되어준 여인이었다. 그랬기에 그녀는 소중한 존재였다.

　루스가 민혁에게 목례를 취하고 잠시 바깥으로 나갔다.

　곧이어 루스가 가져온 것은 심해의 소가 포장되어 있는 상자였다. 그는 그것을 민혁에게 건네주었다.

　"폐하께서 꼭 이것을 민혁 님이 극의를 깨우치고 온다면 전해 드리라고 했습니다. 심해의 소입니다. 물속 아주 깊은 곳에 사는 소로 전설과 같은 동물이죠."

　민혁은 말없이 루스가 건네는 그것을 받아 들었다. 그리고 그것을 내려다보다가 물었다.

"지금 상태는 어떻습니까?"

"……많이 안 좋습니다."

"제가 확인해 봐도 되겠습니까?"

"예."

민혁은 이곳에 오기 전, 아테네교에 직접 방문하여 성녀 로이나로부터 아테네교의 은인들만이 얻을 수 있다는 '신의 눈'이라는 스크롤을 획득했다. 신의 눈은 상대가 가진 병마와 치료 방법을 자신과 상대방의 레벨이나 혹은 무력 차이를 무시하고 보여주는 스크롤이었다.

[강력한 힘에 의해, 육체와 정신이 갉아 먹히기 시작했습니다. 현재 초기 상태이며 곧 중기 상태에 이릅니다. 그리고 말기에 이를 시에 모든 스킬과 스텟을 상실하고 서서히 안식으로 빠져들게 됩니다.

치료 방법: 뚜렷한 치료 방법이 알려진 바 없습니다.]

죽음이라는 단어와 치료 방법에서 민혁의 가슴이 쿵 하고 내려앉고 말았다.

'치료 방법이 없다고?'

민혁은 이해할 수 없었다. 뚜렷한 치료 방법이 알려진 바가 없다는 사실에 말이다.

그때. 결국, 참고 참았던 루스가 터지고 말았다.

"크흐흐흑, 민혁 님! 제발, 제발 엘레 폐하를 살려주십시오!!"

루스는 제국 최고의 사제에게 엘레의 상태에 대해 의뢰하였었다. 하지만 그 또한 치료 방법을 찾지 못했고 최고의 포션, 어떠한 아티팩트도 효력을 발휘하지 못하고 있었다. 어찌 보면 늙은이의 주책일지도 몰랐지만, 지푸라기라도 잡는 심정으로 그는 말하고 있다.

　민혁에게 퀘스트 창이 떠올랐다.

[제국 퀘스트: 엘레를 위하여]
등급: SSS
제한: 없음
보상: 이필립스 제국, 더 나아가 엘레의 은인
실패 시 페널티: 엘레의 사망
설명: 이필립스 제국의 황제 엘레는 지금 죽음과 가까워지고 있다. 지금 그녀를 살릴 수 있을지도 모르는 사람은 당신밖에 없다. 그녀를 살린다면 이필립스 제국의 영웅이 될 것이며, 엘레의 은인 또한 될 것이다.

　민혁은 엘레가 준비한 심해의 소가 담긴 상자를 바라봤다.
　그녀는 항상 자신에게 맛있는 음식을 베풀었고 허겁지겁 먹는 자신을 보며 흐뭇한 미소만을 지었다. 이젠 자신이 그녀에게 요리해 줄 때다.
　"최선을 다해보겠습니다."
　그리고 민혁은 곧바로 엘레에게로 '레시피 창조' 스킬을 사용, 거기에 더해져 엘레의 치료 효과에 중점을 두는 버프로 만들어내었다.

[상대방이 원하는 레시피를 창조합니다.]
[설렁탕 레시피를 확인할 수 있습니다.]
[레시피 창조에 따라 버프량을 소모합니다.]

(엘레를 위한 설렁탕 레시피)
필요 재료: 하얀 소의 사골, 하얀 소의 도가니, 강철 소의 사태, 강철 소의 양지머리, 달의 밀로 만든 소면…… (생략)
기대 요리 등급: 유니크~전설
기대 효과:
• 엘레를 잠식한 병마의 기운을 2주일 동안 늦출 수 있다.

민혁은 미간을 찌푸릴 수밖에 없었다.

모든 버프를 엘레의 치료에 집중시켰다. 한데, 고작 2주 동안 엘레의 병세를 멈추게 하는 것뿐이었다. 결국에 요리는 '버프'이다. 버프는 영구적이라는 개념 자체가 아니었다.

잠깐 민혁의 얼굴에 어둠이 드리워졌다가 살아났다.

"좌절하고 있으면 뭐가 달라져?"

그리고 루스. 그는 그 말에 가슴이 저릿했다.

자신은 민혁에게 그를 부탁했지만 헛된 '희망'이라고 생각하고 있었다. 아무것도 할 수 없다고 생각하며 지푸라기라도 잡는 심정으로 민혁에게 부탁했다.

한데, 민혁은 달랐다. 희망을 잃지 않았고, 지금 바로 실현한다.

"루스 보좌관님."

"예!!"

루스는 서둘러 눈물을 훔쳐내고 그의 위엄 있는 목소리에 몸을 일으켰다. 평소에 보던 바보 같던 민혁이 아니다.

"지금 바로 황실 주방의 모든 요리사를 내보내세요."

민혁은 생각해 봤다.

레시피 창조에서 나열되는 요리 재료들은 오픈된 재료 중에서 최상급 재료들이다. 그리고 이 최상급 재료들로만 요리하면 버프 등급이 상승할 확률이 가장 높다.

하지만 이는 말 그대로 '오픈된 재료'다. 공개적이지 않은 재료는 레시피 창조에서 먼저 보여주지 않는다.

그런데, 자신에게 오픈되지 않은 재료가 있다.

하나. 전설의 태양의 밀. 전설의 5대 재료 중 하나인 전설의 태양의 밀. 민혁은 미식 드래곤의 만찬 당시에 모든 수량을 소진하지 않았었다.

둘. 5대 전설의 재료 상자가 있다. 이는 미식 드래곤의 만찬에서 민혁이 우승함으로써 받았던 보상이다.

(5대 전설의 재료 상자)
재료 등급: ?

특수 능력:

• 5대 전설의 재료 상자는 소유자가 선택할 수 있다. 어떠한 재료를 선택하든 전설이 되어 나타날 놀라운 상자이다.

설명: 본래 전설의 재료는 네 가지이다. 하나, 이 전설의 재료 상자에 의해 5대 전설의 재료가 되었다. 이 상자는 어떠한 재료든지 전설의 힘을 갖출 수 있게 만들어주는 놀라운 힘을 가졌다. 하나, 그 재료를 요리할 수 있을지는 미지수이다.

이처럼 민혁은 5대 전설의 재료 두 가지를 확보하고 있다.

그리고 민혁은 미식 드래곤의 만찬에서 전설 등급의 '대형 피자'를 만들어낸 후 '어쩌면 한층 더 뛰어난 요리까지도 만들어낼 수 있을지 모른다'는 알림을 들었었다.

레시피 창조는 '전설' 요리까지의 버프량만 보여주고 있는 상황. 민혁은 빠른 걸음으로 황실 주방으로 들어갔다. 이미 모든 요리사가 자리를 비운 뒤였다.

'저 알림의 의미는 내가 더 높은 등급을 만들지도 모른다는 의미.'

민혁이 소매를 걷어붙이고 앞치마를 둘렀다.

새로운 등급의 요리를 '엘레'를 위해 도전할 때였다.

흑룡단 이들은 얼마 전, 엘레 사냥에 실패함으로써 중국 국민들의 맹비난을 샀다. 또한, 세계의 무수히도 많은 랭커에게 손가락질당하기까지에 이르렀다.

만약, 그때 흑룡단이 엘레를 사냥했다면 이처럼 여론이 움직이진 않았을 것이다. 그에 흑룡단에선 이 여론을 잠재우기 위해 대륙운(大戮雲)에서 활약하겠다고 공표했다.

카이온 대륙 유저들은 거대한 힘을 업게 된 셈이다. 엘레를 잡진 못했으나 사실상 극한까지 몰아붙인 유저들. 탐탁지는 않으나, 그래도 대륙 전쟁 승리를 이끌어가게 해줄 그들이 선봉에 서기로 한 것이다.

그 때문에 공격지는 총 세 가지로 나누어졌다.

중앙에 위치한 베르드크. 아스간 대륙과 가까운 뒤쪽에 똬리를 튼 아틀라스. 대한민국 랭커들이 힘을 합쳐 거대한 방어 기지를 형성하고 있는 대한 수호 기지. 이렇게 세 곳을 무너뜨리면 곧바로 카이온 대륙 유저들은 승기를 완전히 거머쥐는 셈.

유저들과 NPC들로 구축된 십만의 대군이 진격을 시작했다.

그리고 식신 민혁의 영지 아틀라스를 향해 흑기사 라한이라는 중국 랭커와 함정 해체사 안스가 1천의 병력과 함께 움직이고 있었다.

함정 해체사 안스는 어떠한 함정과 독이든 꿰뚫어 본다고 알려져 있다. 그러한 그를 선두로 대륙운(大戮雲)에 별이 뜬 밤, 쥐도 새도 모르게 그들이 움직이고 있는 것이다.

함정 해체사 안스는 발 빠르게 함정을 해체시키고 독들을 피해가며 그들에게 진로를 알려주었다. 이는 함정 해체사 안스가 함정의 대가 로아돌이나 독의 달인 스무스보다 높은 경지에 이르렀기 때문이다.

애초에 로아돌과 스무스는 전투력도 뛰어난바. 함정 해체에 집중한 안스는 그들의 함정과 독을 무력화시키기 충분했다.

함께하는 흑기사 라한은 중국 기사 랭킹 1위의 사내였다.

기사란 빠른 검 공격과 화려한 검의 스킬로 무장된 직업군이다. 전사와 흡사하나, 1레벨부터 소드 마스터리를 가졌다는 특이점이 있다.

그리고 현재 중국 방송국 카메라들도 따라붙고 있었다. 아틀라스에 도달한다면 곧바로 생방송이 시작된다. 그 이유는 그전에 시작하면 아틀라스 측에서 알아챌 수 있기 때문이다.

그들은 곧 웅장하고 화려한 영지인 아틀라스의 입구에 도달할 수 있었다. 그런데 그 앞에 한 사내가 엄청나게 커다란 개밥그릇을 들고 있었다.

"우쭈쭈쭈~ 우리 사랑이, 행복이, 소망이 오늘 엉아랑 산책해서 피곤해서 안 나와용? 자는 거예용? 우쭈쭈쭈~ 엉아도 같이 자용~"

그는 바로 '큰머리'라는 이름으로 중국인들에게 비난받으나, 랭커로서는 크레이지 프리스트라는 이름의 로크였다. 그런 로크가 어둠에 가려져 잘 보이지 않는 '사랑이, 소망이, 행복이'의 집으로 들어가려 했다.

이에 대한 생방송과 해설이 시작된다.

[로크 유저 생긴 것과 다르게 개와 고양이를 사랑하나 봅니다.]

[사랑이, 행복이, 소망이라…… 이름만 들어도 귀여울 것 같군요.]

[아테네는 게임인 만큼 어둠에 가려져 잘 보이지 않지만, 저 개집에는 특수한 종인, 거대 푸들이나 혹은 거대 골든리트리버가 있는 거 아닐까요?]

[로크는 아직도 모르는군요. 곧 자신에게 죽음이 다가올 것을.]

그 순간 '상태 이상 술사'가 움직였다.

상태 이상 술사는 말 그대로 상대방에게 걸 수 있는 능력이 '상태 이상'밖에 없는 디버프 계열의 직업군이다. 중국에만 존재하는 희귀한 직업으로 중국 내에서도 100명이 채 안 된다.

그리고 상태 이상 술사 랭킹 1위의 카든은 거의 최고의 상태 이상을 사용한다. 대신에, 시전 시간이 매우 길지만 말이다.

한데, 지금 로크는 이 상황을 모른다. 그에 따라 그는 시전을 무사히 끝내고 상태 이상을 사용했다.

[마비된 자의 비명]
[마비된 자는 5분 동안 움직일 수 없으며 목소리만을 낼 수 있습니다. 시전자가 죽으면 5분이 지나지 않아도 해제됩니다.]

"어? 어어어어? 어?"

상태 이상 술사 랭킹 1위의 실력은 놀라웠다. 하이랭커인 로크를 상태 이상에 걸어버렸으니 말이다. 물론 로크가 '마법 방어력'이 낮은 몫도 한몫한다.

그리고 한 마법사 유저가 로크를 두둥실 띄웠다.

허공으로 날아오른 로크. 그를 보며 라한을 비롯한 중국 유저들이 다가갔다.

"크크크크크킄."

"이런, 이런. 대한민국 최고 랭커께서 개집에서 잠이나 자고 말이야, 웅?"

"니, 니들⋯⋯!"

로크는 주변을 둘러봤다. 약 1천 명 정도의 숫자. 정말이지 많았다. 이들이 어찌 아틀라스로 무사히 도달했는가?

라한이 칼을 뽑아 들었다.

스르르릉-

"걱정 마라, 너도 죽이고 네가 키우는 개새끼도 죽일 테니."

로크. 그가 눈을 크게 떴다.

[로크 유저가 맥없이 죽는군요.]
[허무하게도 죽음을 맞이하게 생겼습니다.]

바로 그때였다. 로크가 피식 웃었다.

"너냐? 네가 나한테 상태 이상 걸었어?"

그 질문에 상태 이상 술사인 카든이 고개를 끄덕였다.

"야, 너희 로켓 몬스터 봤냐?"

"당연히 봤다. 그 명작…… 크흠!! 무슨 이상한 소릴 하는 거냐!!"

로켓 몬스터. 일본에서 방영된 애니메이션이다. 작은 볼 안에 '로켓몬'이라는 이름의 몬스터들을 잡아서 부린다. 그리고 라한은 로켓 몬스터 팬이었다. 꿈과 희망을 심어준, 로켓 몬스터!! 그곳에서 라한은 '삐까츄'가 가장 좋았다.

라한이 서둘러 검을 휘두르려던 때, 로크가 외쳤다.

"사랑이, 소망이, 행복이! 몸통 박치기이이이!!"

[음…… 아마도 로크 유저가 잠이 덜 깼나 봅니다.]
[술이라도 한잔한 걸까요?]

해설자들이 의문을 품고, 중국 유저들이 낄낄 웃기 시작했을 때였다.

투다다다다다닷-

땅이 울리기 시작했다.

정말 찰나에 일어난 일이었다. 보이지 않는 어둠 속. 무언가 땅을 진동시킨다. 그리고 굉음이 퍼진다.

콰아아아아아아아앙-

갑자기 상태 이상 술사 카든을 어떠한 거대한 존재가 말 그대로 '몸통 박치기'를 했다. 더 놀라운 건, 상태 이상 술사 카든이 한 번에 로그아웃 당한 것.

잠시후 모습을 드러낸 존재.

세 개의 머리를 가지고 있고 그 크기가 거의 5m에 이르는 멋들어지는 지옥 마수. 켈베로스였다.

해설자들이 당혹한 목소리로 말했다.

[사랑이, 행복이, 소망이라면서요⋯⋯?]
[저 모습 그 어디에 사랑과 소망, 행복이 있다는 겁니까⋯⋯?]
[⋯⋯헐?]

중국의 해설자들과 아틀라스 앞에 당도한 중국 유저 약 1천여 명은 당혹할 수밖에 없었다.

'행복, 사랑, 소망'.

희망차고 기분 좋아지는 이름이었다. 한데, 커다란 켈베로스는 등장과 동시에 엄청난 위압감을 뿜어냈다.

치이이이이익-

또한, 침을 한 방울씩 떨어뜨릴 때마다 땅이 녹아내린다.

그들이 거칠게 포효한다.

"크아아아아아아아!"

"크라아아아아아아!"

"크르르르르르르르!"

[지옥 수문장의 포효]

[공격 적중률 15%가 하락하며 스킬 쿨타임 시간이 10% 증가합니다.]

[물리 방어력 15%, 마법 방어력 15%가 하락합니다.]

포효를 들은 모든 카이온 대륙 유저들이 얻게 된 디버프였다.

"아, 아니, 무슨……!"

흑기사 라한이 당혹함을 감추지 못했다.

"저 괴수들 이름이 어떻게 하면 사랑이, 소망이, 행복이가 될 수 있는 거냐!"

"맞아!!"

"작명 센스 진짜 구리다!!"

"우우우우우!"

라한을 비롯해 중국 유저들이 황당해했다. 그리고 상태 이상 술사의 강제 로그아웃으로 '마비'에서 풀려난 로크가 큼지막한 붉은 도끼 하나씩을 쥐면서 고개를 갸웃했다.

"잘 어울리는 것 같은데. 니들 작명 센스, 진짜 구리다."

그렇다. 로크는 사랑이, 소망이, 행복이를 산책시키면서 녀석들에게 끔찍하게 빠져든 것이다! 한 번씩 번쩍 뛰어들어서 자신의 얼굴을 핥을 때마다 '잡아 먹히나……?'라고 생각하지만, 또 한 번씩 엉덩이 냄새를 맡을 때마다 '엉덩이 부위가 더 맛있다고 생각하나……?'라고 느끼지만! 어느덧 정이 들어 사랑이, 소망이, 행복이의 귀여움(?)에 푹 빠져들어 버린 로크였던 것이다!

그리고 이는 켈베로스들도 마찬가지였다.

정확하게는.

'쟤 불쌍하니까, 도와주자.'

'저 인간, 매일 불쌍하다……'

'얼굴만 봐도 눈물이 날 것 같다.'

켈베로스들은 로크를 바라보는 측은함에 그를 지키려고 하는 것이었다.

로크는 크레이지 프리스트이며 지프리트의 힘을 일부 깨우쳤었다. 또한, 하이 클래스 전직을 통해서 지프리트의 힘을 대부분 깨우치게 되었다.

지프리트는 강력한 디버프와 뛰어난 버프 능력을 함께 사용하는 존재였으며, '광역 디버프'에 특화된 존재라고 할 수 있었다. 사실상 1:1 PVP전에서는 약할 수 있는 직업군이었으나 다수를 상대할 때는 큰 힘을 발휘한다.

심지어 거기에 레벨 600에 가까운 켈베로스가 함께 있다면? 그리고. 그런 켈베로스에게 버프를 준다면?

[지프리트의 축복]

[사랑이, 소망이, 행복이의 모든 스텟 15%가 상승합니다.]

[사랑이, 소망이, 행복이의 스킬 대미지가 15% 상승합니다.]

[사랑이, 소망이, 행복이의 스킬 적중률이 30% 상승합니다.]

로크가 켈베로스에게 도끼를 겨냥함으로써 밝은 빛이 스며들고 또 한 번 자신들을 겨냥하자 중국 유저들이 공격을 감행했다.

마법사 유저들이 마법을 사용한다.

"윈드 커터!"

"파이어 볼!"

"파이어 필드!"

"라이트닝!"

"파이어 스톰!"

"윈드 스톰!"

이 자리에 위치해 있는 고레벨 마법사들의 숫자만 약 30명을 넘어선다. 캐스팅 없이 바로 시동 가능한 마법들을 그들이 난사한다.

그리고 궁수들이 발 빠르게 활을 쐈다.

"드래곤 애로우!!"

"멀티 샷!!"

"조준 샷!!"

"파괴의 화살!!"

수십여 개의 마법과 화살들이 오로지 로크와 켈베로스만을 노리고 날아온다.

하나, 그때. 세 개의 머리 중 하나인 가운데 머리가 거대한 입을 벌렸다.

거대한 입에서 뿜어지는 하얀 빛이 쏟아져 나갔다.

파핫-

그 순간 중국 유저들에게 놀라운 알림이 퍼져 나갔다.

[스킬이 무효화됩니다.]

[아, 허공에서 사라집니다!! 카이온 대륙 유저들의 마법과 스킬들이 허공에 흩어져서 사라집니다!!]

[마, 말도 안 되는 장관이 눈앞에서 펼쳐집니다. 어떻게 저 정도 숫자의 마법과 스킬들을 한 번에 무력화시킬 수 있는 거죠?]

[켈베로스는 아테네 세계관뿐만이 아니라, 예로부터 '지옥의 수문장'이라고 불렸습니다. 아테네에서도 같은 공식을 따라간다면 지옥의 수문장일 확률이 높을 터. 아직 개척되지 않은 지옥의 몬스터인 켈베로스의 레벨은 상당할 것으로 보여집니다!]

그리고 팔 한쪽을 앞으로 뻗은 로크의 손에서 뻗어 나간 붉은 기운이 모여 있는 카이온 대륙 유저들의 위로 피를 흘리는 해골 모양을 만들어냈다.

[지프리트의 해골]
[모든 능력치 10%, 마법 방어력, 마법 공격력 20%를 하락시킵니다.]
[민첩 10%를 하락시킵니다.]

켈베로스의 버프에 이어, 로크의 디버프 스킬까지. 카이온 대륙 유저들이 혼란에 빠졌다.

현재 최소한 그들의 레벨이 300이라고 가정하였을 때, 약

60 정도의 레벨 손실을 입은 셈이나 다름이 없는 상황이었으며 레벨이 더 높을수록 타격은 더 컸다.

어느덧 로크가 켈베로스의 위로 올라탔다.

'이 앞의 놈들은 절대 아틀라스 안으로 보내지 않는다.'

현재 먹자고 길드원들은 대륙운(大戮雲) 안에서 뿔뿔이 흩어져 있는 상황으로 공격 기지 베르드크와 대한 수호 기지 등에 가 있다.

그리고 이곳 아틀라스에선 상당한 병력이 외부로 빠져나가 전투를 벌이는 중이다. 설마 중국 측 유저들이 이렇게 쉽게 독과 함정들을 파괴할지는 몰랐기 때문이다.

이놈들이 이곳에 있다면 다른 공격 기지들도 공격받을 확률이 크다. 또한, 아틀라스의 길이 한번 뚫린 만큼 속속들이 카이온 대륙의 지원군이 도착할 터. 로크는 최선을 다해서 일단 막아낼 생각이었다.

"사랑이, 소망이, 행복이 백만 볼트!!"

로크가 번쩍 날아올랐다. 그와 함께, 켈베로스의 좌측 입에서 차가운 냉기가, 우측 입에서 뜨거운 화염이 맺히기 시작했다.

켈베로스들은 머리마다 특성을 가졌다. 좌측 머리는 7클래스까지의 빙속성 마법 사용 가능, 우측 머리는 7클래스까지의 화속성 마법 가능이다. 어지간한 고위급 마법사만큼의 힘을 발현한다는 것.

심지어 켈베로스의 피부는 매우 뛰어나 뚫기 쉽지 않으며 마법이 아닌, 육체적인 공격력 또한 어지간한 상위 랭커를 씹어 먹는다는 거다. 거기에 크레이지 프리스트 로크가 힐까지 해줄 것이다. 즉, 지금 카이온 대륙 유저들 앞을 가로막은 것은 아틀라스의 웅장한 '벽' 그 자체다.

화아아아아아아악-

우측 머리가 뿜어내는 강력한 화염이 카이온 대륙 유저들을 휩쓸며.

쫘드드드드드드득-

좌측 머리가 뿜어낸 냉기가 유저들을 얼리고, 그들의 속도를 저하시킨다.

그리고 그 위에 탄 로크.

"지프리트의 격노!"

하늘 위에서 그가 힘껏 쥔 두 개의 도끼가 내려쳐진다. 그 순간, 도끼에서 뻗어 나간 거대한 힘이 땅을 폭발시키며 유저들을 집어삼켰다.

콰콰콰콰콰콰콰콰쾅!

바로 오늘. 중국인들에게 '큰 바위'라는 이름으로 조롱당하던 로크가 '개 키우는 학살자 로크'라는 이름으로 신화가 된다.

앞치마를 두르고 황실 주방장 안에 있는 민혁은 '5대 전설의 재료 상자'를 사용했다.

[5대 전설의 재료 상자를 사용합니다.]

[5대 전설의 재료 상자는 소유자 본인이 선택한 재료가 나타납니다.]

[재료를 이용해 요리할 수 있을지는 알 수 없습니다.]

전설의 태양의 밀은 민혁이 조리하는 것이 가능했었다. 하나, 일반 요리사들에게는 절대로 조리할 수 없는 금기의 '영역'과 같다.

하지만 요리만 해낸다면 미식가들도 눈물을 흘린 만큼 경악스러운 요리가 나타난다. 문제는 '요리한다면'이다.

민혁은 이 5대 전설의 재료 상자에서 '사골'을 선택했다.

[5대 전설의 재료 상자에서 '사골'을 재료로 선택하셨습니다.]

[사골은 원기 회복과 뼈를 튼튼하게 하는 데 도움을 주는 재료입니다.]

[5대 전설의 재료 상자가 '5대 전설이 될 사골 재료'를 탐색하고 있습니다.]

띠링!

[전설의 거대 소의 사골을 획득합니다.]

(전설의 거대 소의 사골)

재료 등급: 5대 전설

특수 능력:

- 치료할 수 없는 병에 걸린 자도 치료할 수 있을지도 모른다.
- 원기를 크게 회복시킨다.
- 사골만 우리는 데 성공한다면 가장 적당한 맛을 내는 사골의 깊은 맛이 느껴질 터다.

설명: 전설의 거대 소는 그 크기가 자그마치 하나의 작은 섬과 비슷했다는 이야기가 내려져 온다. 그러한 거대 소의 사골은 훨씬 더 높은 경도와 칼슘, 영양을 가지고 있으며 소문에 따르면 죽은 자도 되살릴 수 있을지도 모른다고 한다.

하나, 전설의 거대 소의 사골은 결코 사골을 내는 것이 쉽지 아니하다. 뽀얗고 영양이 많이 들어간 사골을 우려내게 하기 위해선 고도의 집중력과 높은 손재주 등이 필요하며 작은 실수라도 일어난다면 거대 소의 사골이 검게 물들어 버릴지도 모르는 예민한 재료다.

특수 능력에 따르면 이제까지의 재료들과 다소 달랐다.

'스텟이나 스킬 능력을 상승시킨다는 게 숫자 개념이 아니다.'

즉, 어쩌면 한계가 없는 경지까지 오를 수 있기에 이리 표기되었을지도 모르는 노릇이다.

또한, 예민한 사골은 특이하게도 자칫 작은 실수라도 하면 사골이 검게 물든다고 한다.

'검게 물들면 먹을 수 없다는 거겠지.'

정말이지 까다로운 난제였다.

심지어 사골을 우리기 위해선 몇 날 며칠이 필요하다고까지 되어 있다.

'재료는 준비되었다.'

전설의 거대 소의 사골로 국물을 낼 것이며, 전설의 태양의 밀로 소면을 만들 것이다.

'설렁탕의 고기와 소면은 빠질 수 없는 궁합.'

민혁은 개인적으로 부글부글 끓어오르는 설렁탕에 파가 가득 뿌려져 나오면 그 안으로 함께 나온 소면을 넣어서 휘휘 저은 후에, 깍두기나, 혹은 겉절이와 함께 바로 후루루루룹! 먹은 후에, 밥을 말고 소금과 후추로 간을 하여 먹는 걸 좋아한다.

맛있는 설렁탕 한 그릇을 만들어내기 위해 민혁은 요리를 시작했다. 먼저는 사골과 도가니, 우설을 넣어 핏물을 싸악 빼낸다. 민혁은 이 처음 시작 부분 또한 신중을 가한다.

'핏물을 너무 많이 빼도 좋지 않아. 거대한 소의 사골은 말 그대로 민감하다.'

그 때문에 최대한 신중을 가해 핏기를 빼준다.

핏물을 뺀 양지머리와 사태는 핏물을 닦아준다. 그다음 사골 끓이기에 돌입한다.

거대한 가마솥 안으로 먼저 물을 붓고 끓이기 시작한다. 그리고 끓었을 때 사골과 도가니, 우설을 넣고 5분 정도 넣었다가 불순물이 빠진 상태에서 다시 건져낸다. 그 후 다시 가마솥에 깨끗한 물을 붓고 다시 재료들을 넣어 센 불에서 1시간,

약불로 5시간 정도를 끓여야 한다.

　막 사골과 우설, 도가니 등을 넣고 끓이기 시작하려 할 때였다.

　[거대한 소의 사골은 일반적인 사골을 내는 것과 확연히 다릅니다.]

　[사골을 내기 위해 변칙적으로 센 불, 중불, 약불로 변화합니다.]

　민혁은 고개를 갸웃했다.

　자신이 익힌 신의 요리 스킬에 따라 '부가적인 설명'이 들려온다. 자칫 이 설명이 아니었다면 조리법에 대해 알지 못했을 터.

　'변칙적으로 불의 온도가 변화한다고? 정말 까다로운 재료다……'

　일반 설렁탕도 끓이기 위해서는 센 불 1시간, 약불 5시간을 해야 한다.

　또한, 사골은 우리면 우릴수록 더 맛있고 영양분이 풍부해진다. 몇 번쯤 걸러낸 사골이 더 맛있는 것처럼. 한데, 이러한 과정보다도 거대한 소의 사골을 고아내는 과정은 더 까다롭다.

　그리고 물이 끓어오르기 시작할 때.

　[거대한 소의 사골은 훨씬 더 많은 양의 불순물과 기름을 뿜어냅니다. 쉬지 않고 바로바로 걸러내 주시기 바랍니다.]

민혁은 검은색으로 끓어오르는 기름과 거품을 보았다.

'색이 검다?'

일반 기름과 거품은 이처럼 심하게 검진 않다, 지금의 색은 마치 검은색의 페인트 같았다.

민혁은 서둘러 기름과 거품을 쉴 새 없이 걷었다.

[서둘러 중불로 바꾸지 않는다면 거대 소의 사골이 변질됩니다.]

"뭐 이런 사골이 다 있지……?"

민혁은 서둘러 중불로 바꾸어내고 다시 발 빠르게 기름과 거품을 걷어냈다. 쉴 틈이 없었다. 뜨거운 수증기가 몸을 뜨겁게 달아오르고 지치게 만든다.

그리고 4시간이 지났을 때 알림이 들린다.

[거대 소의 사골로 사골을 우려내었습니다.]

[먹을 수 없는 사골입니다. 먹을 시 복통을 유발할 수 있습니다.]

[거대 소의 사골을 이용해 우려진 사골국을 먹을 수 있는 건, 가장 맛이 좋고 영양분이 풍부할 때입니다.]

[아직도 10번 이상을 우려야지만 그 진정한 맛이 우러나올 겁니다.]

지금 우러난 사골은 말 그대로 기름이 둥둥 떠다니는 투명한 물색의 사골이었다.

하얗고 뽀얀 국물이 될 때까지 반복해야 했다. 정말이지 까다롭고 놀라운 요리 재료.

'내가 식신이 아니었다면 절대 요리하지 못했을 거야.'

자신은 그나마 이 요리에 대한 설명이 들려왔기에 망정이다.

하지만 민혁은 포기하지 않는다.

'누나, 기다려요.'

또 한 번 사골을 우리기 위해 손을 움직인다.

민혁은 만들어낼 것이다. 이제까지 나타나지 않았던 새로운 등급과 엘레를 살릴 설렁탕을.

공격 기지 베르드크.

카이온 대륙 유저들이 총공격을 펼치기 시작했다. 그 선두에는 흑룡단의 쉬챠지가 있었다.

쉬챠지를 필두로 카이온 대륙 유저들은 쉴 새 없이 몰아붙이기 시작했다. 카이온 대륙에서 베르드크 탈환을 위해 움직이는 병력만 약 3만이었다.

그리고 이와 마찬가지로, 아스간 대륙 유저들도 방어를 취하기 시작했다.

콰콰콰콰콰콰콰콰쾅!

베르드크의 마도 공성 무기에서 뻗어 나간 강력한 힘이 카이온 대륙 유저들을 집어삼켰다.

"끄아아아아아악!"

"으아아아아아악!"

"으, 으아아아아악!"

벌써 반나절. 카이온 대륙 유저들이 쉴 새 없이 밀려오지만 죽어 나간다.

'흑룡단 이들은 뒤에 숨어서 때를 기다리고 있다.'

지니는 성벽 위에 서서 상황 전체를 주시하고 있었다.

흑룡단 이들은 지휘권을 맡았으나, 나서지 않고 있다.

그 이유는 간단했다. 베르드크는 뛰어난 공성 무기를 가졌기에 섣부른 공격에 피해를 입으면 안 된다.

또한, 마도 공성 무기도 결국에는 한정적이다. 즉, 총알이 떨어진다는 거다. 총알이 떨어진다면? 그때부턴 단단한 성벽을 믿고 방어전을 펼쳐야 한다. 흑룡단 이들은 그때부터 움직이기 시작할 터였다.

그리고 마침내 베르드크에서 강력한 위용을 발휘하며 적들을 공격하던 공성 무기들이 멈췄다.

"공성 무기의 마력이 모두 소진됐습니다!"

"더 이상 공성 무기를 사용할 수 없습니다!"

카라미스의 병사들이 발 빠르게 보고를 올렸다. 그와 함께, 베르드크를 향해서 수만의 카이온 대륙 유저들이 몰려들기 시작했다.

베르드크 안에도 상당한 숫자의 아스간 대륙 유저들이 밀집되어 있다. 그리고 성벽을 감싸고 아스간 대륙 유저와 NPC들 또한 지키고 있었다. 그 숫자는 총합 약 1만 정도로 카이온 대륙 유저들에 비하면 현저히 적은 숫자에 불과했다.

"막아라!!"

"으아아아아!"

"베르드크를 수호하라!!"

아스간 대륙 유저들은 필사적이었다. 그리고 지니가 하늘 높이 손을 들어 올렸다.

"발사!!"

손을 내리는 순간, 성벽 위에서 수천 발의 마법과 화살의 비가 떨어져 내렸다.

그와 함께 지니가 먹자교 길드원들에게 지시를 내렸다.

[부길드 마스터 지니: 곧바로 투입한다.]

[크로우: 오케이.]

[에이스: 라저!!]

[아스갈: 네.]

[칸: ㅇㅇ.]

현재 먹자교 길드는 총 세 곳에 나누어져 배치되어 있다. 아틀라스, 대한 수호 기지, 이곳 베르드크였다. 그 어떤 곳이라도 내주어서는 안 되는 상황이었다.

땅에 사뿐히 내려선 칸이 번쩍 날아올랐다. 대한민국 격투카 랭킹 1위. 사실상 대한민국에서 가장 빠르고 강한 발을 가진 남자였다. 또한, 태권도 4단이기도 하다.

새처럼 가볍게 날아오르자 모든 유저들의 시선이 향한다.

"막아!!"

"공격해!!"

"궁수들!!"

카이온 대륙 유저들이 발 빠르게 화살을 쏘고, 장거리 스킬을 사용하였다.

하지만 그 순간 칸의 온몸이 검게 물들었다.

[격투가의 방패]

[물리 방어력, 마법 방어력이 5초 동안 500% 상승합니다.]

이 격투가의 방패는 공격 스킬과 바로 연계할 수 있다는 장점을 가지고 있다.

콰콰콰콰콰콰쾅! 퓨퓨퓨퓨퓨퓨퓻-

화살과 스킬, 마법들이 칸을 강타하고 하늘 위에서 뿌연 흙먼지가 피어오른다.

그리고 그 흙먼지가 걷혔을 때, 번쩍 날아올랐던 칸이 발을 하늘 높이 치켜들고 있었다.

[대한민국 최고의 격투가 랭커 칸입니다!!]

[칸의 발이 하늘을 찌르듯 높이 솟아오릅니다.]

그와 함께, 칸의 내려찍는 발이 거대해졌다.

[거인의 내려찍기]
[반경 10m 내에 400%의 추가 대미지를 입힙니다.]

콰아아아아아아아아아앙!

그것은 마치 폭탄이 떨어진 것 같았다. 순식간에 반경 10m 내가 집어삼켜지며 적들이 쓸려 나갔다.

그 틈을 이어서 크로우가 나섰다.

[토네이도 스피어]
[회전을 일으키는 거대한 창이 적들을 빨아들여 갈가리 찢어버리며 340%의 추가 대미지를 입힙니다.]

쐐에에에에에엑-

크로우는 창술사이자 현상금 사냥꾼이다. 그리고 실질적인 먹자교 길드의 최강 딜러. 그가 창을 힘껏 던지자 전방으로 몰려들던 적군들이 회전을 일으키며 날아가는 창으로 빨려 들어가기 시작했다.

"크, 크아아아악!"

"으아아아아악!"

"커헉!"

순식간에 30명이 넘는 유저들의 몸이 갈가리 찢기며 로그아웃 당했다.

그치지 않고 에이스가 한 발자국 앞으로 나섰다.

"홍염의 지옥 마차!!"

그의 장기. 거대한 불에 휩싸인 네 마리의 지옥마들이 나타나 거대한 황금 마차를 끈다.

"히히히히히힝!"

"히히히히히히히히힝!"

"으아아아아악!"

불에 휩싸인 지옥마와 그 마차가 앞으로 적들을 밀고 나가며 쓸어버렸다. 그리고 끝에는 거대한 폭발을 일으켰다.

콰아아아아아아아아앙-

[과연 대한민국 하이 랭커들입니다.]

[대한민국 랭커들 상당수가 베르드크를 둘러싸고 방어진을 형성합니다.]

[성벽 위에선 원거리 공격으로 계속된 지원이 끊이질 않고 있습니다.]

[하지만 대한민국에 랭커들이 있는 것만큼 우리 중국의 랭커들도 상당하다는 걸 그들은 알아야 할 것입니다.]

바로 그때.

"꺄아아아아아악!"

아스갈이 비명을 내질렀다. 칸과 크로우, 에이스의 고개가 동시에 돌아갔다. 그곳에 안쪽으로 밀고 들어온 카이온 대륙 하이 랭커들이 보였다.

아스갈을 공격한 것은 다크엘프 쏘냐였다. 쏘냐는 이도류를 주로 사용하는 랭커로, 종족을 변환하여 다크엘프가 된 자다. 그리고 그녀뿐만이 아니라, 그 주변으로 무수히도 많은 랭커들이 포진해 있었다.

"거인의 빠른 주먹!"

콰콰콰콰콰콱!

칸이 발 빠르게 날아오르며 연속적인 공격을 펼쳤다. 거대해진 주먹이 아스갈을 공격한 랭커들을 공격한다.

한데, 그때.

콰악!

한 사내가 거대해진 주먹을 한 손으로 막아냈다.

바로 중국의 격투가 랭커. 정확히는 격투가로 시작해, 여러 가지 중국 무술을 사용함으로써 '무인'으로 전직한 사내인 류원이었다. 그는 실제로도 상당한 무술가로 알려진 바 있다.

그가 나비처럼 부드럽게 움직이며 단 한걸음에 칸과의 거리를 좁혔다. 그리고 강력한 주먹으로 칸의 명치를 때렸다.

파아아아아아아앙-

"커헉!"

[백보신권]
[백보 밖에서 뻗는 강력한 주먹.]

백보신권에 당한 칸의 명치가 푹 파여 들어갔다. 높은 방어력을 가진, 갑옷을 입고 있었음에도 말이다.

그치지 않았다. 에이스가 전투에 합류하려는 때 그 앞을 한 어린 소녀가 막아섰다. 빙화술사인 조가민이었다.

빙화술사 조가민은 어린 소녀이지만 중국 내에서 30위권 내의 랭커였다. 그리고 그런 조가민은 에이스가 좋아하는 원디스 만화의 '니코 노빈'의 어린 모습이라고 해도 될 정도로 똑 닮아 있었다.

"니, 니코 노빈……? 내 이, 이상형?"

조가민은 의아한 표정을 지으며 빙화술사의 능력을 발현했다.

[빙화]
[수백여 개의 얼음꽃이 피어나 당신을 공격합니다.]

파지지지지지지징-

에이스의 바로 밑에서 수백여 개의 얼음꽃이 생겨났다. 한데, 문제는 그것이 한없이 날카롭다는 거였다.

하지만 에이스 또한 상위권 랭커인 바. 그의 온몸에서 화염이 솟아올랐다.

"우오오오오오오오, 니코 노빈! 나는 불주먹 에이스다!!"

화르르르르르르륵!

방대한 화염이 그의 몸에서 분출되며 생성된 얼음꽃을 단숨에 녹여냈다.

조가민의 손에서 얼음의 검이 생겨나고 에이스의 주먹에서 불이 화르르륵 불타올랐다.

두 사람이 충돌하기 전, 에이스가 흥분을 감추지 못하는 표정이었다.

"니코 노빈! 나는 은평초 짱 불주먹 에이스. 만약 내가 승리한다면 나와 오붓하게 우유라도 한잔해 줄 수 있어?"

에이스의 눈이 진지하다. 마치 버터를 단숨에 집어삼킨 듯한 표정이다.

"닥쳐!!"

조가민의 얼음 검이 휘둘러지자 사방이 얼어붙었다.

하지만 사실은.

'에, 에이스……! 원디스 만화의 내 이상형!! 세상에, 오붓하게 우유라니? 너무 멋져!!'

조가민도 원디스의 팬이었던 것이다! 그러나 부끄럽기도 하고 지금은 전쟁터이기에 그 사실을 숨길 수밖에 없었다.

조가민의 눈에 눈물이 그렁그렁 맺혔다.

'이루어질 수 없는 운명…… 에이스……!'

그리고 그 슬픈 눈망울을 깨달은 에이스.

'니코 노빈……!!'

두 사람이 충돌했다.

[아아, 대한민국 랭커들과 중국 랭커들이 충돌합니다!!]

[빙화술사 조가민과 불주먹 에이스가 충돌합니다!!]
[대한민국 랭커 칸과 무인 류원이 격렬한 전투를 벌입니다!!]

처음 그들은 각기의 전투에서 호각을 보이는 듯싶었으나.

[대한민국 랭커들이 밀리기 시작합니다.]
[역시, 어쩔 수 없는 일이군요.]

이는 1:1의 정정당당한 대결이 아닌 전쟁이었다. 전투를 벌이는 대한민국 랭커들을, 또 다른 중국 랭커들이 공격을 가한다. 즉, 물량전에 의해 밀리기 시작한다.

크로우, 칸, 에이스, 아스갈을 비롯한 무수히도 많은 대한민국 랭커들이 몸을 빼기 시작했다.

"빌어먹을! 빌어먹을!!"

"1:1이었다면……!"

각기 비슷한 실력과 비슷한 직업군을 가지고 있는 자들과의 싸움에서 밀렸다. 정확히는 다른 이들의 난입으로. 이 자존심 싸움에서 패배한 대한민국 랭커들의 얼굴이 일그러질 수밖에 없었다.

그리고 그 와중에. 조가민은 도망치는 에이스를 보았다.

'에이스, 어서 가……!'

그러면서 슬그머니 따라붙는 중국 랭커들의 발밑 땅을 얼려 버렸다. 그에 중국 랭커들이 균형을 잃고 넘어졌다.

"크윽!"

"뭐, 뭐야?"

"조가민?"

"죄송해요, 죄송해요!!"

조가민은 실수인 척, 쉴 새 없이 고개를 숙여 보였다. 그러면서 도망치며 뒤돌아보는 에이스와 눈을 마주쳤다.

에이스. 그 또한 그녀의 마음을 깨달았다. 그리고 조가민의 실수(?)로 무사히 작게 열린 성안으로 들어갈 수 있었다.

"……내가 조금만 강했어도."

칸이 자신의 주먹을 내려다봤다. 물량전에 의해 패배했다는 것은 핑계다. 자신이 압도할 정도로 강했다면, 달라졌을 터. 이 자리의 모든 이들이 같은 생각이다.

'조금만 더 강했더라면…….'

이길 수 있었을지도 모른다.

그리고 바로 그때였다. 전장에서 싸우던 모든 유저들이 일제히 멈추었다. 휘두르던 병장기를 멈추거나, 혹은 자신들도 모르게 멈칫했다. 그들에게 메시지가 강타했기 때문이다.

띠링!!

[인간의 영역을 초월한 무언가를 만들어낸 유저가 아테네 최초로 탄생했습니다.]

[이 메시지는 모든 대륙에 울려 퍼집니다.]

들려온 메시지는 모든 유저들을 혼란 상태에 빠뜨리기 충분할 정도였다.

"인간의 영역을 초월했다고……?"

"누구지? 누가 인간의 영역을 초월했다는 거야?"

"인간의 영역을 초월했다면 뭘 만든 거지?"

그들의 웅성거림.

그 틈에서 지니가 중얼거렸다.

"인간의 영역 초월……? 신 등급……?"

세상에 첫 번째 신 등급의 무언가가 모습을 드러낸 것이다.

루스는 서둘러 걸음을 옮기고 있었다.

벌써 민혁이 밤낮 잠 한숨 자지 않고 황실 주방에 들어간 지 며칠째였다. 들은 보고에 따르면 그는 잠 한숨 자지 않고, 사골을 고아내는 데 혼신의 힘을 다하고 있다고 한다. 또한, 그는 얼마 전 휘청이며 정신적 한계까지 보였다고 한다.

'이제 그만하셔도 됩니다.'

루스는 사실상 엘레를 살리는 것이 불가능하다는 것을 알고 있었다. 자신이 했던 말은 마지막 '희망'을 잡는 지푸라기 같은 말이었을지도 모른다. 하지만 그 '희망'이 없음을 루스는 이제 자각했다.

그녀의 병이 중기를 넘어서 말기로 향하고 있다. 차라리 그녀가 죽기 전, 민혁이 마지막을 봐주었으면 좋겠다고 생각하고 있었다.

'당신의 노력 잊지 않겠습니다.'

민혁은 이미 이필립스 제국의 은인이다. 그의 노력에 찬사를 보내는바. 이제 그만 그를 만류할 때였다.

황실 주방 앞에 선 루스. 그가 천천히 문을 밀었다.

그리고 바로 그 순간.

파아아아아아아아앙-

정체 모를 빛의 기둥이 하늘에서 떨어져 내려 이필립스 제국 황궁의 천장을 관통하고 있었다.

그 빛의 중심에 선 사내의 손에는 뚝배기가 들려 있었으며 그 안으로 진하게 우러난 설렁탕이 담겨 있었다. 빛은 점차 좁아져 설렁탕 안으로 빨려 들어가고 있었다.

민혁이 그 설렁탕을 보며 활짝 웃었다.

"루스 님."

루스는 너무도 놀라운 광경에 어떠한 대답도 할 수 없었다.

"누나를 구할 수 있게 되었어요."

우려내고 버리고 우려내고 버리고. 엘레를 위한 설렁탕을 만드는 과정은 고도의 집중력과 끊임없는 움직임, 요리사의 실력을 요구했다. 자칫 잠깐이라도 시선을 팔면 국물이 검게 물

들려고 했기에 시선을 뗄 수가 없었다.

민혁은 귓속말, 길드 채팅을 모두 꺼두었다. 물론 꺼두기 전에 일단 지니에게 이러이러한 상황에 대해 설명했다.

그녀는 흔쾌히 수긍했다. 그리고 민혁은 이 조용한 주방 안에서 홀로 묵묵히 싸웠다.

솥의 열기와 끓는 물에서 피어오르는 수증기로 인해, 주방은 말 그대로 찜통이었다. 심지어 그 앞에 서서 계속해서 요리를 하는 민혁은 땀에 흠뻑 젖어 있었다. 하지만 설렁탕에 한 방울의 땀이라도 들어가지 않게 목에 수건을 걸고 쉴새 없이 닦아냈다.

벌써 스무 번을 우리고 버려내고의 반복이었다. 그만큼, 거대 소의 사골은 호락호락하지 않은 녀석이었다.

한 번씩은 눈이 감기며 졸음이 밀려오고 온몸이 지치곤 했다. 하지만 그때마다 찬물로 세수를 하고 정신을 차렸다.

부글부글 끓는 뽀얘지는 국물! 그리고 한계를 디딜 때마다 들리는 알림!

[스킬 의지가 발동됩니다.]

[손재주를 비롯한 모든 스텟, 스킬 능력이 일시적으로 28% 상승합니다.]

[의지 1을 획득합니다.]

얼마나 시간이 지났는지도 알 수 없는 때가 되었을 땐 벌써

23번째 국물을 우려내고 버려냈을 때였다.

세상에나, 사골을 23번이나 우려낸다고 한다면 세상의 모든 요리사가 놀랄 것이다. 그만큼이나 이 거대 소의 사골은 너무도 특별했다.

바로 그때였다.

[사골로 쓰이기 가장 좋은 국물이 우러나기 시작합니다.]

[수시로 불을 조절해야 합니다.]

[마지막 단계에 이르러서 작은 실수라도 있을 시, 거대 소의 사골이 오염되고 맙니다.]

[중불로 바꿔주시기 바랍니다.]

거대 소의 사골에서 하얗고 진한 사골이 물 전체로 퍼져 나가기 시작했다.

민혁은 정신을 똑바로 차리고 중불로 서둘러 바꿨다.

그리고 얼마 지나지 않아.

[약불로 바꿔주시기 바랍니다.]

쉴 새 없이 알림이 들려온다. 몇 초, 때로는 몇 분마다. 참으로 특이하고 이상한 녀석이었다.

하나, 뽀얗게 우러나기 시작하는 국물을 보면서 민혁의 얼굴에 희열이 자리매김하고 있었다.

엘레. 나의 누나이자, 소중한 친구였다.

예전 초콜릿 광산에서 그녀는 자신이 위험에 처했을 때, 자신이 부르자 한걸음에 달려왔다. 이젠 그녀의 부름에 자신이 한걸음에 달려가야 할 때였다.

그녀가 이 사골을 먹을 생각에 기분이 좋아지고 가슴이 차분하게 가라앉는다. 항상 남들에게 받을 줄만 알았던 민혁이지만 이제 이만큼의 노력을 쏟아 놀라운 요리를 만들어내려고 하고 있다.

그리고 바로 그때.

[불을 끄고 한 그릇의 사골을 받아주시기 바랍니다.]

민혁이 서둘러 뚝배기를 들었다. 그리고 큼지막한 국자로 국물 한 국자를 크게 퍼서 뚝배기에 옮겼다. 그와 함께, 그 안으로 미리 '전설의 태양의 밀로 만들어두었던 소면을 넣고 양지머리, 사태, 도가니, 우설을 푸짐하게 넣어준다.

'설렁탕에 고기가 많이 있는 집을 발견하면 기분이 그렇게 좋을 수가 없지!'

간혹 설렁탕에 고기가 몇 개 들어가 있고 끝인 곳이 있다. 그때마다 아쉬움이 가득하다. 하지만 그러지 않게 하기 위해, 고기를 팍팍 넣어주었다.

파는 뿌리지 않았다.

'파는 누나가 먹기 전에, 뿌려서 드시는 게 가장 좋아.'

그리고 바로 그때, 알림이 들려왔다.

[전설의 태양의 밀로 만든 소면이 설렁탕 안에서 영원히 불지 않고 가장 먹기 좋은 온도로 최고의 맛을 냅니다.]

[거대 소의 사골이 설렁탕 고기의 육질을 더욱 부드럽게 만들어주며, 사골은 가장 적당하게 우려져, 깊은 풍미를 느낄 수 있을 것입니다.]

[설렁탕을 완성합니다.]

[무아지경. 당신의 '노력', '열정', '누군가를 위한 마음', '장인 이상의 정신', '진정한 요리사의 힘'이 들어간 요리입니다.]

[인간이 범접할 수 없는 영역의 요리를 만들어내셨습니다.]

그리고 그와 함께, 하늘에서 빛의 기둥이 떨어져 내려 설렁탕 한 그릇에 빨려 들어가기 시작했다.

곧 루스가 들어왔다.

민혁은 끊임없이 들리는 알림을 계속해서 들었다.

[신 등급 설렁탕을 만드셨습니다.]

[신 등급 설렁탕을 만드심에 따라 당신이 가장 원하는 능력이 '영구적'으로 부여됩니다.]

[온 대륙에 신과 가장 가까운 요리를 만들어낸 당신의 업적에 대해 '익명'으로 알려집니다.]

[신의 요리 스킬이 레벨업 하셨습니다.]

[더 뛰어난 요리를 만드실 수 있게 됩니다.]

[손재주 100을 획득합니다.]

[명성 200을 획득합니다.]

[업적 포인트 10,000을 획득합니다.]

[특별 보상으로 경험치 300,000,000을 획득합니다.]

[레벨업 하셨습니다.]

[레벨업 하셨습니다.]

[레벨업……]

[가마솥 안에 남은 사골들은 특별한 힘을 품고 있으며 이 사골을 먹거나 요리를 할 시 이제까지 없었던 놀라운 버프 효과를 보입니다.]

[가마솥 안의 사골은 상대방에게 가장 맞는 버프 효과를 올려 줍니다.]

민혁은 그 자리에서 곧바로 '설렁탕'의 내용을 확인해 보았다.

(설렁탕)

재료 등급: 전설

등급: 신

제한: 엘레만이 영구적으로 효과를 볼 수 있음

보관일: 영구적 / 유지 시간: 영구적

특수 능력:

• 어떠한 병이라도 이겨낼 수 있게 한다.

- 사골 국물이 육체와 강력한 힘이 조화를 이룰 수 있게 도와 주며 이 과정에서 부릴 수 있는 힘이 한정될 수도 있다. 하나, 이는 차근차근 성장한다면 해결될 수 있으리라.
- 모든 스텟 50, 모든 스킬 1 상승
- 섭취하는 자의 치명타 대미지 확률 200% 상승, 공격 회피율 300% 상승
- 섭취하는 자의 HP 1만 5천 상승, MP 1만 상승

설명: 신과 가까워진 요리사가 만들어낸 신들조차도 놀랄 설렁 탕이다. 원기를 회복시키는 데 더 나아가 그 어떠한 병마라도 이 겨낼 수 있게 도와주며 다양한 힘을 품고 있고 그 맛은 현존하는 설렁탕 중 최고라 할 수 있을 것이다.

경악스러운 능력이었다. 심지어 현재 설렁탕은 엘레의 치료 에 중점되어 있다는 것이다. 그러한 상태에서 영구적으로 추 가 획득한 효과들! 가히 감탄이 나올 정도였다.

민혁은 발 빠르게 걸음을 옮겨 엘레가 누워 있는 곳에 도착 할 수 있었다. 엘레는 며칠 전 보았을 때보다도 얼굴빛이 검게 물들어 있었으며, 실핏줄이 크게 부풀어 올라 있었다.

"이 설렁탕을 누나에게 먹이면 완치될 수 있을 겁니다."

"설렁탕을 먹이면…… 말입니까……?"

루스는 그 말에 뚝배기 안에서 여전히 뜨거운 김을 펄펄 내 는 설렁탕을 보았다. 분명히 그도 설렁탕이 빨아들이던 빛의 기둥을 보았다. 하나, 이는 그래 봤자 설렁탕일 뿐이다.

그래도 민혁이 엘레를 위해 오랜 시간 공을 들여 완성한 설
렁탕이다. 조심스레 받아 든 루스. 그가 설렁탕을 확인했다.

'이, 이럴 수가……!'

그는 경악하고야 말았다. 설렁탕이 가진 힘은 인간의 영역
을 초월하였다. 이는 진정한 신만이 만들어낼 수 있는 요리!

"크흐흐흐흐흑, 감사합니다! 감사합니다!!"

루스는 펑펑 눈물을 쏟으며 무릎을 꿇고 그에게 크게 절하
였다.

처음 엘레 앞에 웬 바보가 나타났나 했다. 이해할 수 없었
다. 어째서 엘레는 그를 그리도 사랑하는가. 어째서 그를 그리
도 아끼는가? 하나, 시간이 흐를수록 그 이유를 알 수 있었다.

그리고 바로 오늘. 그가 엘레를 구했다.

민혁은 엘레가 깨어나면 설렁탕을 먹일 것을 말한 후에 다
시 황실 주방으로 돌아왔다. 그녀가 깨어나 설렁탕을 먹으면
완치될 터. 한결 마음이 가벼워졌다.

가마솥 안에 담겨 있는 사골을 보았다. 사골의 양은 얼핏
약 열 명 정도가 먹을 수 있는 양이었다. 이 사골 자체도 놀라
운 힘을 품고 있다고 알림에서 들은 바가 있었다.

'나도 고생했으니…….'

한시름 덜었기에 그도 식욕이 당겨왔다.

신의 요리를 만들어낸 사골! 그 사골을 민혁은 뚝배기에 가득 펐다. 물론 고기와 전설의 태양의 밀로 만들어낸 소면도 한 가득 담았다.

자리를 잡고 앉았다. 펄펄 뜨거운 김이 피어오르는 설렁탕과 그 앞에 놓여 있는 붉은빛의 먹기 좋아 보이는 깍두기와 잘 익은 김치.

민혁은 설렁탕에 파를 팍팍 뿌려주었다. 그리고 그 국물을 한 입 먹어본다. 입에 넣는 순간, 진하고 구수한 사골의 맛에 감탄이 나온다.

"와……."

이게 정말 내가 만든 음식일까? 실감이 나지 않을 정도로 맛이 좋았다. 거기에 소금을 조금 퍼서 간을 적당히 맞춰준다. 적당히 짭짤해졌을 때, 민혁은 젓가락을 집어넣었다. 한가득 들어 올려지는 소면.

민혁은 개인적으로 소면을 가득 넣고 처음엔 소면을 국수처럼 먹고, 어느 정도의 면을 남겨 밥과 함께 먹는 걸 좋아했다.

소면을 후루루루룹 입에 넣는다. 쫄깃한 소면은 진한 사골과 어우러져 즐거운 맛을 낸다.

거기에 더해져 또 한 번 소면을 가득 푸는데, 젓가락에 함께 양지머리 고기가 딸려온다.

"후루루루루루룹!"

다시 입에 밀어 넣다가, 김치를 입에 넣는다.

아삭아삭-

소면과 너무 많이 익지도, 안 익지도 않은 새콤달콤한 김치를 함께 먹으니 가히 금상첨화다.

어느 정도 소면을 먹어주고 이번에는 밥을 말아준다.

"히야."

밥을 숟가락으로 꾹꾹 눌러주는데, 새하얀 사골과 밥이 어우러지는 게 예술과 가깝다.

그것을 한 수저 가득 푼다. 적당한 사골, 밥 그리고 그 위에 올라간 양지머리, 그리고 화룡점정. 먹기 좋은 빛깔의 깍두기를 올린다.

그 상태에서 한입에 집어넣는다.

아삭아삭─

입에 넣는 순간, 고소하고 진한 육수의 사골과 밥알, 그리고 새콤달콤 씹는 식감이 최고인 깍두기가 어울려지니 가히 최고에 가깝다.

그 상태에서 뚝배기를 들어 올려 그 국물을 '후, 후!' 하고 불어준 후, 한번 마셔본다.

"후루루루루룹! 커허! 시원하다!"

국물이 일품과 가깝다. 그렇게 설렁탕을 먹어주다 보니, 어느덧 밑바닥이 드러나기 시작한다. 뚝배기를 기울여서 고정시킨 상태에서 수저로 남아 있는 마지막 국물과 밥알까지 남기지 않고 먹어준다.

다 먹은 후에는 부른 배를 두들기며 입가를 티슈로 쓱 닦아주고 시원한 물 한 컵을 들이킨다.

꿀꺽꿀꺽꿀꺽-

모두 마셔내고 터져 나오는 감탄사.

"캬!"

민혁은 며칠 동안 제대로 된 음식을 먹지 못해 무척 허기진 상태였다. 그 상황에서 세상에서 가장 맛있는 설렁탕을 먹었으니, 감탄이 나오지 않을 리가 없었다.

놀라움은 거기서 끝이 아니었다.

[남아 있는 특별한 사골을 이용해 설렁탕을 드셨습니다.]

[HP와 MP량이 1.6배 증가합니다.]

[스킬 쿨타임 시간이 40% 감소합니다.]

[물리 공격력이 30% 상승합니다.]

[스킬 공격력이 30% 상승합니다.]

[물리 방어력이 30% 상승합니다.]

[마법 방어력이 30% 상승합니다.]

[치명타 확률이 300% 상승합니다.]

[회피율이 300% 상승합니다.]

[경험치 획득률이 300% 증가합니다.]

[보유하고 계신 모든 스킬이 평소보다도 훨씬 더 비약적인 힘을 발휘할 것입니다.]

[버프 유지 기간은 3일입니다.]

민혁은 잠시 귀를 의심했다.

HP와 MP량이 1.6배 증가? 스킬 쿨타임 40% 감소? 심지어 물리 공격력과 같은 것들은 자그마치 30%씩 상승한다. 민혁이 레벨 500이라고 가정하면 680 정도의 힘을 벌지도 모른다는 거다. 그것도 3일 동안이나 유지되는 놀라운 힘이었다. 거기에 아직도 사골은 꽤 남아 있는 편이라는 사실에 실감이 나지 않을 지경이었다. 이 정도라면 가히 '무적' 상태가 된 것 같은 느낌이다.

하나, 그것도 아주 잠시.

"크읍……."

민혁은 피곤함이 몰려왔다. 코니르를 통해 극의를 배우면서도 몇 날 며칠, 이곳에서도 몇 날 며칠을 거의 뜬눈으로 지새웠다. 엘레를 구하자 긴장이 풀려 피곤함이 물밀 듯 밀려온 것이다.

그는 일단 로그아웃했다.

로그아웃한 민혁은 일단은 물과 샐러드, 방울토마토를 먹고 곧바로 숙면을 취하기 위해 걸음을 옮기고 있었다.

그러던 중, 그는 거실에 걸려 있는 TV를 볼 수 있었다. TV 앞에 식단 관리사 혜진과 의사 이진환 등이 앉아 시청 중이었다.

한국 해설자들의 절망 어린 목소리가 들려왔다.

[베르드크의 주변에 포진해 있던 아스간 대륙 유저들과 NPC들이 전멸합니다!!]

[이제 성안에 남은 병력이 베르드크를 수호해야 합니다.]

[하지만 몰려오는 병력의 숫자가 최소 몇만. 반대로 베르드크 성안에는 그에 비해 현저히 적은 병력만이 남아 있는 것 같습니다.]

[지금 이 시각! 식신 민혁의 영지인 아틀라스에 추가로 3천의 중국 병력이 당도합니다!!]

[켈베로스와 로크는 1천 명의 병력을 막아내는 놀라운 힘을 보여줬습니다. 그리고 아틀라스로 함정의 대가와 독의 달인, 검은 마법사 알리가 합류! 그리고 수백 명의 아틀라스 병사들이 잔존해 있지만, 과연 3천 명이 넘는 병력을 막을 수 있느냐입니다.]

[그리고 대한 수호 기지에 있는 아스간 대륙 유저들이 밀리고 있습니다.]

[막대한 숫자의 병력을 당해내지 못하는 겁니다!!]

[아아아아, 이렇게 대한민국은 대륙운(大戮雲) 안에서 패배하고 마는 겁니까?]

[대륙운(大戮雲)에서 승기를 완전히 빼앗긴다면 아스간 대륙에선 카이온 대륙 유저들이 판을 치겠지요.]

[눈앞이 깜깜합니다. 이러한 절망적인 상황을 벗어날 방법이 없을까요?]

민혁. 그가 다시 몸을 돌렸다. 조금 전 스치듯이 사색이 되어 있는 지니와 로크, 그 외의 먹자교 길드원들의 얼굴이 보였다. 심지어 코니르나, 혹은 아르벨 또한 장기전의 전투에 의해 매우 지쳐 보였다.

'기다려라, 사골이 간다.'

민혁이 다시 아테네 캡슐로 향했다.

6장
전세 역전(1)

베르드크 공격 기지의 상황은 절망에 가까웠다.

주변을 에워싸고 막아서던 유저들과 병력이 모두 전멸했다. 베르드크 안에 잔존한 병력의 숫자는 고작해야 3천에 불과했다.

반대로 베르드크 앞에 포진해 있는 병력의 숫자는 약 2만이었다. NPC와 유저들로 구축된 베르드크 탈환 연합!

"큰일났습니다!"

지니는 알리샤의 다급한 목소리에 그녀를 따라 걸음을 옮겼다.

성벽 위에서 마법사와 궁수들이 화살과 마법을 계속 쏘며 성벽에 붙지 못하도록 견제 중이었다. 한데, 지금. 그 견제가 불가능해졌다. 마법과 화살들이 그대로 반사되어 아군을 공격한다.

콰콰콰콰콰콰콰쾅!

마법사들이 사용한 마법이 튕겨 나와 성벽을 가격하고 궁수들이 쏜 화살들이 되돌아와 본인들의 목을 노린다.

그리고 베르드크 주변으로 수백여 개의 거울이 허공에 두둥실 떠 있었다.

'반사술사 쉬챠지.'

선두에는 얼마 전 엘레를 공격했던 흑룡단의 그녀가 있었다. 방금 전까지의 전투에서 모습을 드러내지 않았던 그녀가 나타난 이유는 이제 이 전투가 쉬워졌음을 직감한 것이다.

"항복할 생각은 없나? 호호!"

쉬챠지가 음침한 미소를 지으며 기다란 손가락으로 입술을 두들겼다. 그것은 명백한 조롱의 웃음이었다.

"어차피 얼마 못 버틸 텐데."

그러면서 그녀는 지니를 올려다봤다. 사실상 얼마 못 버틸 확률이 높다. 아니, 장기전으로 버틴다고 하여도 승산이 없었다.

지니가 성벽 위에서 활짝 웃었다.

"애들아, 항복하라는데?"

"엉?"

"뭐라고? 아씨 바빠 죽겠는데!"

"……우리 행복하래, 누나?"

사오정 에이스의 말에 모두가 그를 멍한 표정으로 바라봤다.

바삐 움직이던 먹자교 길드의 길드원들 상당수가 성벽 바깥으로 고개를 빼꼼 내밀더니 쉬챠지를 보았다. 그리고 일제히

가운뎃손가락을 치켜들었다.

"싫다는데?"

쉬챠지의 얼굴이 무섭게 일그러졌다. 먹자고 길드는 항상
저 패기가 거슬렸다.

쉬챠지는 얼마 전 엘레 사냥에서의 수치를 이번의 사냥으로
씻어낼 생각이다.

'전 레전드 길드의 마스터 지니와 그 동료들을 전부 잡는다
면 승기가 기울 터.'

그에 따라 쉬챠지가 숨겨두었던 비장의 패를 꺼내었다. 그
것은 블랙 드래곤 보르몬을 통해 획득한 것이었다.

보르몬의 수호자 소환서. 블랙 드래곤 보르몬은 오래전부
터 최강자로 군림해 온 존재였다. 그러한 블랙 드래곤 보르몬
의 수하 소환서는 막강한 힘을 발현한다.

찌이이이이익-

쉬챠지가 그것을 찢어낸 순간 수백여 개가 넘는 공간이 블
랙홀처럼 뒤틀리기 시작했다. 그리고 마침내, 뒤틀린 공간에
서 하나둘 몬스터가 튀어나오기 시작했다.

"크아아아아아아아악!"

"크라아아아아아악!"

한데, 문제는 그 몬스터의 범상치 않은 크기였다.

오우거들이 나타났는데, 붉게 물든 피부의 오우거들의 크기
가 약 7m에 이르렀다. 그뿐만이 아니었다. 트롤이나 혹은 오
크들과 같은 녀석들도 나타났다. 이 녀석들의 키도 약 5m에

이르는데 마치 거인족 같았다. 심지어 피부가 붉은 오우거들과 트롤, 오크들은 드래곤의 뼈로 만들어진 듯한 갑옷과 무기를 장착하고 있었다.

쿵 쿵쿵쿵쿵쿵쿵!

"미, 미친……!"

"지, 진격의 오우거야, 뭐야!!"

약 팔백 마리에 가까운 몬스터들이 일제히 성벽을 향해 돌격하기 시작했다.

조금 전 이미, 쉬챠지는 성벽의 내구도를 확인했었다.

[베르드크의 성벽이 1,414의 피해를 입습니다.]
[베르드크의 성벽이 1,624의 피해를 입습니다.]

확실히 베르드크의 성벽은 대륙운(大戮雲) 최고의 기지답게 높은 방어력을 자랑했다. 랭커들이 단일 스킬을 사용해 타격해도 약 4,000의 피해가 전부였다.

하지만 지금 소환한 놈들이라면?

"크라아아아아아악!"

거대한 붉은 피부의 오우거가 있는 힘껏 도끼를 휘둘렀다. 그러자.

콰아아아아아아아앙─

[베르드크의 성벽이 6,541의 피해를 입습니다.]

지니와 베르드크의 유저들이 경악했다.

보르몬의 수호자들은 첫 소환 때에, 그 목적을 설정할 수 있다. 방어형, 학살형, 그리고 공성형.

방어형과 학살형을 소환할 경우 지금의 숫자보다 약 10배에 해당하는 몬스터를 소환 가능하다.

공성형은 그 수가 현저히 적다. 하지만 성벽에 대한 공격력 250% 추가 대미지 옵션이 붙는다. 또한, 공성 무기에 대한 대미지 50% 감소뿐만이 아니라, 방어력과 HP량 자체도 월등해진다는 거다. 즉, 지금 블랙 드래곤 보르몬의 수하들은 최적화된 '공성 무기'가 된 것이다.

콰아아아아아아아앙- 콰아아아아아아아앙-

타격할 때마다 쉴 새 없이 베르드크 전체가 진동한다.

"그레이트 스피어!!"

이를 제지하기 위해 최강의 딜러인 크로우가 거의 성벽과 가까운 높이의 오우거의 머리를 향해 스킬을 전개했다.

쐐헤에에에에에엑!

강력한 창이 빛의 속도로 날아가 오우거의 머리를 타격했다.

콰자아악-

"……크아?"

한데, 오우거는 머리에 박힌 창을 주르르륵 뽑아냈다.

크로우가 서둘러 회수 스킬을 사용해, 창을 회수했다.

긁적-

"그어? 크아아아아아!"

그리고 오우거가 다시 성벽을 가격한다.

콰아아아아아아앙-

"미, 미친……!"

그렇다. 이 자리의 놈들은 현재 반 언데드와 같았다. 어지간한 공격으론 죽지 않았다. 심지어 궁수들의 화살 공격은 피부를 뚫지 못하며 마법 공격에 대해서도 높은 방어력을 보이고 있었다.

수백 마리의 몬스터들이 붙어 일제히 성벽을 가격한다.

콰콰콰콰콰콰콰콰콰콰쾅-

얼마 지나지 않아 베르드크가 절망 속으로 빠져들 것이라는 폭음의 전조였다.

아틀라스.

검은 마법사 알리, 크레이지 프리스트 로크, 켈베로스, 카이스트라. 그들이 주축이 되어 아틀라스를 수호하고 있었다.

하지만 끊임없이 적군들이 몰려오고 있었다. 길을 한번 개척해 내자 그 길을 따라 계속해서 병력이 밀고 들어오는 것이다.

아틀라스의 병력은 총 7백 명 정도가 잔존했으나 현재 약 200여 명 정도밖에 남지 않았다. 아무리 일반 병력보다 강력한 아틀라스의 병사들이라고 할지라도 그 숫자를 감당해

낼 방법이 없었다.

반대로 적들의 숫자는 계속 늘어간다. 1천을 사냥하고 2천이 남았을 때, 또다시 2천의 추가 카이온 대륙 병력이 도착했다.

"쓰러지지 마라!! 식신 민혁 님이 일군 이 영지를 빼앗겨선 안 된다!"

죽음의 부대의 병사 파크. 그는 과거 민혁이 아틀라스를 얻을 때, 민혁 덕분에 돌아가신 어머니를 재회하고 그녀를 꽉 껴안아줄 수 있었다. 그뿐만이 아니었다. 민혁은 좋은 영주였다. 함께 훈련하고, 함께 음식을 먹고, 함께 일구었다.

이는 모든 아틀라스의 병사들이 동감하는바.

콰자악-

"끄아아아악!"

혼자서 상대해야 하는 적군이 수백이다. 전진하던 파크의 어깨에 창이 파고든다. 하지만 파크는 창대를 부여잡았다. 자신들은 이곳에서 죽어도 다시 아스간 대륙에서 부활한다. 그것이 '대륙운(大戮運)의 힘'이다.

죽음을 맞이한다는 건 언제나 두려운 일. 하나, 파크는 적의 창대를 부여잡고 힘껏 끊어냈다.

콰지악-

"……미, 미친놈 아니야, 이거!"

중국 유저가 당혹스러운 목소리를 토해내고 파크는 젖 먹던 힘을 짜내어 복부에 검을 쑤시며 밀고 나간다.

"으아아아아아아아!"

쿠우우우웅!

그리고 발로 걷어찼다. 몇 명을 베었는지도 모르겠다. 그의 몸 곳곳이 피로 흥건하다. 정신이 아찔하고 쓰러질 것 같지만 버텨낸다.

"아틀라스를 사수하라아아아아!!"

"와아아아아아아!"

고작 200명 남짓의 병사들이 젖 먹던 힘을 짜내어 지켜낸다. 로크와 검은 마법사 알리, 카이스트라에게 알림이 들렸다.

[아틀라스 병사들의 사기가 증가합니다.]

"진짜……."

민혁이라는 사람이 이끌어내는 힘, 그에 로크가 감탄했다. 하나, 상황은 절망적으로 다가오고 있었다.

콰자악!

또 한 명의 적을 베어낸 로크! 그가 몰려오는 수십 명의 적을 향해 스킬을 전개하려 했다.

[MP가 소진되어 사용할 수 없습니다.]

"젠장할!"

너무 오랜 전투로 인해 피폐해져 있었다. 또한, 마나 포션과 체력 포션도 모두 고갈된 상태이다.

"끄아아아아악!"

카이스트라가 비명을 내질렀다. 빛의 화신 펜루스의 위에 있는 그에게 누군가 주먹을 가격한 것이다.

"크르르르르르르!"

펜루스가 주인을 지키기 위해 강력한 위엄을 뿜어냈다.

하얀빛의 털을 번쩍이는 빛의 화신! 하나, 그의 앞에 선 상대. 바로 극의(極意)를 깨우친 아카스였다. 만약 펜루스가 건재한 상황이었다면 모를까, 지금 펜루스 또한 매우 지친 상태였다.

그 순간.

콰자아아악-

"크하아아아아아악!"

펜루스의 옆구리에 강한 주먹이 꽂히며 뒤로 날아갔다.

"페, 펜루스!!"

"크르르르르……."

펜루스는 쓰러졌음에도 카이스트라를 지키기 위해, 몸을 일으키려 하고 있었다.

하지만 카이스트라가 그를 꽉 껴안았다.

"아니, 이제 그만 쉬어, 펜루스."

카이스트라는 더 이상 녀석이 다치는 게 보고 싶지 않았다. 그를 소환의 방으로 보낸 후, 자신의 창을 꽉 쥐었다.

"소환술사가 창을 들고 덤빈다?"

아카스가 흥미롭다는 표정을 지었다.

카이스트라가 온 힘을 다해 덤벼들었다.

파앗-

어린 시절부터 야생동물을 사냥해 온 카이스트라! 그의 창은 정확했고 빨랐다.

하지만 이것은 게임. 스텟과 레벨, 스킬을 초월할 순 없었다.

콰자악-

아카스가 카이스트라의 창대를 꽉 쥐며 말했다.

"꼬마야, 너희들의 왕은 어디에 있느냐."

아카스의 말에 카이스트라는 피식 웃었다.

"네 똥구멍?"

아카스는 한 가지 알았다. 식신이라는 자와 함께하는 자들은 이처럼 높은 긍지를 가지고 있고 단단했다.

'어찌 보면 참으로 대단하고 부럽도다.'

어떻게 일개 유저가, 고작 게임에 불과한 이 세상에서 이토록 많은 자의 마음을 가졌는가.

하나, 그래도 이것은 고작 게임.

카이스트라의 머리통을 박살 내려는 그때였다.

콰아아아아아아아앙-

거대한 화염이 아카스를 집어삼켰다. 아카스의 몸이 주춤했지만 큰 타격을 받진 않았다. 그는 놀라운 마법 방어력을 보유했으며, 패시브 스킬 '마법 갑옷'은 마법 대미지 50%를 감소시켜 줬기 때문이다.

그곳에 알리가 마법을 사용하고 있었다.

그나마 건재한 것은 알리였다. 그는 블링크와 마법을 적절히 사용. 또한, 수백 마리의 뱀들을 소환해, 그 뱀들이 MP를 흡수하게 만들어 무한한 사냥의 힘을 보여주고 있었다.

그리고 그러한 알리는 아카스에게서 계속 도망쳤다.

알리와 아카스의 상성은 매우 나빴다. 특히나 알리가, 아카스에게 죽을 확률이 매우 높았다.

그리고 이는.

"걸려들었군."

아카스의 함정이었다. 일부러 펜루스를 공격하고 카이스트라의 창대를 잡아챈 것이다.

그 순간, 아카스가 스킬을 발현. 단숨에 알리와의 거리를 좁히고 들어갔다. 빛의보. 당장 15m 내에만 위치해 있다면 거리를 좁히는 스킬이었다.

콰아아아아아아앙!

멱살을 잡아챈 아카스가 그대로 알리를 땅에 내리꽂았다.

"커허어어어억!"

[HP가 50% 미만으로 하락합니다.]

스킬도 없이 그저 내리꽂혔을 뿐이었다. 그와 함께, 수천의 유저들이 원을 그리고 잔존한 아틀라스의 병력을 몰아넣었다.

또 한 번, 아카스의 주먹이 힘껏 알리의 안면을 강타하려던 그때였다.

"키에에에에에엑!"

알리의 손에서 모습을 드러낸 거대한 포식뱀이 아카스를 집어삼키려 했다.

아카스는 그 거대한 주먹으로 포식뱀을 쳐냈다.

콰아아아아앙-

"큐, 큐피트 쨩!!"

알리가 절망했다. 자신이 조금만 더 강했더라면.

'빌어먹을…… 마법 공격력이 조금만 높았어도…….'

최정상에 오른 마법사 알리이다. 하지만 그는 보았다. 자신의 마법이 아카스에게 통하지 않는다. 한계에 다다른 것이다.

"사랑아, 소망아, 행복아!!"

로크가 피투성이가 된 사랑이, 행복이, 소망이에게 서둘러 다가갔다. 아무리 지옥 마수라 한들, 수천이 넘는 존재들을 상대하긴 힘들었다. 심지어 켈베로스를 저리 만든 건, 바로 '아카스'였다.

알리의 눈으로 질문하는 아카스가 보인다.

"너희들의 왕은 어딨지?"

그에 알리가 싱긋 웃었다.

"민혁 님? 네 똥구멍에 있을걸?"

쑤우우우우웅-

아카스의 주먹이 자비 없이 알리의 안면을 향해 내려쳐졌다.

미국의 수도 워싱턴 D.C에 위치한 커다란 크기의 카페. 무수히도 많은 미국인의 관심사는 오로지 아테네 대한민국과 중국의 대결로써 TV 화면에 향해 있었다.

"결국, 대한민국은 중국에게 아무런 힘도 쓰지 못하고 패배하는군."

"한국 최강의 영지라 불리는 곳이 저리 속수무책이라니."

"심지어 검은 마법사 알리는 듣던 것과 다르게 허접하군."

"고작해야 대한민국 사람들, 강하면 얼마나 강하겠어."

그래도 그들은 인정했다.

"NPC들이 유저가 일군 영지를 지키기 위해 저리 혼신의 힘을 쏟다니."

"길드원들도 영주를 필사적으로 지키려고 해."

"대한민국의 단합은 알아줘야 한다니까?"

그리고 그 틈에 박민규 팀장이 있었다.

그는 앞으로 얼마 남지 않은 아테네:세계전과 관련한 각국 아테네 고위 인사들과 만나기 위해 미국에 와 있던 거다.

"주문하신 아메리카노 나왔습니다."

"아, 예."

TV에서 시선을 떼지 못하던 박민규 팀장이 커피를 받아 들고 화면을 주시한다. 알리가 속수무책으로 땅에 꽂혔다. 괜스레 가슴이 저릿하다. 아틀라스의 유저들과 병력이 궁지에 몰리고 절망으로 밀려난다.

박 팀장이 허탈한 미소를 머금었다.

'결국…… 안 되는 거였나……?'

믿음을 가졌고 희망을 가졌다. 하지만 상황이 너무 절망적이다.

그가 씁쓸한 발걸음으로 몸을 돌려 발걸음을 바삐 하려 할 때였다.

"어? 뭐야!!"

"뭐지?"

"중국 병력이 죽어 나가잖아!!"

박 팀장이 고개를 돌려 TV를 보았다.

화면에 보였다. 수천 명의 중국 병력이 몰려 있는 사이에서 한 사내가 빠르게 움직이고 있었다. 그리고 그가 움직일 때마다 몸 주변으로 수백여 개의 검날이 나타나 적들을 잔혹하게 유린했다.

추풍낙엽처럼 쓸려 나가는 카이온 대륙 유저들!

그리고 아카스의 주먹이 알리의 얼굴을 향해 치켜들어진다.

[너희들의 왕은 어딨지?]

[민혁 님? 네 똥구멍에 있을걸?]

아카스의 주먹이 힘껏 내려처지는 찰나.

푸슈유유윽-

아카스의 등 뒤에서 피가 분수처럼 솟구쳤다.

15

스킬? 아니었다. 그저 휘둘렀을 뿐이다. 즉, 평타 공격이라는 거다. 한데, 그 평타 공격에 이제까지 그 어떤 공격에도 비명을 지르지 않았던 아카스가 비명을 질렀다.

[크아아아아아아아악!]

그리고 아카스를 베어낸 사내가 말한다.

[네가 내 동료 괴롭혔냐??]

박 팀장. 그가 피식 웃음 지었다. 그리고 몸을 돌려 밖으로 나서며 중얼거렸다.

"니들 이제 × 됐다."

식신의 등장이었다.

아틀라스에 도착했던 민혁은 절망적인 상황과 마주할 수 있었다. 그는 망설이지 않고 곧바로 수천의 적들 사이로 뛰어들었다.

"뭐야?"

"시, 식신이다!!"

"죽여라아아아아!"

파고드는 그를 공격하는 유저들.

그리고 그 순간, 민혁의 입이 차분하게 열렸다.

"극의(極意)."

"……?"

"……스킬 못 쓰게 막아!!"

"그, 극의라고?"

민혁의 몸 주변으로 붉은 기운이 넘실거리며 강력한 바람이 그의 주변에 몰려든다.

"폭풍 같은 검."

그렇다. 폭풍. 그의 주변으로 폭풍이 일어난다. 그리고 그 폭풍에는 수백여 개의 칼날이 있었다.

[폭풍 같은 검]

[몸 주변으로 수백여 개의 칼날이 기본 공격 속도의 250%의 속력으로 6초 동안 적들을 무차별적으로 도륙해 내며 스킬이 발현된 동안 이동 속도가 200% 증가합니다.]

피피피피피피피피피피핏-

공격 속도 2.5배에 달하는 수백여 개의 칼날들이 폭풍이 되어 주변에 몰려오던 유저들을 무참히 도륙한다.

그리고 이동 속도 또한 200%가 증가했다. 민혁은 달리고 있었다. 그가 달리는 동안, 수백여 개의 칼날은 적들을 처참히 유린한다.

"크하아아아악!"

"으, 으아아악!"

"커허어억!"

순식간이었다. 단숨에 수천의 유저 사이를 파고든다. 적들이 그에게 다가가려 했지만 수백여 개의 엄청난 빠르기의 칼날이 그를 무시한다. 간혹 마법 공격이 성공한다 한들, 민혁의 높은 마법 방어력에 의해 큰 대미지조차 입히지 못하고 있었다. 모세의 기적. 그가 지나는 자리마다 길이 열린다.

그리고 마침내, 팔을 들어 올려 알리의 안면에 주먹을 꽂으려던 아카스의 등 뒤에 도달했다.

[폭풍 같은 검의 시전 시간이 끝났습니다.]

그와 함께 스킬의 쿨타임이 끝나고 민혁이 아카스를 제지하기 위해, 그의 등을 공격했다.

[치명타!]

"크아아아아아아아악!"

아카스는 순간적으로 느껴지는 강력한 공격에 비명을 내질렀다. 찰나의 순간, HP가 자그마치 10%가 하락했다.

'단일 공격 스킬?'

그가 고개를 돌렸을 때. 식신 민혁이 있었다. 그리고 아틀라스의 잔존했던 병력이 한자리에 모이기 시작했다.

아카스가 공격을 가하려던 그때.

"밥 먹고 합시다!!"

민혁의 스킬이 발현되었다. 반투명하고 커다란 배리어가 생성되었다.

콰아아아아앙-

아카스의 주먹이 배리어를 강타했지만 미동조차 없었다.

'무슨 스킬에 당한 거지?'

아카스는 여전히 의아했다. 자신은 민혁의 무슨 스킬에 당한 건가? 순간적으로 자신의 HP가 10%가 깎여 나갔다. 어지간한 랭커들의 최강 공격기에도 10% 대미지가 깎일까 말까인 건만?

민혁이 안에서 하는 행동이 가관이었다.

"푸하……!"

아카스가 웃음을 터뜨릴 수밖에 없었다. 심지어 그와 함께 배리어 안에 있는 먹자교 길드원들도 의문을 감추지 못했다.

"이걸 먹으라고요……?"

"갑자기?"

민혁은 그들의 앞으로 음식 한 그릇씩을 내놓고 있었다. 그건 바로 '떡만둣국'이었다.

알리도 처음에는 이해할 수 없었다.

오랜만에 보는 민혁이 등장하더니 그의 스킬인 '밥 먹고 합시다'를 발현하고, 그들의 앞으로 떡만둣국을 나눠줬다.

"시간이 없어요. 어서 드셔야 합니다."

"그, 그게 무슨……."

"이 떡만둣국만이 이 상황을 이겨낼 수 있는 유일한 길입니다."

피 튀기는 전투를 방금 전까지 하고 있었다. 그런데, '밥 먹고 합시다'라는 스킬 이름과 걸맞게, 밥 먹고 하란다. 다소 황당할 수 있는 이야기였지만 알리는 눈치챘다.

'민혁 님의 버프는 놀라운 힘을 가졌다지, 그 버프로 우리가 조금이나마 더 강해지게 도와주려는 거야.'

'우리 민혁 님이 만든 음식이라면 먹어야지!'

그 자리에 있는 모두가 민혁을 믿었다.

"맛있게 먹겠습니다. 민혁 님."

"감사해요."

"민혁아, 잘 먹을게."

하지만 그와 다르게 그 상황을 지켜보는 아카스와 중국 병력은 황당할 수밖에 없었다.

"진짜 밥 먹고 하는 거냐……?"

아카스가 배리어 너머에서 'ㅇㅇ' 표정이 되기까지에 이르렀다. 그 험상궂은 얼굴에 저런 표정이라니…… 참으로 가관이었다.

하지만 이는 다른 유저들도 마찬가지.

"바, 밥이 넘어가……?"

"저, 저기요? 저희하고 싸우셔야죠?"

"한국인은 밥심이라는 이야기가 있던데, 사실이었나……?"

한 중국 유저의 말에 모든 이들이 그를 돌아보았다.

'허어, 싸우다가도 밥은 꼭 먹는군.'

'한국인들은 참 특이해.'

하지만 그러한 목소리들 틈에서도 민혁은 먹자교 길드원들을 보며 말했다.

"그거 사골로 만든 떡만둣국입니다."

"오 오 오 오."

"고마워요!"

알리가 빙긋 웃으며 민혁을 보았다. 설령 이 떡만둣국이 큰 힘을 발휘하지 못해도 괜찮았다. 소중한 동료 민혁이 자신들을 위해 준비한 요리니까.

물론, 뛰어난 힘을 발휘한다 한들, 이 상황을 이겨 나갈 힘은 없을지 모른다. 아무리 버프가 뛰어나다 한들, 그것은 불가능이니까. 하지만 알리는 요리에 집중했다.

떡만둣국으로 김이 피어오르고 있다.

김이 피어오르는 떡만둣국 위로 계란 지단, 대파, 김 가루가 보인다. 또 그 앞으로는 잘 익은 배추김치가 놓여 있다.

수저를 넣어서 휘휘 저어주자 더욱더 김이 피어오른다.

알리는 개인적으로 아침에 먹는 떡만둣국을 참으로 좋아하는 편이었다. 물론 지금 먹는 떡만둣국도 나쁘지 않을 것 같다.

수저로 그 하얀 국물을 한 모금 떠먹어 본다.

"와……."

밀가루의 전분에 의해 걸쭉해진 국물은 사골이었기에 더욱더 담백하고 깔끔한 맛을 냈다.

윤기를 좌르르르 머금은 만두를 반으로 갈라 수저에 올려 한 입 먹어본다.

"우물우물."

따뜻한 만두 안의 속 재료가 입안에서 뛰어다닌다.

"진짜 맛있다……."

방금까지 피 튀기는 전투를 했다는 사실을 잊어버릴 정도였다.

이번엔 수저로 떡을 올려 입에 넣어본다. 우물우물 씹는데, 입안에서 쫄깃한 식감이 이어진다. 절로 흐뭇한 미소가 감돌며 빛깔 좋은 김치를 한 점 입에 쏘옥 넣어본다.

아삭아삭-

"와, 김치 진짜 맛있어……."

처음 황당했던 마음과 다르게 어느덧 알리는 허겁지겁 먹어 치우기 시작했다.

그리고 그릇째로 집어 들어 마지막 국물 한 방울까지 마신 알리.

"후아……."

그가 감탄사를 터뜨리며 빙그레 웃음 지었다. 혼자 산 지 5년째인 알리에게 이렇듯 맛있는 식사는 정말 간만이었다.

그때, 알림이 들려왔다.

[남아 있는 특별한 사골을 이용한 떡만둣국을 드셨습니다.]
[HP가 1.3배 MP가 2배 증가합니다.]

[마법 쿨타임 시간이 50% 감소합니다.]

[8클래스 마법 중 최상위에 속하는 마법을 버프 유지 기간 동안 사용할 수 있게 됩니다.]

[5클래스 마법까지 시전 시간이 필요하지 않게 됩니다.]

[마법 공격력이 40% 상승합니다.]

[물리 방어력이 40% 상승합니다.]

[마법 방어력이 40% 상승합니다.]

[마법 치명타 확률이 300% 상승합니다.]

[회피율이 300% 상승합니다.]

[경험치 획득률이 300% 증가합니다.]

[보유하고 계신 모든 스킬들이 평소보다도 훨씬 더 비약적인 힘을 발휘할 것입니다.]

[버프 유지 기간은 3일입니다.]

알리가 경악했다.

대한민국 아테네 주요 관계자들도 오늘 하루 회의장에 모여 TV 화면을 주시하고 있었다.

사장 강태훈은 신음을 흘렸다.

"음……."

압도적인 숫자 차이.

또한, 숫자가 많다는 것은 그만큼 랭커 유저들이 많이 있다는 것과 같았다.

애초에 대한민국과 중국은 유저의 숫자 차이가 크게 난다. 그에 따라 카이온 대륙 자체도 아스간 대륙보다도 월등히 큰 편에 속했다. 하지만 이렇듯 속수무책으로 밀릴 줄은 꿈에도 몰랐다.

베르드크는 성벽이 무너지기 직전이었으며 대한 수호 기지는 랭커들과 유저들의 비명이 끊이질 않는다. 그리고 식신의 영지 또한 함락당할 위기에 처해 있었다.

"TV 끄겠습니다."

김대식 부장이 참담한 분위기 속에서 TV를 껐다. 작은 한숨이 그 사이에서 지나간다.

자신들은 단순히 아테네 운영진들뿐만이 아니라 대한민국의 국민이기도 했다. 이제 아테네는 단순한 게임으로 분류되지 않았다. 그에 밀려오는 슬픔과 안타까움은 더 컸다.

그리고 김대식 부장은 해외 커뮤니티 사이트를 보고 있었다.

[애초에 대한민국이란 허접 국가가 중국이란 강국에 상대가 될 리가 만무했지.]

[심지어 아테네는 대한민국에서 만들어진 게임인 만큼 그에 따라 국민에게 큰 혜택이 있었다던데, 그래도 저 지경 ㅋㅋㅋㅋㅋ]

[식신 식신 하던데, 그래 봤자 졸래 ㅂㅅ이지 뭐, 솔까 말해서 대한민국 내에서 최고였지, 세계로 나가면? 아테네:세계전에서 지들이 뭘 할 수 있음?]

[인정합니다. 식신은 결국에 비전투 직업군. 대륙 각국에 있는 최강자들과 비교하면 애송이 수준일 뿐이죠.]

[아테네:세계전 기대되네요. 대한민국은 순위가 어떻게 될까요? 한 45개국 참가하면 44순위 정도 되려나 ㅋㅋㅋㅋㅋ?]

이 자리의 모두가 알고 있다. 많은 세계인들이 대한민국의 유저들을 비웃고 있었다.

그리고 강태훈 사장은 박민규 팀장과 연락을 취하고 있었다. 박민규 팀장을 아테네:세계전에 관련해 미팅을 보낸 이유는 그가 곧은 사람이었고 '팀장'이란 직급과 다르게 명석한 두뇌를 가졌기 때문이었다. 그 안에서 숨통을 조여오는 다른 국가의 아테네 지부장들과의 싸움에서도 지지 않을 터였다.

강태훈 사장은 때론 그에게 의지하기도 했다. 그의 곧은 신념 덕분이다.

[자네는 이번 전투를 어떻게 보는가? 힘들겠지?]

그리고 곧바로 답변이 왔다.

[힘들겠지만 이겨내야죠. 아직 끝나지 않은 싸움입니다. 아직 좌절할 때가 아닙니다.]

그 말에 강태훈은 피식 웃었다.

그래, 박민규 팀장의 이런 모습이 항상 마음에 들었다.

"아직 전쟁은 끝나지 않았어."

"……그렇죠."

"아직 안 끝났습니다."

그에 운영진들이 작은 미소를 머금었다.

바로 그때였다.

"와아아아아아아아!!"

"식신!!"

"역시 갓식신이다!!"

"우오오오오오오오!"

"응? 근데 왜 싸우다 말고 밥을 먹지?"

"스킬명이 '밥 먹고 합시다'잖아."

회사 전체에서 환호성이 터져 나왔다. 그에 따라 김대식 부장이 심상치 않은 일이 벌어졌음을 직감했다.

그가 서둘러 TV를 틀었다. 그리고 그 자리에 쓰러져 있는 아카스가 있었다.

"아, 아카스?"

놀라운 일은 거기서 끝이 아니었다.

검은 마법사 알리. 그가 하늘 높이 도약해 오르고 있었다.

그가 펼치는 마법이 하늘을 잠식한다. 그리고.

[쿠르르르르르르르르-]

하늘이 우렁찬 소리를 내며 찢어졌다. 찢어진 공간으로 거대한 운석들이 떨어지기 시작한다.

강태훈 사장은 몸을 일으킬 수밖에 없었다. 김대식 부장 역시 마찬가지였다.

개발팀의 이석훈도 믿기지 않는다는 목소리를 내뱉었다.

"메, 메테오……."

"최, 최고의 광역 마법인 메테오를 쓴다고?"

아니, 그것보다도 방금 전까지만 하더라도 알리는 한계에 도달해 있었다.

또한, 메테오는 8클래스 마법 중에서도 최상위권 마법에 분류된다. 알리도 앞으로 1년 반 후에나 깨우칠 수 있는 마법일 것이었다. 그런데, 그가 어떻게 메테오를 사용하는가?

바로 그 순간.

[콰아아아아아아아아아앙-]

수천 병력의 한가운데에 메테오가 떨어져 내려 적들을 집어삼켰다.

15분 전. 떡만둣국을 먹었던 알리.

마법 공격력 40% 상승, MP 보유량 일시적으로 2배 상승.

마법 치명타 확률 300% 상승. 알리의 마법이 훨씬 더 강해지게 할 수 있는 버프들이었다.

그뿐만이 아니었다. 민혁의 사골로 만든 떡만둣국은 알리, 켈베로스가 함께 먹었다. 그들 또한 제각각 자신들에게 걸맞게 버프 능력이 상승했다는 거다. 신의 요리를 만들고 남았던 사골은 특별하게도 '먹은 자'에게 필요로 하는 버프 능력을 올려주었다.

쏴아아아아아-

곧 그들을 보호하고 있던 밥 먹고 합시다 배리어가 해제됐다.

중국 유저 수천 명이 그들을 둘러싸고 있었다. 그 선두에 있는 아카스가 민혁을 향해 걸음을 옮겼다.

'식신 민혁은 대한민국 최고의 랭커. 그를 가볍게 무릎 꿇린다면 내 명성은 세계적으로 크게 상승한다.'

흑룡단이 더 이상 베일 속에 감춰져 살지 않기로 한 상황. 식신 민혁을 잡는다면 자신은 중국의 '영웅'이 될 확률이 높았다.

또한, 자신은 식신 민혁에 대한 분석을 모조리 끝냈다. 그는 절대 자신을 이길 수 없다. 힘, 민첩, 스킬, 그 어떠한 능력도 그는 자신에 비한다면 한낱 애송이에 불과하다.

['밥 먹고 합시다'라는 스킬의 배리어 지속 시간이 끝난 후, 아카스가 식신 민혁 유저에게 다가가고 있습니다.]

[식신 민혁 유저는 분명히 무시할 수 없는 유저인 것이 사실입니다. 그는 아테네:한국전에서 믿기지 않는 무력을 보여준

바 있습니다.]

[하지만 그것은 아테네:한국전에서이지요, 세계에는 저희가 상상도 하지 못할 무수히 많은 강자가 숨어 있습니다.]

[그중에 한 명이 바로 저 아카스입니다. 얼마 전, 엘레 사냥에 관련한 일화로 인해 많은 비난을 샀지만 아카스라는 사내가 중국을 대표하는 지존 중의 지존이라는 사실은 부정할 수 없는 사실입니다.]

[식신 민혁 유저에게는 상당히 위협적인 상황이 온 것입니다.]

[보시는 바와 같이 중국 유저들과 병력, 그리고 먹자교 길드의 이들이 두 사람의 싸움에 관여하지 않고 지켜봅니다.]

[매우 흥미로운 상황에 저희 방송국의 시청률도 발 빠르게 상승하고 있습니다. 하지만 이 뜨거운 반응처럼 식신 민혁 유저가 버텨줄지는 의문입니다.]

그를 포위한 중국 유저들.

"자기 발로 무덤으로 걸어오다니, 완전히 바보 천치구만?"

"아카스 님. 저깟 애송이 한 손으로 충분하지 않습니까?"

"하하하하하하."

"님은 아카스가 식신을 죽이는 데 얼마나 걸릴 거 같습니까?"

"한 2분?"

"저는 1분 40초에 1,000골드 겁니다."

"하하하하하, 오! 저도 1,000골드."

"에이, 그래도 2분은 버티겠죠. 2분에 1,000골드!!"

중국 유저들의 비난과 환호성. 그 중심에 아카스와 민혁이 있었다.

아카스는 작게 심호흡했다. 민혁을 무시하는 다른 유저들과 다르게 아카스는 침착했다. 아무리 자신이 월등히 강하다는 데이터를 가지고 있다고 한들, 식신은 한국의 최강자였다.

"흐읍!"

아카스의 온몸이 팽창했다가 본래의 크기로 돌아왔다. 그의 몸이 마치 거북이 등껍질처럼 꺼끌꺼끌하며 단단해져 있었다.

[거룡의 갑옷]
[거룡의 갑옷을 두르고 이는 동안 물리 방어력이 300% 상승하며 회피율이 150% 증가합니다.]

식신의 스킬은 매우 강했다. 또한, 잠시나마 극의에 오를 수 있다.

'폭주라고 했나?'

그 스킬만 조심하면 된다. 아니, 정확히 말하자면 그가 '폭주'를 사용하기 전에 죽이면 되는 것이다.

아카스가 폭룡권을 준비했다. 과거 반사술사 쉬챠지의 반사 능력을 통해 더욱 강화시켜 엘레를 공격했던 스킬이다.

또한, 폭룡권을 제대로 맞는다면 일시적 스턴 상태에 빠지게 된다. 스턴 상태에 빠졌을 때, 그의 자랑인 '극의의 연속기'를 사용. 단 한 번의 공격도 허용하지 않고 그를 죽일 생각이었다.

그의 오른팔이 부풀어 오르기 시작한다. '폭룡권'의 전조였
다. 그리고 드디어 아카스가 움직였다.

"우호오오오오오!"

"빠르다!!"

"키햐!!"

중국 유저들의 감탄.

[빛의보]

[15m 내의 거리를 단숨에 좁힙니다.]

아테네의 근접 딜러들에게는 민혁의 '바람 같은'과 흡사한
스킬이 다양하게 존재했다. 그중에서 아카스가 익힌 '빛의보'
는 단숨에 15m 거리까지 좁힐 수 있다. 타격 거리 안에만 들
면 강력한 주먹을 먹일 수 있는 아카스에게는 매우 유용한 스
킬이다. 동시에 그를 폭룡권이라는 강력한 힘과 함께한다면
가히 사기적인 힘이 된다.

빛의보를 사용하는 와중에 폭룡권의 시전 시간이 끝났다.
그리고 그 앞에는 민혁이 있었다.

"온몸이 터져 죽겠군."

"아아아아! 이렇게 한 방에 보내면 너무 재미없는데~"

중국 유저들은 앞으로 벌어질 일을 예상했다. 이는 중국 해
설자들도 마찬가지였다.

[식신이 단숨에 거리를 좁히는 아카스에게 한 수를 내줍니다.]

[문제는 그 한 수가 너무 크다는 거지요!]

[식신은 어째서 반응조차 못 하는 걸까요!]

폭룡권의 시전 시간이 완전히 끝난 아카스가 단숨에 그 주먹을 내질렀다. 아니, 정확히는 내지르려고 했다.

"폭……."

"극의(極意)."

민혁이 접근한 아카스를 보며 나지막이 중얼거린다.

"필살검(必殺劍)."

푹-

잠시 정적이 지나갔다. 민혁이 가볍게 휘두른 검에서 빛처럼 빠르게 한 줄기의 검기가 아카스를 훑고 지나갔다.

가장 경악한 것은 아카스였다.

'보, 보이지 않았다? 아니, 그것보다 스킬을 사용하려는 전조도 보이지 않았는데……?'

그는 몰랐지만, 민혁은 오히려 자신이 기다렸다. 그가 접근하기를. 그에게는 1회의 스킬을 시전 시간 없이 사용할 수 있는 '저장'이란 스킬이 있지 않은가.

그리고 아카스를 더 경악하게 만든 알림.

[HP가 60% 미만으로 하락합니다.]

[3초동안 스턴 상태에 빠집니다.]

어마어마한 딜량이다. 자신의 방어력과 체력은 일반 랭커들을 훨씬 상회한다. 한데, 이 정도 피해라니?

더 큰 문제는 여기서 끝나지 않았다는 사실이다.

필살검(必殺劍). 능력과 파괴의 신 에로드를 통해 얻어낸 최강의 스킬이자 완전한 극의(極意)에 오른 검술.

필살검을 사용한 민혁에게 들린 알림.

[필살검(必殺劍)]

[전방 4m 내의 적에게 첫 번째 검기가 100% 확률로 적중하며 700%의 추가 대미지를 입힙니다. 첫 번째 검기에 당한 이에게 연속 7번 타격이 500%의 추가 대미지로 입혀지며 3초간 스턴 상태에 빠지게 합니다.]

[연이어서 쏘아 보내는 검기들의 주변으로 수백여 개의 칼날들이 춤을 추며 적들을 200% 추가 대미지로 유린합니다. 또한, 그치지 않고 직격 시 500%의 추가 대미지로 강력한 폭발을 일으킵니다.]

그렇다. 필살검은 폭주하는 검, 하늘 찢는 검, 폭풍 같은 검의 장점들이 집약된 최고의 단일 공격이기도 하며 다수를 공격하는 스킬이기도 하다.

피피피피피핏-

"크아아아아아아악!"

이어서 첫 번째 공격을 허용해 스턴 상태에 빠진 아카스에게 연속 일곱 번 대미지가 500%의 추가 대미지로 입혀진다.

현재 민혁은 '사골'의 버프 효과로 인해, 스킬 공격력 30%, 치명타 확률 300%가 상승한 상태. 아카스가 이를 견딜 리 무관했다.

풀석-

정적이 지나간다. 단 한 수. 약 4초 정도가 걸렸다.

거기서 그치지 않고 민혁의 검에서 쏟아지는 검기들이 뒤쪽에 밀집되어 있던 병력 수백 명을 단숨에 베어낸다.

피피피피피피피핏-

또한, 검기 주변의 칼날들은 더 많은 적을 베었고 끝내 검기에 직격당하자 폭발한다.

콰콰콰콰콰콰콰콰콰콰쾅!

단숨에 700명의 정도의 유저들이 강제 로그아웃되거나 전투 불능 상태에 빠졌다. 방금 전까지 히히덕거리던 유저들이 침묵에 빠졌다. 중국 해설자들이 꿀 먹은 벙어리가 된다.

민혁은 사실 필살검이 아니라 해도 아카스를 죽일 자신이 있었다. 하나, 굳이 필살검을 사용한 이유는 간단했다. 중국과 흑룡단, 세계인들에게 보여주기 위함이다.

민혁은 먹기 위해 게임을 하지만 이제는 한 길드의 마스터이기도 하다. 그 때문에 그는 길드 마스터로서의 막중한 책임감도 가졌다. 그에 보여준 것이다.

민혁이 말했다.

"별거 아니네?"

한 걸음 다가가자 중국 유저들이 뒷걸음질 친다.

민혁의 눈이 날카롭게 주변을 훑었다.

'다시 부활하나? 역시 못하는 건가.'

민혁은 엘레와의 전투 동영상을 수십 차례 이상 봤다. 덕분에 아눅스라는 자가 흑룡단과 다추안을 다시 되살렸다는 사실을 알았다.

아눅스가 없는 지금, 민혁의 예상처럼 아카스는 살아나지 못하고 있다. 즉, 그는 엘레가 그들이 살아나는 방법을 찾아냈던 것처럼 민혁도 그 사실을 찾아냈다는 것.

민혁이 다시 한 걸음 다가가자 중국 유저들이 다시 뒷걸음질 친다.

"으, ㅇㅇㅇㅇㅇ……."

"괴, 괴물……."

어떠한 유저는 엉덩방아를 찧었다. 닿을 수 없는 강함을 마주해 버리자 겁에 질린 것이다.

민혁이 알리를 돌아봤다.

"전 이만 베르드크로 가보겠습니다. 나머지를 부탁합니다."

민혁은 알리와 길드원들을 믿었다.

알리가 고개를 주억였다.

알리와 길드원들도 그의 요리를 먹은 상황. 그리고 알리는 한계를 일시적으로 넘어섰다.

민혁이 사라지고 알리가 파이어 애로우를 소환했다.

"파이어 애로우로 뭘 하겠다고!"

중국 유저들이 코웃음 쳤다.

하나, 고작 파이어 애로우가 아니었다.

콰아아아아앙-

알리의 파이어 애로우에 직격당한 순간, 어떠한 유저가 한 번에 강제 로그아웃 당했다.

알리의 마법 공격력이 비약적인 상승을 했다. 심지어 치명타 확률 또한 비약적으로 상승했다.

콰콰콰콰콰콰콰콰콰쾅!

MP량도 두 배가 된 상태이다. 쉴 새 없이 마법이 난사되며 중국 유저들 수천을 학살한다.

알리가 하늘 높이 날아올라 최강의 스킬. 메테오를 발현한다.

그리고 크레이지 프리스트 로크. 지프리트의 힘을 이어받은 그 또한 떡만둣국을 먹고 능력이 비약적인 상승을 했다.

그가 알리에게 버프를 걸어줬다.

[지프리트의 영광]
[마법 공격력이 30% 상승합니다.]
[MP 소모량이 20% 감소합니다.]

알리의 메테오가 수천의 중국 유저들 사이에 떨어졌다.

콰아아아아아아아아아앙-

단 한 수에 수백 명의 유저가 죽음을 맞이한다.

또한, 로크의 도끼가 방금 전과 확연히 다른 예기를 발현한다.

그치지 않고 빛의 화신 카이스트라가 펜루스의 등 위에 올라 하늘 높이 날아오른다.

파아아아아아앗-

빛의 화신이 뿜어내는 빛의 브레스가 주변을 초토화시킨다.

콰아아아아아아아아아앙-

고작 10명 남짓의 인원이 수천의 중국 유저들을 학살하기 시작한다. 그들이 중국인 유저들에게 공포를 선사하는 순간이다.

이후 이 일에 대해 중국인들은 이리 말했다고 한다.

"한국인들은 밥심이라던데, 밥심은 정말 무섭더군."

공격 기지 베르드크.

지니를 비롯해 잔존해 있던 병력과 유저들의 안색이 새하얗게 질렸다. 성벽에 금이 가기 시작했기 때문이었다.

[공격 기지 베르드크를 둘러싸고 수백 마리의 보르몬의 수호자들이 공격을 가하고 있습니다.]

[금이 가기 시작했습니다. 심지어 스킬을 난사하며 저지하려던 유저들은 자신들의 공격에 큰 타격을 입히지 못하자 한 번 좌절했고 이어 스킬 쿨타임 시간과 MP의 모든 소진에 두 번 좌절하고 있습니다.]

[성벽이 무너지면 베르드크 안의 이들을 기다리고 있는 것은 3만의 병력과 수백 마리의 보르몬의 수호자들입니다.]

[반면 베르드크 안에는 그 1/10 정도의 병력밖에 남질 않은 상황입니다.]

현재 상황은 매우 참담했다. 성벽은 무너져 가고 베르드크 안에 잔존한 이들은 스킬 사용도 거의 불가능하게 되었다. 또한, 적들의 숫자가 약 10배가량 많으니 눈앞이 캄캄하다.

'하지만 여기서 쉬이 패할 수는 없어.'

지니가 명령을 내렸다.

"잠시 휴식 시간을 가지고 성벽이 무너졌을 때의 전투를 대비한다."

베르드크를 수호할 방법은 더 이상 없었다.

먹자교 길드와 랭커들이 소모된 HP와 MP를 회복시킨다. 하지만 그래 봤자 성벽이 무너졌을 때 고작해야 1/3 정도가 차올랐으리라.

콰아아아아아아앙- 콰자아아아아-

휴식 시간을 가지고 얼마 지나지 않았을 때였다. 작았던 균열이 길게 이어진 거미줄처럼 퍼져가기 시작했다.

모두가 베르드크의 정문 앞으로 집결했다. 성벽이 무너지면 곧바로 적들은 이 앞으로 진격할 것이다.

베르드크 공격 기지는 성벽과 다르게, 내구도가 그리 강한 편이 아니었다. 때문에, 무너지는 것은 시간문제였다. 차라리 정문 앞에서 버티는 것이 훨씬 더 나았다.

"할 수 있을 때까진 해보죠."

지니가 자신의 채찍을 꽉 쥐었다. 칸과 아스갈, 에이스도 고개를 주억였다.

그와 함께 폭음이 울려 퍼졌다.

콰아아아아아아아아앙-

웅장했던 베르드크의 성벽이 무너지고 뿌연 먼지가 주변을 잠식했다.

그 뿌연 먼지 속에서, 베르드크의 이들을 맞이한 것은 돌진하는 카이온 대륙 유저들과 보르몬의 수호자들이었다.

"화살!!"

카라미스의 잔존한 병력이 활시위를 걸고 놓는다.

퓨퓨퓨퓨퓨퓨퓨퓨퓻!

"끄아아아아아악!"

"으, 으아아아아아아악!"

달려오던 유저들이 비명을 토한다.

"마법사들!"

"예!"

MP가 소량 회복된 마법사들이 미리 준비해 두었던 가장 높은 클래스의 마법을 캐스팅.

"파이어 필드!"

"파이어 스톰!"

"파이어 볼!!"

"윈드 스톰!!"

"아이스 레인!!"

"라이트닝 소드!!"

콰콰콰콰콰콰콰콰콰콰쾅!

"끄아아아아악!"

"커헉!"

"크윽!"

곳곳에서 비명이 울려 퍼진다. 하지만 총알이 다 떨어진 군인들처럼, 더 이상 시전할 수 있는 스킬은 없었다.

보통 영화에서 이러한 장면에서 '착검'을 하고 불의의 의지를 불태운다. 그처럼 지니가 자신의 채찍을 꼭 쥐었다. 그리고 달리기 시작했다.

그 뒤를 따라 칸과 에이스, 아스갈이 내달렸다.

콰자아아아아악-

지니의 채찍이 앞에서 달려오던 유저를 후려친다.

"크읍!"

뒤로 날아간 유저의 뒤로 수백 명의 유저가 달려오고 있었다.

MP를 모두 소진했으나, 칸은 격투가였다. 번쩍 뛰어올라 무릎으로 적의 안면을 찍어내자, 그 뒤에 있던 이들의 진영이 우르르 무너져 내린다.

에이스도 마지막 힘을 발현.

"화염 주먹!!"

콰아아아아아아아-

그의 주먹에서 거대한 불길이 뻗어져 나가며 지니를 위협하는 적들을 몰아내고 있었다.

베르드크에 남아 있던 최정예들이 앞으로 나아간다. 평타 공격이라고는 하나, 그들은 대한민국 최고의 랭커들이었다.

퍼퍼퍼퍼퍼퍼퍽-

칸이 발 빠르게 주먹으로 앞에서 몰려오던 적들을 후려친다. 하나, 한 격투가의 스킬에 맞고 뒤로 나가떨어진다.

"크흡!"

나가떨어진 칸을 향해 적들이 몰려든다.

아스갈이 두 개의 이도류로 아름다운 선을 그리며 그들의 앞에 내려서 막아선다.

쐐헤에에에에에엑-

몰려오는 적들이 그녀의 검에 속수무책으로 쓰러져 나간다. 하지만 버티는 것은 오래 가지 못했다.

"윽!!"

"크흑!"

칸과 에이스, 아스갈의 입에서 비명이 쉴 새 없이 터져 나왔다. 그러는 와중에도 그들은 지니를 에워싸고 있었다.

"왜, 왜⋯⋯!!"

"우리 부길마님을 지켜야 하지 않겠어?"

현재 길드 마스터는 민혁이 분명하다. 하지만 지니는 전 레전드 길드의 마스터이고 이들의 수장임은 변함이 없었다. 최소한, 적들에게 수장도 지키지 못했다는 말은 듣고 싶지 않았다. 또한, 그녀는 자신들의 정신적 지주이기도 하였다. 그녀는 오래 살아남아야만 했다.

"꺄아아아아아악!"

지니에게 향하는 마법을 아스갈이 몸을 내던져서 막아내었다. 그녀의 HP가 급감하여 움직임이 힘들어 보였다.

"크흐윽!!"

수백의 적을 앞에서 혼자 막아내던 칸이 결국에 한쪽 무릎을 꿇고 말았다.

그리고 이어지는 적의 치명타 공격! 발차기에 안면을 얻어 맞은 칸이 바닥을 굴렀다.

콰아아아아앙-

에이스. 그가 마지막으로 지니의 앞을 막아섰다.

"정의. 이것이 나의 정의라면 내 목숨 바쳐 이 공주를 지키노라!!"

어디서 본 것인지 모를 애니메이션의 대사를 읊으며 에이스가 당당히 앞을 막아섰다.

콰직-

"크흡!"

하지만 그 당당한 목소리와는 다르게 머지않아 무너지고야 말았다.

한쪽 무릎을 꿇고 흙투성이가 된 지니가 주변을 둘러봤다. 모든 것이 슬로우 모션처럼 지나가는 것 같았다.

적들이 아군들을 베어내고 전진한다. 남은 아군은 이제 끽해야 100명 남짓. 그들이 지니의 주변으로 모여들어 지키려 한다.

'인생 헛살지는 않았어.'

빙그레 웃음 지은 지니가 마지막으로 자신의 채찍을 꽉 쥔다. 그리고 힘껏 휘두르며 앞으로 나아간다.

그리고 끝내.

콰직-

오른쪽 가슴이 꿰뚫리며 적의 검을 손으로 잡아챘다.

"하아……."

그녀가 작은 한숨을 내쉬었다. 강제 로그아웃이 코앞으로 다가온다.

"지니다!!"

"베르드크의 수장 지니를 잡았다!"

"이, 이거 왜 안 빠져?"

검을 쥔 유저가 빼려 했지만 빠지지 않았다. 하지만 이미 수백 명의 유저가 그녀의 앞으로 다가오고 있었다.

그녀가 씁쓸한 미소를 머금었다.

"모두 고마워."

지니는 오늘 자신의 주변에는 자신을 아껴주고 지켜주려는 이들이 많다는 사실을 알았다. 이는 어쩌면 '승리'보다도 더 값진 것일지도 몰랐다.

그런데, 바로 그때.

"이기어검."

촤촤촤촤촤촤촤촤촤촤촥!

하나의 검이 빛처럼 허공을 날며 앞으로 몰려오는 적을 모두 쓸어내기 시작했다.

흙먼지 속에서 하늘 위에 날아올라 있는 누군가 있었다. 그는 용의 비늘을 두른 듯한 갑옷을 입고 있었다. 또한, 날개뼈 죽지에서 용의 날개와 같은 것이 활짝 펼쳐져 있었다.

중국의 게임 방송국 중 최정상을 달리는 TBC 방송국. 그곳에서 PD 호웨이가 호탕스러운 웃음을 터뜨렸다.

"크하하하하하, ×신 같은 대한민국놈들 처절하구나!!"

자욱한 흙먼지 속에서 대한민국 유저들이 처절한 전투를 벌이고 있었다. 하나, 제깟 것들이 몰려오는 중국 유저들과 보르몬의 수호자를 상대로 무엇을 하겠는가? 그들은 처절하게 투항하였지만 결국에는 하나둘 쓰러지기 시작했다. 완전한 압승이었다.

물론, 아틀라스의 상황은 달랐다. 검은 마법사 알리와 로크, 카이스트라 등등으로 구축된 이들이 민혁의 요리를 먹은 후로 말 그대로 날아다니며 중국 유저들을 학살하고 있었다. 벌써 그들이 사냥한 숫자가 중국 유저 4천 명. 중국의 치욕이었다.

하나, 베르드크는 달랐다. 베르드크에선 중국이 한국 유저들을 짓밟고 있었다.

'어디 미개한 한국인들 따위가…….'

또한, 시청률은 어떠한가? 중국 최고의 방송국이니만큼 벌써 시청률은 약 38%를 갱신했다. 특히나, 한국 유저들이 쓸려 나가는 대목에서 가파르게 상승했다는 거다.

"이제 지니만 죽이면……."

마지막까지 투쟁하던 지니가 쓰러지고 수백여 명의 유저들이 몰려들었다.

호웨이의 손에 땀이 쥐어진다. 그녀의 목만 치면 사실상 베르드크 탈환은 끝이다.

바로 그때였다.

"P, PD님!"

"지금 중요한 장면인 거 안 보여?"

권위적이고 다혈질적인 PD인 호웨이가 미간을 찌푸렸다. 그런데 곳곳에서 사람들이 그를 불렀다.

"호 PD님!!"

"호 PD님! 보셔야 할 것 같습니다!!"

"……?"

"4번 카메라!! 4번 카메라입니다!!"

그에 따라 호웨이가 시선을 틀었다. 4번 카메라, 6번 카메라, 8번 카메라 등 여러 대의 카메라가 다각도로 무언가를 비추고 있었다.

그것은 빛처럼 빠르게 검은 날개를 펼치고 하늘에서 밑으로 하강하는 한 사내였다.

"뭐, 뭐야, 저 사내는……?"

거대한 검은 날개, 검은색의 검. 그리고 온몸이 검은 비늘에 뒤덮여 마치 아이언맨의 슈트를 입은 듯하다.

그러한 자가 아비규환 속으로 빛처럼 떨어져 내렸다.

호웨이는 9번과 10번 카메라에 집중했다. 9번 카메라와 10번 카메라는 현재 베르드크 안의 상황을 비춘다.

갑자기 등장한 사내가 검을 쏘아 보냈다.

이기어검. 무협지에서 등장하는 최고의 경지에 오른 자만이 사용할 수 있다는 검! 그러한 이기어검이 발현되며 지니를 공격하던 수백 명의 유저를 물러낸다.

한데, 거기서 끝이 아니었다.

"호, 호웨이 PD님."

"하늘이…… 하늘이 이상합니다……."

"하늘이 이상하다고?"

공교롭게도 현재 시청률은 최고치를 향해 가고 있었다.

"시, 시청률 45% 돌파!!"

"시청률 46% 돌파!!"

현재 중국의 TV 시청자 중 반절 이상이 보고 있다는 뜻이다.

호웨이의 시선이 하늘을 비추는 카메라로 돌아갔다.

"도, 도대체 저게 뭐야? 까마귀 떼?"

하늘 위를 정체 모를 까마귀 같은 새들이 점령한 채 배회하고 있었다.

그리고 바로 그때.

"시청률 50% 돌파합니다!!"

중국인들은 마지막 지니의 목을 치는 장면을 보려고 했을 터. 하지만 정작, 그 시청률 50%의 중심은 갑자기 나타난 모든 것이 검은 사내였다.

중국 마법사가 시야를 가리는 흙먼지를 '윈드' 마법을 사용해서 걷어냈다. 그리고 드러난 모습. 모든 카메라가 순간 그 사내를 클로즈업한다.

클로즈업된 사내의 앞으로 몰려들던 300명이 넘던 유저들이 이기어검과 거대한 검은 화염에 당한 채 로그아웃 당해 있었다.

호웨이가 경악했다.

'저자는 누구지……?'

호웨이를 비롯해 지금 이 시간 50%가 넘는 시청률. 그 장본인들의 시청자들이 그 사내를 주시하며 숨을 참고 있을 지경이었다.

그리고 그 사내가 입을 열었다.

[크크크크큭…….]

그 음침하고 어두운 웃음소리! 그에 호웨이는 잠깐 그에게 빠져들고야 말았다.

'머, 멋지다……?'

호웨이. 그는 멋을 참으로 좋아하는 사내였다. 때문에 그 순간, 그의 중2병적인 웃음소리에 그는 자신도 모르게 빠져들고 있었다.

[아아아아, 나의 이 용의 눈물 검에 적들이 모두 눈물을 쏟으며 죽고야 말았구나.]

'요, 용의 눈물 검이라니? 세상에 저렇게 아름다운 이름의 아티팩트가 존재할 수 있는 건가……?'
호웨이가 빠져든다.

[그리고 뜨거운 나의 심장은 어찌할꼬? 아아아아, 내 앞의 적들은 수만이라는 강군의 숫자이나 나의 이 가슴은 불꽃처럼 뜨겁게 타오르고 있구나.]

사내가 앞으로 터벅터벅 걸어갔다.
중국인 유저들의 표정이 '똥 씹은' 표정이 되었다. 유치한 대사에 치가 떨리는 표정!
하지만 그와 다르게 호웨이는 감탄한다.
모니터 속 사내. 그가 말한다.

[수만의 적들 앞에 나의 잠들어 있던 그자들을 깨워야겠어.]

그가 하늘 높이 양팔을 들어 올렸다.

그리고 그 순간.

[키헤에에에에에에에엑!]
[캬하아아아아아아아악!]
[키히이이이에에!]

하늘을 뒤덮었던 검은 까마귀 떼! 아니, 그렇게 생각하고 있던 존재들이 빠르게 하강하기 시작하였다.

그리고 카메라가 어느덧 그들을 확인할 수 있는 위치까지 도달한다.

클로즈업된 그들은 용의 날개를 가졌지만 이족 보행이었다. 또한, 피부는 용의 비늘로 이루어져 있었으며 화려한 검과 창과 같은 무기들을 들고 있다.

그들의 숫자 약 4천.

그들이 일제히 사내의 앞에 내려앉아 한쪽 무릎을 꿇고 도열하며 외친다.

[위대한 자이시여! 명령을 내려주시옵소서!!!]
[위대한 자이시여! 명령을 내려주시옵소서!!!]

수천의 정체 모를 자들의 목소리가 전장을 지배한다.

그 앞에선 사내가 '용의 눈물 검'을 하늘 높이 들어 올리며 외쳤다.

[피 끓는 나의 전우들이여, 우리의 구호로 세상을 뜨겁게 하라!!]
[내 오른손이 미쳐 날뛴다!!]
[내 오른손이 미쳐 날뛴다!!]

그 순간 호웨이가 전율한다.
'머, 멋있어……!'

[명령한다.]

정체 모를 사내가 차가운 시선으로 몰려오는 적들을 바라
봤다.

[멸하라.]

호웨이는 전율했다. 검은 가면 속에 숨어 보이지 않는 그의
얼굴이었으나 차갑기 그지없으리라.
그 순간, 수천의 병력이 일제히 '예!'라는 대답과 함께 자리에
서 일어났다.
"요, 용족이라니……."
"용족? 아직 세상에 드러나지 않은 종이잖아?"
아테네에는 무수히도 많은 종족이 존재한다. 대표적으로
엘프, 드워프, 그리고 인간이었다. 그 외에도 무수히 많은 종

족이 존재한다. 하지만 용족. 그들의 등장 자체는 생소한 것이었다. 심지어 누가 보아도 등장한 자는 그들의 왕이었다.

왕의 명령에 따라 기사들이 움직였다.

쐐헤에에에에에엑-!

마치 한 마리의 제비처럼 날아간 용족 한 마리가 창을 들고 적들의 사이를 누빈다.

[크허어어어어억!]
[끄아아아아아악!]

적들의 몸이 관통되며 비명이 퍼져 나온다.

그를 시작으로, 수백 마리의 활을 든 용족 수백 마리가 하늘 위로 날아오른다. 그들의 손에 들린 활. 활시위를 당기고 놓는 순간.

콰콰콰콰콰콰콰콰콰콱!

그것은 화살이 아니라, 창과 가까웠다. 적들에게 직격하는 순간, '박힌다'의 개념이 아닌, '꿰뚫린다'의 새로운 개념을 선사하고 있었다.

[커헉!]
[미, 미친……! 공격력이 너무 높잖아!]

유저들이 속수무책으로 쓸려 나가고 있었다.

수만의 대군 앞에, 수천의 용족이 길을 뚫고 나아가기 시작했다.

심지어 용족들은 공중전을 자유롭게 할 수 있는 자들이었다. 용족 수십 마리가 한 마리의 보르몬의 수호자의 곁으로 달려들어 숨통을 끊어놓는다.

그들의 추정 레벨 450~500 사이였다.

일반 용족들과 다르게 검은 풀 플레이트 아머를 두른 용족들은 더욱더 빠르고 강했으며 노련하게 병력을 통솔하고 있었다.

그때.

"호 PD님!"

다급한 방송국 직원의 목소리에 정신을 놓고 있던 호웨이가 정신을 차리고 고개를 틀었다. 그곳에서 사내가 먹자교 길드원들에게 무언가를 나눠주고 있었다.

그것은 바로 '떡만둣국'이었다.

대한민국의 해설자들.

그들이 흥분을 감추지 못하고 소리쳤다.

[아아아, 절체절명의 순간 흑염룡이 등장합니다!!]

[흑염룡. 그가 왕이 되어 돌아왔습니다. 막강한 용족 전사들이 카이온 대륙 유저들과 보르몬의 수호자들을 압도하고 있습니다.]

지금 이 순간. 모든 국민이 전율하고 있었다. 그의 중2병스러운 대사? 그마저도 진심으로 멋져 보일 지경이었다.

잠시 먹자교 길드원들에게 무언가를 건네고 몸을 돌린 흑염룡. 그가 걸음을 옮겼다. 그가 걸음을 옮기는 그 앞을 용족들이 쓸어버리고 있었다.

진정한 왕. 왕을 위한 기사들 같은 모습이었다.

그리고 흑염룡. 그가 진짜 출격을 시작한다.

[키헤에에에에에에엑!]
[캬하아아아아아아악!]
[크라아아아아아아악!]
[키햐아아아아아아악!]

네 마리의 전설의 용. 그들이 이전과는 확연히 다른 모습으로 나타났다. 본래 비늘의 피부였던 그들이 화려한 갑옷을 무장하고 있었다. 그들의 입 주변으로 나 있던 수염은 더욱더 길어졌으며 뿔은 더욱더 높고 견고해졌다.

흑염룡이 번쩍 날아올라 데스티니의 위에 올라섰다. 데스티니의 입에서 뿜어져 나간 브레스가 순식간에 200의 유저들을 멸한다. 그리고 다른 세 마리의 용들이 그를 호위하며 나아가고 있었다.

흑염룡이 활짝 날개를 펼치며 날아오른다. 그리고 '용의 눈물 검'을 들고 직선으로 날아가며 거대한 오우거의 몸을 그대로 관통한다.

콰지이이익- 쿠우우우우우웅!

그 단단했던 피부의 보르몬의 수호자가 단 한 수에 쓰러진다. 그리고 그 시체를 밟고 위에 선 채 피 묻은 검은 검을 하늘 높이 들어 올린다.

세계의 각국에서 해설을 시작한다.

[대한민국의 흑염룡이 그 단단한 오우거를 한 수에 쓰러뜨리고 시체를 밟고 올라섰습니다.]

[그를 선두로 수천 마리의 용족이 나아갑니다!]

[언빌리버블!! 흑염룡이 전쟁의 판도를 바꿔놓습니다!!]

[지금 새로운 종족의 왕이 세상에 탄생했습니다.]

[그 앞에 수만의 카이온 대륙 유저들이 두려워하며 밀려나고 있습니다.]

[아직 대한민국에 희망이 남아 있는 것입니다!]

그는 지금 온 세계의 스포트라이트를 한 몸에 받고 있었다

그리고 흑염룡의 등장과 함께 전쟁의 판도가 다소 바뀌었다. 절망밖에 없었던 베르드크의 잔존했던 유저들에게 한 줄기 희망이 생긴 것이다.

흑염룡은 '잊혀진 용들의 땅'에서 브로크의 인정을 받게 되었다. 더 나아가 추가적인 퀘스트를 진행함으로써 '용군주'의

추가적인 힘을 일구어냈다. 그것이 바로 4대 전설의 용들의 강화와 4천 군대의 통솔권이었다.

또한, 그는 이곳에 오기 전, 민혁과 접촉했으며 그에게 떡만둣국을 받아 이곳으로 왔다. 그렇게 헤어진 민혁은 곧바로 대한 수호 기지로 향했으며 흑염룡은 이곳에 당도한 것이다.

하나, 카이온 대륙 유저들이 밀리기만 하는 것은 아니었다. 일단은 그들의 숫자가 훨씬 우세한 편.

"작살!!"

쉬챠지의 명령에 따라 유저들이 쏘아낸 작살들이 하늘 위를 배회하는 용족들의 몸을 꿰뚫는다.

그리고 공격을 적중당한 그들을 유저들이 힘을 합쳐 끌어내린다.

"키헤에에에에엑!"

작살에 박힌 채 땅에서 몸부림치는 그들을 유저들이 함께 공격하여 사냥해 내고 있었다.

또한, 용족들의 추정 레벨은 약 450~500레벨 사이였다. 대한민국 랭커들이 쉬이 생채기를 입히지 못했던 보르몬의 수호자들을 상대하기 위해선 수십 마리의 용족이 붙어야 했다.

가뜩이나 그들의 숫자는 현저히 적은 편이었다.

콰자악-

쉬챠지가 자신에게 날아오는 화살을 반사시켜 용족 한 마리를 떨어뜨려 낸다.

"풀 플레이트 아머를 입은 용족들을 집중 공격하세요. 또한,

보르몬의 수호자들을 공격하는 용족들은 그들과 싸우는 것만으로도 힘에 부칠 테니, 그때 공격하면 됩니다."

쉬챠지는 침착함을 잃지 않았다. 용족들이 강하다고는 하나, 수적 열세가 너무도 큰 바 있다. 또한, 그래 봤자 그들은 중국 랭커들을 상대할 무력을 갖춘 게 아니다. 거기에 막강한 방어력을 갖춘 보르몬의 수호자들까지.

잠깐 주춤하였으나 카이온 대륙 유저들이 다시 밀고 들어가기 시작했다.

'어차피 승리할 전쟁이다, 단지 조금 힘들어졌을 뿐.'

쉬챠지가 비릿하게 웃음 지었다.

중국 랭커들이 발 빠르게 용족들을 학살하며 나아간다. 반면, 적들은 이렇다 할 랭커들이 없는 상황이었다.

그러던 중, 그녀는 의아한 표정을 지을 수밖에 없었다.

'……뭐야? 지니를 비롯해 먹자교 길드원들은 어딜 간 거지?'

그녀가 의아한 표정을 지을 때였다. 갑자기 하늘 높이 뛰어오르는 사내가 한 명 있었다. 그는 바로 칸이었다.

칸이 하늘 높이 날아오르자 쉬챠지가 비웃었다.

'방금 전까지 죽어 나가던 놈이 기고만장하구나.'

흑염룡이 아니었다면 그는 죽음을 면치 못했을 터. 어딘가에 숨어서 회복한 후에 다시 나타난 듯 보였다.

한데, 곧 놀라운 일이 벌어졌다. 칸의 온몸이 황금빛에 휩싸였다. 그리고 그의 머리가 땅을 향하며 다리가 적들을 향한다.

[거인의 연속 발차기]

그의 발이 거대해지며 내려쳐지는데, 곧이어 그 발차기가 수십 개가 되어 폭격처럼 떨어진다.

콰콰콰콰콰콰콰콰쾅-!

단숨에 칠십여 명이 넘는 유저들이 사라졌다.

그치지 않고, 칸이 땅을 박차고 앞을 막고 있는 오우거에게 정권을 찌른다.

콰아아아아아아앙-

그 정권에 단단한 피부를 가진 오우거의 가슴이 패이며 죽음을 맞이했다.

쉬챠지. 그녀는 믿기지 않는다는 표정이었다.

'도, 도대체 어떻게……?'

조금 전까지만 해도 죽어 나가던 그였다. 심지어 방금 전, 그 공격.

'기본 공격……?'

기본 공격처럼 보였다. 그저 휘두르는 주먹 말이다.

'아니, 기본 공격은 아니야. 정권 찌르기 같은 스킬이 분명해.'

하지만 곧이어 놀라운 일이 벌어졌다.

콰자악- 콰직! 콰아아아아아앙!

모든 유저들이 칸의 주먹 한 번에 나가떨어지기 시작했다.

칸이 유저들 사이에 파고들어, 현란한 발차기를 선보인다.

콰자악-

힘껏 날아올라 뒤돌려차기로 안면을 후려치자, 한 유저가 단숨에 로그아웃 당한다.

그리고 그중에 한 명으론 '무인' 류원이 있었다.

류원은 이곳에서 칸에게 커다란 치욕을 겪게 했다. 하나, 그는 그가 많은 숫자의 유저들과 함께 와서이기 때문.

물론 지금도 상황이 똑같다. 카이온 대륙 유저들이 월등히 많은 상황. 심지어 칸은 적들의 한복판에 들어와 있다는 사실이었다.

"가소롭군요."

류원이 부드러운 움직임으로 뻗어오는 그의 주먹을 방어하기 위해 팔을 교차시켰다.

그리고 그 순간.

우두두둑-

"아……?"

분명 어떠한 스킬도 쓰지 않았는데, 류원의 교차한 팔이 우두둑 소리를 내며 안면을 후려쳤다.

연이어서. 칸이 번쩍 날아오른다.

"감히……!"

류원은 그가 스킬을 사용할 거라고 생각했다. 그에 자신도 스킬도 발 빠르게 맞대응하려는 그때.

콰자악-

또 한 번 칸의 발이 그의 턱을 가격한다.

"커허억!"

[HP가 50% 미만으로 하락합니다.]

"이, 이 무슨……!"

류원이 경악했다. 그는 도대체 어떤 스킬을 쓰고 있는 것인가?

그러한 의문을 품을 때, 어느덧 그의 안쪽으로 깊숙이 파고든 칸이 힘껏 발을 올려쳤다.

[거인의 올려치기]

콰아아앙!

"크아아아아아악!"

하늘 높이 날아오른 류원이 비명을 내지른다. 그리고 자신의 시야를 덮는 검은 화면을 볼 수 있었다.

중국의 최고 랭커 중 하나인 류원이 몇 번의 공격에 허무하게 죽음을 맞이한 것이다.

갑자기 강해진 칸의 비밀.

[남아 있는 특별한 사골을 이용한 떡만둣국을 드셨습니다.]
[HP가 1.5배, MP 1.5배가 증가합니다.]
[스킬 쿨타임 시간이 40% 감소합니다.]
[현재 배우고 있는 '거인술'을 더 뛰어나게 발휘할 수 있게 됩니다.]
[물리 공격력이 60% 상승합니다.]

[스킬 공격력이 30% 상승합니다.]

[치명타 확률이 300% 상승합니다.]

[치명타 공격력이 300% 상승합니다.]

[회피율이 300% 상승합니다.]

[경험치 획득률이 300% 증가합니다.]

[보유하고 계신 모든 스킬들이 평소보다도 훨씬 더 비약적인 힘을 발휘할 것입니다.]

[버프 유지 기간은 3일입니다.]

칸의 경우 알리와 다르게 물리 공격력에 버프가 집중되었다. 520레벨의 칸의 물리 공격력이 60% 상승한다는 것은 기본 공격력만큼은 레벨 800에 가깝다는 이야기였다.

칸은 주변을 배회하며 랭커들을 학살하기 시작했다.

[칸 유저가 중국 유저들을 사냥하기 시작합니다.]

[올바른 전략입니다. 중국 랭커들을 꺾어낸다면 용족들의 피해도 최소한으로 줄일 수 있습니다.]

[에이스와 아스갈 또한 막강해졌습니다. 그 두 사람이 보르몬의 수호자들을 집중 공격. 아! 놀랍습니다. 에이스와 아스갈 또한 보르몬의 수호자들을 단 한 수에 사냥하고 있습니다.]

[도대체 이게 어떻게 된 일일까요?]

그것은 쉬챠지가 묻고 싶은 말이었다.

'랭커들이 죽으면 용족들을 견제하고 통솔할 자들이 사라져 난국에 빠진다…….'

쉬챠지가 다급함을 느꼈다.

쐐에에에에에엑-

막 움직이려는 그때, 거대한 채찍이 내려쳐졌다.

그녀는 이 채찍의 주인이 누구인지 짐작했다. 바로 '지니'였다.

쉬챠지가 비웃었다.

'감히 지니 따위가…….'

지니는 전 레전드 길드의 수장. 하나, 그녀의 무력 수준은 레전드 길드에서 하위권에 속한다. 그런 그녀 따위가 감히 극의를 익힌 자신을 어찌할 수 없을 터.

쉬챠지가 극의의 반사술을 사용하자 그녀의 앞으로 거대한 거울이 나타났다.

지니의 채찍에서 시뻘건 용암이 튀고 있었다. 하나, 반사된다면 오히려 그것은 쉬챠지의 무기로 다가올 터.

곧 거울과 채찍이 충돌했다.

콰자자악-

쉬챠지가 잠시 고개를 갸웃했다. 빨려 들어가는 소리가 아니었기 때문이다.

그리고 곧이어.

와장창창-

거울이 깨지는 소리가 났다.

[공격 반사에 실패합니다.]

[반사할 수 없는 스킬입니다.]

끔찍한 알림과 함께, 지니의 채찍이 쉬챠지를 힘껏 내리찍는다.

콰아아아아아아아아아앙-

반경 30m를 뒤덮는 폭발에서 용암이 꿀럭꿀럭 튀어나오며 주변을 잠식한다.

그리고 그 폭발이 걷혔을 때, HP가 5%만이 남은 쉬챠지의 모습은 참으로 끔찍하게도 온몸이 녹아내리고 있었다.

비틀거리는 쉬챠지가 놀란 토끼 눈으로 묻는다.

"어, 어떻게……?"

지니는 대답하지 않고 채찍을 휘둘렀다.

촤아아아아아-

그렇게 쉬챠지의 HP가 0이 되며 땅으로 허물어진 후 입을 연 지니.

"밥심이다, ×년아!"

곧 세계 언론이 들끓기 시작했다. 각국에서 쉴 새 없이 인터넷 기사와 속보가 이어진다.

[절망에 빠졌던 아틀라스. 기적적으로 등장한 식신 민혁 유저. 그가 건넨 요리와 함께 부활하다.]

[검은 마법사 알리. 민혁의 요리와 함께 새로운 전설을 써 내려가다.]

[로크. 개 조련사로 전직? 반려견(?)과 뛰어난 호흡으로 전 세계를 경악시키다.]

[아틀라스. 모든 적을 전멸시키고 하늘 위로 날아오르다. 이제까지 아틀라스를 띄우지 못했던 이유는 아마도 '적이 영지 내에 있을 시'라는 페널티 때문으로 보여진다.]

[무너진 공격 기지 베르드크. 그리고 흑염룡과 새로운 종족인 '용족'의 화려한 등장.]

[대한민국 격투가 칸. 나비처럼 날아올라 벌처럼 쏘다. 그의 주먹에 무수히도 많은 랭커들이 강제 로그아웃.]

[전 레전드 길드의 마스터 지니. 누가 그녀를 그 이름으로 기억하는가? 채찍의 여전사 지니. 그것이 바로 그녀다.]

[지니가 흑룡단의 쉬차지에게 날린 멋진 한 마디. '밥심이다. ×년아'.]

[대한민국의 선전에 모든 세계가 경악하고 있어.]

[흑염룡의 유행어. 내 오른팔이 미쳐 날뛴다. 전 세계적으로 급속도로 확산. 내 필력이 미쳐 날뛴다.]

[세계 아테네 랭킹 3위국이라 불리는 중국의 총공격에서 견뎌낸 대한민국. 행보는 어디까지?]

[환호하는 대한민국 국민들, 태극기 들고 광화문 광장을 달리는 대학생들.]

[기쁨도 잠시 대한 수호 기지 함락 위기.]

[대한 수호 기지란?

대한민국의 랭커들과 여러 개의 길드가 힘을 합쳐 구축한 곳으로써 대한민국 병력 약 1만 5천이 배치되어 있는 곳이다. 하나, 현재 카이온 대륙은 7만의 강군으로 공격을 가하고 있으며 대부분의 기지가 파괴되어 밀리고 있다.

대한 수호 기지의 대표적인 랭커들로는 아르테온 길드의 마스터 알리샤. 검의 황제 카르, 정보꾼 아벨, 라면 소년 코니르, 베스트셀러 작가 아르벨, 테리우스 머리의 창술사 밴 등이 있다.]

[대한 수호 기지는 가장 많은 병력이 밀집되어 있다. 대한 수호 기지를 탈환 당할 시 대한민국의 패배는 기정사실.]

[다시 사라진 식신 민혁 유저. 그는 어디에?]

알리샤는 번뇌의 마법사에서 번뇌의 기사로 전직했다.

그녀의 검이 하늘 높이 치켜들어진다.

"천둥검!"

콰자자자자자작.

대한 수호 기지의 성벽 위에 선 그녀의 검이 힘껏 내려쳐지는 순간, 거대한 번개의 검이 10m 길이로 길어지며 앞쪽의 적을 쓸어냈다.

하지만 이번이 끝이다.

'더 이상 MP가 없어.'

그리고 지칠 대로 지쳤다.

[스태미나가 한계치에 도달했습니다.]

[모든 스텟 20%가 감소하며 쿨타임 시간이 길어집니다.]

바로 그때.

쐐에에에에에엑-

하늘에서 내리는 화살의 비가 성벽으로 쏟아져 내려온다. 알리샤는 마치 피할 새도 없었다.

그때, 한 여인이 몸을 날려 모든 화살을 맞았다.

푸푸푸푸푸푸푹!

"니켈!!"

니켈은 아르테온 길드의 랭커로 마법사 유저였다.

화살의 비를 맞고 쓰러지는 길드원에 알리샤의 입술이 질끈 깨물어졌다.

그녀는 요즘 새로운 꿈을 품고 있었다. 민혁에 의해 게임은 '재밌으면 되는 거다'를 자각했던 그녀는 자신이 원하는 대로 재밌게 플레이해 왔다.

그러던 중 자신이 게임을 즐거워하는 이유를 알게 되었다. 바로 '길드원'들 덕분이었다.

알리샤는 고아였다. 어린 시절부터 살아남기 위해 해선 안 될 짓을 제외하고 어떤 짓이라도 했다. 그렇게 살아온 자신에게 작은 안식처가 된 것이 가상현실게임이었다. 그러한 인생을 살았던 그녀는 저절로 '번뇌의 마녀 알리샤'라고 불리게 된 것이다.

하나, 차가운 여성 알리샤는 이 게임에서만큼은 길드원들과 웃고 떠들었다.

그에 알았다. 나는 내 길드원들이 너무도 좋다. 마치 가족 같았다. 조금 전 자신을 대신해 쓰러진 니켈처럼.

"니켈……."

가상현실게임이라고 하나, 자신을 위해서 희생하였다.

알리샤가 품은 꿈. 그것은 '최고의 길드의 꿈'이었다.

하나, 지금은 불가능함을 알았다.

아르테온은 4대 길드 중 현재 가장 하락세를 보이고 있는 길드. 이제는 그 4대 길드의 이름을 내놓아야 할지도 모른다.

그녀는 생각했다.

'최고가 되기 위해…….'

누군가의 편이 되어야 할지도 모르겠다고. 그리고 그 누군가는 자신이 지금 생각하는 그였다.

'민혁 님은 언제 오시는 거지?'

물론 그녀는 아직 갈등 중이다. 최고가 되기 위해 아르테온은 '먹자교 길드 소속'이 되는가에 대한 갈등 말이다.

그때, 절망적인 동맹 채팅이 떠올랐다.

[카르: 바이나크 기지를 함락당했다. 지금 살아남은 인원들이 그쪽으로 향하는 중이다. 엄호를 부탁한다.]

대한 수호 기지는 총 여섯 개의 기지가 육각형의 형태로 구축된 기지였다. 각 기지가 맡은 바의 역할을 해왔다. 방어, 공격, 수송. 지원.

하나, 방어 기지인 바이나크 기지가 무너짐에 따라 적들은 더욱더 개떼처럼 몰려들 터.

처음 1만 3천의 대군이 어느덧 4천밖에 남지 않은 상황이다. 그리고 알리샤가 바이나크 기지에서 생존한 병력 400명이 달리는 것을 볼 수 있었다.

"발사!!"

콰콰콰콰콰콰콰콰콰쾅!

그들을 엄호하며 마지막 힘을 짜낸다. 그들이 무사히 기지 안으로 들어왔을 때, 다급히 문이 닫혔다.

쿠우우우우웅-

"하아하아."

성벽 위로 도달한 카르도, 알리샤도 거친 숨을 헐떡였다. 그리고 성벽을 타고 올라온 루시아가 피를 토해냈다.

"쿨럭."

모두가 지칠 대로 지친 상황이다.

적의 잔존한 숫자는 약 5만에 이른다. 본래 7만이었다는 것을 생각하면 상당히 선전했다.

이는 바로 한 여인 덕분이었다. 정체 모를 가면을 쓰고 있는 여인! 사람들은 그녀를 이렇게 부른다.

"빵셔틀 님! 버프 좀요!"

"엠피 오링요!!"

"……."

"……저 사람 민혁 님 빵셔틀이랬죠?"

"그, 그렇지?"

빵셔틀. 그녀가 누군지는 몰랐지만 위대한 빵셔틀이었다.

누구보다 빠르게, 남들과는 다르게 버프와 힐을 빵셔틀처럼 나른다!

물론 그녀로만 인해서 2만의 대군을 물리쳤던 건 아니다. 성벽 위로 한 마족 사내가 섰다.

"모두 주목!!"

사내의 목소리에 마나가 실려 주변을 쩌렁쩌렁 울린다.

바로 베스트셀러 작가 아르벨이었다. 그리고 놀라운 일이 벌어졌다.

[대작가의 목소리가 사람들을 집중시킵니다.]

앞으로 몰려들던 수천의 적들이 순간 그에게 어그로가 끌렸다는 것.

그는 얼마 전, 베스트셀러 작가라는 '전설적' 존재로 한층 성장했다. NPC들도 알림의 개념이 있으며 새로운 직업군의 '성장'도 존재하는 법. 심지어 아르벨의 경우 전투 스텟과 스킬이 사라진 것도 아니었다. 즉, 부가적인 효과.

"왕자님은 왜 오늘 밤 외출했는가의 끝나지 않은 이야기. 왕자님은 황제가 보낸 기사단을 쓰러뜨리고 그녀와 함께 머나먼 곳으로 도망을 쳤다네, 바다가 있는 먼 곳. 그 바다의 해안가에서 지는 노을을 바라보며 영원한 사랑을 맹세한 두 사람은 작은 천을 모래 위에 펼치고 끈적끈적!"

"아아아아아아!!"

"구, 궁금해!! 끈적끈적이라니? 그들의 땀이 끈적거린다는 것이요?"

그에 아르벨이 한 손을 척하고 들어 올리자 궁금증에 성난 군중들이 침묵한다.

"한데, 왕자님이 일어났을 때. 벤자민은 '당신은 절 위해서 모든 걸 버리시면 안 됩니다'라는 편지를 두고 사라졌지. 그리고 그때. 황궁에서 황제는 벤자민에 대해 조사하게 된다네. 그리고 엄청난 사실을 알게 된다네. 바로 그녀가……!"

"그, 그녀가?"

"그녀가!!"

"그, 그녀어어어어어?"

"그녀가?"

심지어 바닥에 쓰러져 피를 토하던 루시아도 홱 하고 고개를 틀어 마른침을 꿀꺽하고 삼키며 집중하기에 이르렀다.

"첩으로 삼았던 자의 버려진 딸아이였다는 것!!"

그에 성벽 밑에서 공격을 가하던 적군들이 혼란에 빠졌다.

"으, 으아아아아악!"

누군가가 머리를 움켜쥐고 소리를 질렀다. 그리고 누군가는 심장을 부여잡았다.

"커헉! 아침 드라마 스토리 꿀잼!!"

"다, 다음 내용. 그래서 어떻게 됐는데?"

"으, 으아아아악. 궁금해!!"

그때, 아르벨이 슬그머니 병사들에게 손짓한다.

지금 아르벨에겐 이러한 알림이 들려왔다.

[적들이 소설 내용에 현혹됩니다.]

[현혹된 적들이 당신에게 집중하며 무방비 상태에 빠집니다.]

[물리 방어력 및 마법 방어력 40%가 하락합니다.]

그 손짓에 난간 뒤에 웅크리고 있던 수천의 병사들이 마법과 화살, 돌을 준비한다.

아르벨은 자신의 팬들이 된 그들을 보며 말했다.

"지금 '왕자님은 왜 오늘 밤 외출했는가'를 구매하면 50% 할인해서 정가 1만 원짜리를 2만 원에 판다네!!"

"왜 가격이 오르는 건데!"

"끄아아아악!"

"작가님, 내용 스포 좀요!!"

"제발!"

무방비 상태가 된 적군들을 집어삼킨 것은 화살과 돌, 마법들이었다.

콰콰콰콰콰콰콰콰콰콰쾅- 퓨퓨퓨퓨퓨퓨퓨퓨퓨풋.

그리고 아르벨이 힘껏 창을 휘둘렀다.

"닥쳐라, 스포는 없다! 마룡창술 3장 폭주창!"

콰콰콰콰콰콰콰콰콰콰쾅!

순식간에 수백 명이 넘는 적군들이 쓰러졌다.

아르벨이 하얀 이를 드러내 웃었다.

빵셔틀과 대작가 아르벨. 민혁의 주변으로는 정상인이 없는 건가?

그때, 알리샤는 부들부들 몸을 떠는 경직된 얼굴의 카르를 보았다.

'카르의 성격상 듣는 것만으로도 치가 떨리는 건가?'

물론 아르벨 덕분에 무수히 많은 적군을 사냥하고 그들에게 혼란을 가중시키고 있었다. 하나, 어떻게 보면 굉장히 거부감이 드는 방법일 터.

그리고 카르가 머리를 쥐어뜯으며 사색이 된 표정으로 말했다.

"미친…… 개꿀잼……! 저 작가는 천재다!"

카르의 눈이 초롱초롱 빛났다. 항상 차가운 표정을 짓고 있는 거만한 그가 아르벨을 바라보는 시선은 우상 그 자체였다.

그러던 중, 알리샤는 아차 했다. 그러고 보면 특이한 이가 한 명 더 있었다. 바로 라면 소년 코니르였다.

그녀는 코니르가 걱정되었다. 선봉에 서서 적군들을 베어내던 그였다. 사실상 일등공신이었으나, 어린 소년이었기에 가장 걱정이 컸다.

그러던 때에, 그녀가 기지의 먼 뒤쪽에서 코니르를 발견했다. 코니르는 쭈그려 앉아 무언가를 맛있게 먹고 있었다.

그리고 그 앞으로는 정체 모를 한 남성이 있었다. 남성은 호미를 들고 땅을 파며 뒤쪽에 자라난 나물들을 캐내고 있었다.

알리샤가 고개를 갸웃했다.

사내가 취나물로 추정되는 것을 캐내고 활짝 웃고 있었다.

"미, 민혁 님?"

알리샤는 이 전쟁통에 나물을 캐는 민혁을 보며 의아한 표정을 지었다.

☙

벌써 한 시간 째! 민혁은 대한 수호 기지 인근에서 나물을 캐고 있었다. 그리고 그 앞으로 코니르가 떡만둣국을 먹고 있었다.

"형이 만들어준 떡만둣국 맛있다!"

민혁은 그를 보며 빙긋 웃어줬다.

'코니르, 네 진정한 힘이 잠깐 깨어날 거야.'

민혁은 소년 코니르가 아닌, 진짜 코니르에게 그가 어떠한 존재인지에 대해서 들은 바 있다. 만둣국이 오늘 코니르를 본래의 모습으로 만들어줄 것이다.

그리고 자신은 열심히 나물을 캐는 중이다.

[취나물을 획득하셨습니다.]

[상추를 획득하셨습니다.]

[깻잎을 획득하셨습니다.]

운이 좋았다. 대한 수호 기지 인근으로 이리 넓은 텃밭이 있을 줄이야.

누가 보면 민혁은 지금 정녕 '먹을 것에 미친놈'처럼 보일지 모른다. 물론 그것은 사실이나 지금은 이유가 있었다. 그는 집중하고 있었다. 온 신경을 나물 캐는 데 말이다.

그리고 알림이 들려왔다.

[스킬 의지가 발동됩니다.]
[손재주를 비롯한 모든 스텟, 스킬 능력이 일시적으로 28% 상승합니다.]
[의지 1을 획득합니다.]

자신이 원했던 알림이 들렸다.

그가 적들에게 새롭게 보여줄 스펙은 이러하다. 반의 극의 (極意). 떡만둣국 버프. 스킬 의지 버프.

바로 지금 현존하는 최고의 딜량을 가진 유저가 걸음을 옮기고 있었다.

민혁은 떡만둣국 버프를 받은 코니르의 앞으로 검은빛으로 일렁거리는 보석을 가져가 그 앞에서 부숴냈다.

콰자악-

그러자 검은빛이 코니르를 집어삼키기 시작했다.

한편, 성벽 위.

아르벨은 힘에 부친 듯한 표정으로 잠시 쉬기 위해 걸음을 옮기려 했다.

그때, 검을 상당히 잘 쓰는 랭커 유저가 다가왔다. 그의 눈빛은 여러 가지 감정을 담고 있다.

'내 팬들, 아니, 극성팬들 같은 눈빛이다.'

동경, 사랑, 그리고 기대감!

사내가 흥분 어린 목소리로 말한다.

"패, 팬입니다! 사인 좀 해주시면 안 될까요? 여기 갑옷에요!"

사내가 어린 소녀팬처럼 목소리를 떨며 등을 보인다.

아르벨이 물었다.

"자네 이름이 뭔가?"

사인을 할 때, 상대의 이름도 새기는 것이 더 기억에 남는 법.

사내가 흥분된 목소리로 말했다.

"카르입니다!"

그렇다. 검의 황제. 대한민국 공식 랭킹 1위 카르가 아르벨의 극성팬이 된 순간이다.

to be continued

임제열 퓨전 판타지 장편소설
WISHBOOKS FUSION FANTASY STORY

뽑기 게임에서 살아남는 법

"빌어먹을 인생"

정말 쓰레기 같은 인생이었다.
친구도, 가족도, 연인도 없었다.

어차피 망해 버린 그런 인생.

"그냥 폰 게임이나 해야지"

뽑기 게임에서 살아남는 법

지랄맞은 현실이 되어버린 게임 속에서
다시 한번 최고가 되겠다.

흙수저 판타지 장편소설

회귀자
사용설명서

어느 날, 이세계로 소환되었다.

짐승들이 쏟아지고, 믿을 수 없는 위기가 닥쳐오나.
가지고있는 재능은 밑바닥.

[플레이어의 재능수치는 최하입니다.]
[거의 모든 수치가 절망적입니다.]

선택받은 용사든, 재능 있는 마법사든,
시간을 역행한 회귀자든.
모든 것을 이용해야 한다.

살아남기 위해.

"쓰레기면 뭐 어떻습니까. 살아남기 위해서
뭔 짓인들 못 하겠어요?"

만 년 만에
귀환한
플레이어

나비계곡 퓨전 판타지 장편소설
WISHBOOKS FUSION FANTASY STORY

어느 날, 갑작스럽게 떨어진 지옥.
가진 것은 살고 싶다는 갈망과 포식의 권능뿐.

일천의 지옥부터 구천의 지옥까지.
수십만의 악마를 잡아먹고 일곱 대공마저 무릎 꿇렸다.

"어째서 돌아가려 하십니까?"
"김치찌개가… 김치찌개가 먹고 싶다고."

먹을 것도, 즐길 것도 없다.
있는 거라고는 황량한 대지와 끔찍한 악마뿐!

"난 돌아갈 거야."

「만 년 만에 귀환한 플레이어」